平和をとわに心に刻む
三〇五人詩集

十五年戦争終結から戦後七十年

編＝鈴木比佐雄
佐相　憲一

コールサック社

平和をとわに心に刻む三〇五人詩集

十五年戦争終結から戦後七十年

目次

序詩

第一章　心に刻む十五年戦争

第二章　シベリア・樺太・満州・中国

目次

第八章　戻らぬ人びと

第九章　戦争と子供たち

目次

第十三章　今日は戦争をするのにいい日ではない

第十四章　戦争をしないと誓った

解説

序詩

この足のうら

台所のある階下へと階段を降りながら
自分にこう言い聞かせるのが
朝ごとのわたしの習わしだった
今踏みしめているこの地球の
はるか真下の国　わけても戦乱の絶えない国の
ひとびとの飢餓　苦痛　悲しみ　憤り
それらをこの足のうらが感受できなくなった時
おまえは病んでいると思え、と

あの足のうらはどこへ行った
しなやかだった　あの足のうらは？
わたしは病んでいるのか
躓《つまず》かぬよう　転ばぬよう
地面にしがみつくようにして
歩を運んでいるこの頃のわたしは
すでに病んでいるのか　どこへ失せた
つねに世界を感受していた　あの敏感な足のうらは？

誤ってガラスの破片を踏んだことがあった
土踏まずに豆粒ほどの痣がのこった
それが黒ずみ　やや大きくもなっている

新川　和江（しんかわ　かずえ）

1929年、茨城県生まれ。詩集『土へのオード13』、『記憶する水』。日本現代詩人会所属。東京都世田谷区に暮らす。

さては悪性黒色腫《メラノーマ》？
癌センターに駆け込み　検診を受け
杞憂とわかったが
恥ずべきである　この狼狽《ろうばい》ぶりは
たかがひと粒の血豆ごときに

野原を走って行く少年の
すこやかな脚が　今地雷を踏んで
片っぽ　吹っ飛んだかも知れないのだ
少年にこの先与えられていた
数千数万キロの光る道を
どうやったら償ってあげられる？
砂糖黍《さとうきび》を　ライ麦を
すくすく育てる土のぬくとさを
吹っ飛んだ足のうらに
どうやったら伝えてあげられる？
奪ったのは　わたしかも知れないのだ
いいえわたしだ
自分ひとりを支えるのに汲汲としている
情ない　腑甲斐ない
この足のうらよ

第一章　心に刻む十五年戦争

学徒出陣壮行会・運命的《シックザール》ということ

――「われら生還を期せず」学徒代表の誓い

浜田　知章（はまだ　ちしょう）
1920～2008年、石川県生まれ。詩集『浜田知章全詩集』、『海のスフィンクス』。詩誌「山河」、「列島」。神奈川県藤沢市に暮らした。

わァッと
ゲート近くに陣取った
見送りの女子学生二万五千人の一角が
どっとかけ下りたのだ
分列行進を始めた学生に向って
歓喜とも感動ともつかぬ
激情　があふれ出たのだ
在京女子学団の中にいた女子学生
作家杉本苑子は見たといった
俺も始めて、学徒出陣
の記録映画をテレビで見た
一九四三年（昭18）十月二一日
明治神宮国立競技場
雨降る学徒出陣壮行会のことである
「勤労動員命令」！
学業を中断し下級士官たるための
その頃学生間の符牒
運命的《シックザール》
というドイツ語がはやったという
国土　家族　恋人《メッチエン》
のために我は征くのだという
諦念《あきらめ》の心象だったという
いま生きのびている学徒だった
老人に、果して
ボロ脚絆を巻いた記憶や
雨にぬれた三八式歩兵銃の重みや
「海ゆかば」の大合唱を
呼び起したか
俺には
アッツ島守備隊長山崎保代《やすよ》
の突撃へ！最後の瞬間に
シックザール
といいたいのだ
が……

○

北部軍として
俺のいた新潟高田百三十連隊が
仙台二十二連隊に

吸収合併してから
仙台での俺の兵営生活が始まったのだ
当時の兵営は何か騒然としていた
入るものがいる出るものがいる
編成の終った新兵は年取った兵が
多く、かならず人目に隠れて
夜陰に出発していった
どこかへ（たぶん南方）
包帯を巻いた三八式歩兵銃が
米潜の魚雷を
受け波間に浮いているという
噂、噂
日曜外出もしないで
面会人を見ることで無聊が救われる
と、下駄履きで面会所あたりぶらついたものだ、登米小
　牛田が多く
こんどの赤紙は
第二補充兵の四十男が
妻と子供を相手にしている
話は稲の収穫のことで
赤ン坊を背負った婦《おんな》は
鼻水を啜って
哀訴の声を繰り返すのだ
「仕方がないベエ、御上のいうことは」
ひらいた赤飯にも眼をくれず年貢米の
愚痴のくり返しだ

俺は立ち上り酒保に入る
よく歌われている
〝さらばラバウルよ
　またくるまでは〟
古い蓄音機の声はかすれ
とぎれとぎれだ、
百姓の夫婦の声もとぎれだ
俺は一人で静かに声なく、泣いた。

戦場

敵砲弾が頭上で爆発する
戦友は一片の肉塊を残して消えた
いや　腕も脚も頭も
千切れて四散したのだ
飛んで来た味方の千切れた腕や脚が
顔・胸・腹にあたって死んだ兵士は少なくない
死んだ人間は肛門と尿道が開き
糞尿を垂れる
戦死した死骸を集めれば
糞尿の川だ
戦場とはそういうところだ
敵と味方の死体・死体・死体
の中から
這い出した男たちが
機関銃を撃ち　銃剣で刺し　銃の台尻で殴る
本当に役に立つのは
背嚢にくくりつけた小さいシャベルだ
土を掘って身を隠す場所を作る他に
接近戦では殴っても　突いても
結構相手を殺せるのだ

兵隊は人殺しだ
それ以外にいったい何だと思うのかね
・・・・・・・・・

森　徳治（もり　とくじ）
1929年、群馬県生まれ。詩集『祖父が少年だった時　戦争があった』、詩論集『戦後史の言語空間』。東京都葛飾区に暮らす。

敗戦の日

天に亀裂が入ることはなかった
敗戦の詔勅雲間を流れた日
大日本帝国崩れる時
青空は雲一つなく晴れ渡っていた
厚木飛行場の戦闘指揮所前　副滑走路上
天皇の放送を聞きながら
泣いている兵隊がいた
内心喜んでいる兵隊がいた
トクジは　青空をみつめていた
天に亀裂が入るでもなく黒雲が湧くでもなく
大日本帝国が滅びた瞬間の
自然の人間への無関心は
底知れず深かった

・・・・・・・・・・・・・・・・・・・・・・・・

軍が解散して隊門から外へ出た私は
数十歩来たところで一度ふりかえろうとした
だが　振り返れば呼び戻されるかもしれない
理由のつかない恐怖が走った
振り返るまい
私の前に最寄りの駅へつづく白い道が伸びていた
この道を二度と歩けない者がいた
流行性脳脊髄膜炎を病み一夜で死んだＩ・Ｋ
バッタの殴打による心臓衰弱で倒れたＭ・Ｎ
発狂して横浜の病院へ送られたＳ・Ｔ
いま一人の一緒に志願した友のＫ・Ｎは
瀬戸内海の小島にいて
震洋というモーターボート特攻艇の訓練中
薪割りで誤ったふりをして左親指を自ら切り落とした
君は国家への反逆を覚悟して特攻隊から脱けようとした
のだ
その時私はまだ彼のことを知らなかったのだが・・・・・
その他の数え切れない死を後ろにして
私は生き延びようと歩き出した

北京空港にて

斎藤　庸一（さいとう　よういち）
1923~2010年、福島県生まれ。詩集『ゲンの馬鹿』、『シルクロード幻想』。
詩誌「黒」、日本ペンクラブ所属。福島県白河市に暮らした。

昨日はウルムチから北京まで中国航空
今日は北京から成田まで日本航空
長かったシルクロードの旅も今日で終わる
十三時に北京空港のロビーに着いて休憩
トランクの発送やらリュックの整理も終わった頃
団体のなかでこそこそ雑談をしている人がいる
いま日本列島に颱風がきているらしい
だからもしかすると今日の航空機は飛ばないかも
もし飛んだとしても墜落したら大変だよと
おいナホコ　そのときは手をとりあって心中だな
海ならひっそりと二人の水葬はロマンチックさ
森なら昼なお暗い密林のなかの花園での風葬
峨々《がが》たる山なら岩石ごろごろのなかで鳥葬もいいか
よ　お二人さん　仲がいいね　手をとりあってか
そのときふと高昌古城《こうしょうこじょう》の廃墟跡が思いうかぶ
崩れたレンガの建物から手をふっていた霊たち
通路をゆく私たちの後についてきた霊のひとびと
いまから千三百年前の破壊された故城から
たしかに感じられた影のなかの霊の群れ
あの三十米の断崖の台地にあった交河故城にも
二千年前の滅んだときのまま風化された霊たちが
路地や地下室の入口から私たちを見ていた
ふりかえるとよくも七十数年を生きてきたもの
私の生まれる前の明治に日清戦争と日露戦争
そして関東大震災の年にこの世に生まれて
幼年時代には満州事変と室戸颱風
少年時代に二・二六事件、日中戦争
十六歳のときノモンハン事件の敗北
十八歳のとき真珠湾攻撃、そして太平洋戦争
昭和十八年二十歳で徴兵検査は甲種合格
昭和十八年ガダルカナル撤退、アッツ島玉砕
会津若松の部隊に入営、近衛師団麻布八部隊に転属
昭和二十年三月の東京大空襲、屍体運搬に従事
ヒロシマ・ナガサキに原子爆弾、八月戦争終結
昭和二十三年に福井大地震、二十五年朝鮮戦争
昭和四十年ベトナム戦争で米軍機北爆開始
昭和五十五年のイラン・イラク戦争と
戦争による破壊のなかの瓦礫の道を歩いてきた
それに地震や噴火や飢餓による自然の災害
何万何十万の天国にゆけない霊が浮遊している世代さ

くぐりぬけてきた莫高窟《ばっこうくつ》の仏たちもお手上げの状態だね
ふとアナウンスの声が十五時発成田空港行の搭乗開始
急いで列に加わって定時の飛行を喜びあったが
あとはなんとか無事に成田への到着を祈るばかり
心中には老けすぎたよねと二人で笑いあった

＊「破壊」といわれてふりかえると、生きてきた七十数年は戦争による破壊と自然の災害の連続であった。地球上の生物としての人間のなんという愚かさであったことか。地球そのものの滅亡も近いのではないか。

蝉

あの八月に　哭いていた蝉が
今なお　私の耳の中で
哭きしきっている
あのとき　耳の奥深くに
入りこんだ蝉は
そのまま　ずっと居据わって
秋には　秋の蝉となり
草むらで哭く虫のように
冬には　冬の蝉となり
しんしんと降り積む雪のように
春には　春の蝉となり
あの時代のおろかさを哭いている
省みよと哭いている
十五歳のあの八月に
口惜しさを哭いた蝉が
今もなお　不眠を強いている

岡崎　純（おかざき　じゅん）
1930年、福井県生まれ。詩集『寂光』、『極楽石』。詩誌「角」、福井県詩人懇話会所属。福井県敦賀市に暮らす。

見えない平和な星へ

村の砂利県道に亀が歩く時節だった
「勝他の念」*の人の話を聞いた
まさに平和を「南京」に売りに行った人ではない
敗者の弁を何かに魅せられたように

ボソボソと「南京虐殺」に　行った話をする
私より若い少年達を前に　「オマエラア」
「ヤリイルカ」《やれるか》　とすこし威ばってみせ

天皇の　軍隊の真中で
まず少年兵に中国人を突き殺させる写真
中国人の前で泣く奴があるか　と
銃剣で刺殺させるのだ　何人も何人も

敗兵は大工で通信兵だったと言う　けれど
侵略が終わっての話は下品そのものだった

この話はみやびかな事ではない
祖父と孫娘を裸にして
日本の兵達の真中で
祖父にあらゆる仕打をしつづけて
あそこ　を固く仕上げ
少女に挑《いど》ませる　終わるまで見とどけて
その上　一人づつ所かまわずに
剣付き銃で突き刺しつつ少しづつ殺す写真だ
大工だった人はいささか　どもり　いろいろ
の　やりかたを少年達に話しつづける

人間の住む地球の地軸までもひびく
蛮行で　神が天皇であったための恥辱だ

この写真と話の恐ろしさに
若い私は　はるか見えない
平和な星に行ってしまいたくなった

＊他人より自分が勝れていないと気が済まない心。

栗和　実（くりわ　みのる）
1928年、愛知県生まれ。詩集『白い朝』、『父は小作人』。詩誌「遠州灘」、日本現代詩人会所属。静岡県浜松市に暮らす。

たったの一日を

そうだったのか　そうかもしれない
なぜか　ひとこまだけを　おぼえていて
そして　いっしゅんごと　に
自分にさえ忘れられ

そんなことがいつあったのかと
つぎの日には
老いて
たずねるのだ

そのように　日々は　すぎてゆく
夏　雑草のまわりを　めぐる風
とんでもない遠くからの声　雑音のまじる大きすぎるラ
　ジオの音楽
そのように

あれは――――

赤木　三郎（あかき　さぶろう）
1935年、福岡県生まれ。詩集『よごとよるのたび』、『無伴奏』。詩誌〈夢〉に終刊まで所属。詩の朗読会、数度。東京都品川区に暮らす。

（なにもかもの瞬間をぜんぶひとつにとけあわせたも
　の）
かすかにひびいて

それでも

いちにちをいちねんのように

いちにちをいちねんのようにいちねんをいちにちのよう
　にくらした

あ

歌　きみだな　そこにいるのは

○

そのなかに逃亡するかもしれないから
白紙とエンピツを　かくせ
万人を笑い死にさせるかもしれないから
白紙とエンピツを　かくせ
タブーというタブーをほうむりさるかもしれないから
白紙とエンピツを　かくせ

○

歌は　こころにはいりこみ
べつの歌を追いだす　って？
歌は針のあなをとおって
らくだをおどろかす　って

○

それほどのうたがあるって
気にさわるのでしばれ　というほどの
つかまらないからとうとう
ころせ　という
それほどの

○

わかっているよ
きみだな　そこにいるのは

九段坂

九段坂は一見ゆるやかなようだが
右前方に靖国神社の巨大な鳥居が見えてくると
九百段坂と言いたくなるほど
足が重くなる

靖国神社には
明治以来の戦没者二百四十六万六千余柱の御霊《みたま》が
祀《まつ》られているという
地下鉄で九段下を通る時は思いもしなかったものが
地上に出た途端
重しのようにズッシリとかぶさってくる

左手外堀の向こうの森は皇居である
右手の神社に祀られている二百四十六万六千余人は
皇居の主現人神《あるじあらひとがみ》のために
戦って死んだのである
靖国の神になると信じて死んだのである

二百四十六万六千余人の死に様を想像してみる
陸　海　空の戦場で二百四十六万六千余通りの死は
とても想像力の及ぶところではない
無謀な戦争に駆りたてていった政治家や軍人と
それを受け入れた国民の狂気や業を考えてみる
九段坂を喘《あえ》ぎ喘ぎのぼりながら考えてみる

靖国神社にはA級戦犯も合祀《ごうし》されている
駆りたてた末に刑死した人人と
駆りたてられた末に戦死した人人が
いっしょに祀られているのは不可解だが
分祀することは不可能だという
とすると
人の御霊とは液体状か気体状のものなのか
考えていると
頭も体もクラクラしてくる

九段坂は一見ゆるやかだが
九千段坂
いや
九万段坂
と　呼びたくなるほどキツーイ坂だ

朝倉　宏哉（あさくら　こうや）

１９３８年、岩手県生まれ。詩集『鬼首行き《おにこうべ》』、『朝倉宏哉一四〇篇』。詩誌「堅香子」、「幻竜」。千葉県千葉市に暮らす。

調香師よ

こたき　こなみ
1936年、北海道生まれ。詩集『キッチン・スキャンダル』、『第四間氷期』。詩誌「火牛」、「幻竜」。東京都東村山市に暮らす。

初つ夏　風が花々の香りをはこぶ
夕暮れ　小さな影が家の外壁を這いのぼる
羽化する早蝉だった
殻を割って現れた半透明の儚げなもの
それが見る見る変身して行く不思議に
その時私は立ち会ったのだった
はたと物音が途絶えた　束の間
子どもも犬猫も自動車も台所の水音も息をひそめた
まるで一匹の虫の新生を見守っているかのように

平和でなければ見えないものがあるのだった
あの終戦の日　ラジオ放送のさなか
日本中が蝉の鳴きしきる声を記憶したのに
その蝉たちのおびただしい羽化を
心にとめた人の話は聞かない

平和とは芳香のように不確かな気体で
つい人は　うとうととまどろみ
戦争は確かな物体で
物が好きな人を思いのほか喜ばせる
有史以来　どの国でも戦争が廃《すた》れないわけだ

ごく若い時私も思った　退屈な毎日より
たとえ不幸でも非日常事が面白そう　と
しかし赤ん坊を生んだとき逆転した
どんな正義の名でも
戦争も暴動も革命もごめんだ　避難も疎開もいやだ

かつて食糧増産に土地を惜しんで
果樹一本花一輪さえ引き抜かれ
人は芳香を知らず　もとより嗅覚は長く保てず

平和は香料のように花々草々を集め調合し
叡智を調略して続くもの
名香は高度の技法として
ごく微量の異臭さえ　隠し効果とするという

腕のよい調香師《ちょうこうし》は配合を間違えないだろうね
うっかり蒸発しないように栓は確かめるだろうね

女たちは余香を惜しんで空き瓶を箪笥に忍ばせる
澄んだ空気にただよう移り香をまとって
誰かの心から心に和《なご》みが移るように

八月は

小峯　秀夫（こみね　ひでお）

１９３４年、秋田県生まれ。共著『秋田の民謡・芸能・文芸』。
詩誌「密造者」、秋田県現代詩人協会所属。秋田県秋田市に暮らす。

八月は暑さ　玉音　拍子抜け
白昼路上　女郎屋の女将が
学校帰りのわれに抱きつき
「戦争負けた」と安堵の絶叫
われもまたわけもわからず　その声に
がんじがらめのこの身の縛の解ける気配感ぜり
八月は哀しくも　うれしき月よ

いくさ日は小学生をひたすらに
修羅場のいさおしに向けて起《た》てと
教師びんたで鼓舞をなりわいにし
困苦に耐えよと芋っ腹のわれを励まし
裏山の畑耕し　豆を植え
備えの合間に仙花紙《せんかし》の教科書を
数頁ずつ配って　学び舎の面目保てり
八月は軍歌が遠い記憶に去りゆく月よ

仁王のようなアメさん来ると
鉛筆の飛行機マークを削りとり
校庭にて教師総がかりでなにやら焚書し

その後に不鮮な軍靴のままの進駐軍の
われらの甲板磨きで黒光りする
廊下を蹂躙し闊歩するに任せたり
よだれ飲み込み　近所の菓子舗の配給の
アンパン一個を求めて長蛇の列で待ち
GIカットで幌なしジープ走らす
アメリカさんにチューインガムをねだり
食うこと以外に興味とてない長い月日に耐えたり
八月はわれの中の戦《いくさ》もおわった月よ

八月はまためぐりきて　いと静穏な街角に
軒端濃い影おとす昼ひなか
人知れず身辺を這いまわる
走狗のごときものに怯える夢に驚く
だが
目をこらせばいつの間にか　手足萎えたわれも
その輪舞の渦に押し流され
加担のおもい拭いがたし
八月は　またなにかが始まる月　か

死者たちの言葉

前田　新（まえだ　あらた）
1937年、福島県生まれ。詩集『秋霖のあと』、『一粒の砂』。詩誌「詩脈」、詩人会議所属。福島県会津美里町に暮らす。

薄明の闇のなかを
ふと、運ばれているな
と、思うときがある
乗っているのが小さな舟のようなものなら

舟は記憶のなかを揺っている
入れ代わり立ち代り
記憶に現れるのは
私が生きてきた歳月ほどの死者たち
会ったこともない死者もいるが
死者の顔は、どれもいい顔つきだ

ふいに映像が止まる
記憶のなかにネガ・フィルムのままで残る
数枚のショットにゆきあたる
記憶の回路はそこで分断され
そしてはじまる

一九四五年八月十五日私が八歳の夏
その前年に父が死に、義父が戦争で殺され
祖父母が結核で倒れ
母と私は奈落の底に落ちた

それからの七十年
私が集積した記憶を識別する
夥しい記憶のなかで
私にまつわる死者たちの言葉は
たったひとつだ
それは、どんな理屈をつけられようとも
「二度と、戦争をしてはならない」

まもなく河口から私は
ゆっくりと漂いながら海へ出るのだろう
細い月の光が、満ち潮の波に映る
その仄暗い静謐《せいひつ》に
私は白い水脈《みお》のように言葉を残す
言葉は鈍く光りながら
暗く深い歴史の底に沈んでゆく
それは、あの死者たちの
「戦争ほど愚かなことはない」という言葉だ

戦時・平時と父の死と

児玉　浩憲（こだま　ひろのり）
1934年、和歌山県生まれ。四行詩集『科学詩』、『初めて出会う「歎異抄」』。俳句研究会「歴路」の会所属。神奈川県横浜市に暮らす。

不穏な世

字を知ったころもう僕は　戦時の風を吸っていた
写真も派手に新聞は　「陥落バンザイ」大見出し

日中戦争

深みにはまる支那事変　村の若い衆つぎつぎに
召集令状ことわれず　鉄砲かついで兵隊さん

経済制裁

これを侵略戦争と　みなす欧米列強は
石油や鉄の禁輸措置　強めて日本を締め上げる

軍国日本

「紀元は二千六百年」　歌って進む旗行列
白いエプロン母さんも　「銃後の守り」タスキかけ

昭和十六年

僕も小学一年生　その年の暮れ大ニュース
「太平洋でも決戦だ　憎き米英討ち負かせ」

十二月八日

いきなりハワイ真珠湾　仏領マレー半島で
上げた戦果をラジオから　ニュースソースは大本営

緒戦の勢い

後れ取らじと新聞も　南洋諸島の地図上に
占領のたび日の丸を　立てて戦意を盛り上げる

十七年夏

ミッドウェー沖海戦は　空母四基と艦載機
多数を失う大損害　主導権はや米側へ

兵員補充

ついに学徒も前線へ　出陣式は野球場
女子学生も容赦なし　モンペに着替え工場へ

丙種三十四歳

ひよわな父にも召集令　暖房のない検査場
全裸で待たされ咳と熱　肋膜炎から肺結核

ひもじい日々
肺の治療は清らかな　大気と安静・滋養食
けれど田舎も食糧難　芋がゆ漬物蒸しカボチャ

たんぱく不足
肉や魚が欲しいのに　干物も配給とどこおる
僕も鶏ウサギ飼い　イナゴ捕まえフナ釣りに

一進一退
戦況に似て症状は　寛解あれば再発も
気分良い日は僕を呼び　作文・英語のツボ伝授

遺言か
日本の前途気になるか　僕には「医者になれ」と言う
無医村なくし人助け　戦争つづけば軍医にも

焼け野原
サイパン島を飛び立った　B29《ビーにじゅうく》の大編隊
民間人を的にして　日本全土を猛爆撃

悪戦苦闘
やがて沖縄地上戦　敵艦めがけて特攻隊
ついに広島長崎に　未曾有の原爆・放射線

八月十五日
つらい玉音放送も　五人家族に福の声
在所の若き父四人　いくら待っても帰らない

遅かりし
嘘も平気な大本営　幕引き時機を誤らせ
首都炎上も原爆も　終《つい》の半年恨めしや

享年三十六
栄養不足はなお続き　特効薬も待ちきれず
父の体力すり切れて　ああ闘病の日を閉じる

母は強し
夫の看病二年半　子ども三人育て上げ
村の和づくり気にかけて　九十六年生き通す

戦禍の跡
勝者も深い傷を負い　資源の浪費ゴミの山
地球環境いたみ果て　生き物はみな息たえだえ

不戦の誓い
戦争はもうこりごりだ　誇れ憲法第九条
遺伝子こわす放射線　核兵器「ノー」原発も

出陣

ゆきなか　すみお
1938年、京都府生まれ。詩集『ねこまたぎ』、『人間と魚のいる風景』。
詩誌「いのちの籠」、「腹の虫」。奈良県天理市に暮らす。

役場の人が肩掛けの黒い鞄から封筒を出して、おめでと
うございますと敬礼する。召集令状、アカガミだ。聞き
つけた近所の人が集まってくる。町内会長や在郷軍人会
もやってくる。めでたい！　めでたい！　口々に言う。
おやじは、お国のために命を捧げてこい！　と大声で。
涙をこらえておふくろは、ありがとうございます・・・
一人一人に頭をさげる。連続ドラマのワンシーンだ。
みなさんが一杯飲んでワアワア騒いで帰った夜更け、
お国のために命を捧げてこい！　勇ましかったおやじは
ひとり納戸に閉じこもっている。カタカタカタカタカタ
子供のころの息子を八ミリで見ているのだ。
　砂場遊びの笑い顔、
　すべり台の半ズボン、
　涙ボロボロは転んで膝でも擦りむいたのか、
短いフィルムを何回も、息子の姿を見つめている。
戦争はとしよりが始めて若者が死ぬことだ。
昭和十八年十月、従兄弟神野光剛は大学を繰り上げ卒業
させられて学徒出陣して征った。前日ぼくの母親にしが
みついて、行きとうない！　伯母さん、行きとうない！
泣きさけんだと言う。どないもしてやられへんしなー、
わたしも大泣きしてしもたぁ。
戦争はとしよりが始めて若者が死ぬことだ。
始めての沖縄。幾つものガマに入ったがどのガマも骨が
いっぱい散らばっていた。住民の骨、兵隊の骨、子供の
骨、足の踏み場もない。
サッカー場が幾つもはいるような広場で、死者の石碑を
見てまわる。神野光剛　カンノ　ミツタケ。一つ々捜
して歩くがなかなか見つからない。カンノでないならカ
ミノか・・・カミノでないならコウノ、それともカミ
ヤ・・・二時間も三時間も灼熱の太陽に焼かれて、神と
言う字はシンとも読むと気がついた。
有った！　シンノと読まれたミツタケが有った！
どこで、どんな死にかたをしたのかはわからないが、
ここ沖縄でミツタケはたしかに死んだ！
二十になるか、ならないか、
戦争は・・・若者が死ぬことだ。

私は忘れない

岩渕　琢身（いわぶち　たくみ）
1938年、福島県生まれ。福島県西白河郡に暮らす。

私は忘れない
父が泰安殿《ほうあんでん》から　式場へ御真影《ごしんえい》を移すときの姿を
私は忘れない
父の燕尾服と白い手袋を
そして
父の蒼白な顔を

私は忘れない
兄が宮城《きゅうじょう》の空に誓って　シャム国へ赴いた姿を
私は忘れない
兄のやせ細ったからだを抱きしめて母が嬉し泣きしたあ
　の日を
そして
兄の癌で苦しんだ日々を

ああ
為政者は
現人神のためにと
苦しみを　悲しみを　死を
美化し
批判を許さなかった時代を
私は忘れない

呪文（1）

松沢　清人（まつざわ　きよと）
1935年、長野県生まれ。詩集『家族たちの肖像』、『土とふるさとの文学全集14』。東京都府中市に暮らす。

放縦に花散る
泰安殿《ほうあんでん》の跡

杉の木立の中
石段を登りつめると
千木で飾られた神殿
泰安殿
御真影《ごしんえい》がましますのだが
ついぞお見かけしたこともなく
餓鬼大将も踏み込めぬ
聖域

モーニング姿の校長が
重い扉をきしませると
いつも儀式が始まる
四方拝《しほうはい》　天長節《てんちょうせつ》　地久節《ちきゅうせつ》　紀元節《きげんせつ》
陸軍記念日　大詔奉戴日《たいしょうほうたいび》
出征兵士を送る式
英霊を迎える式

校長の白手袋が巻物を繰ると
呪文が流れ出す
チンオモフニワカコウソコウソウ・・・
一旦緩急アレハ義勇公ニ泰シ・・・
皇運ヲ扶翼スヘシ・・・
チンココニ・・タタカイヲセンス・・

隣組の貞男上等兵は無言の凱旋
村で一番背の高い石塔となる
本家の長男秀雄は臨時招集の赤紙で入営
振える手で銃が持てず即日除隊
叔父の勝一はミレ島で餓死
封筒の中の髪の毛となる

我ら少国民は直立不動
ひたすら御名御璽《ぎょめいぎょじ》を待つ
手足の凍えから
ぎらつく太陽から
突き上げてくる尿意から
解放されるのだ
ギョメイギョジ

泰安殿の跡
桜が一本
百年桜と呼ばれ
花の下に立つと聞こえる呪文
ギョメイギョジ

呪文 (2)

七〇年前
国は國だった
くにがまえの中で戈が領地を守っている
それが國
この國は　大日本帝國
國家　國賊　非國民
戦力　武器　威嚇　殺戮　滅亡
強く深く
戈がある
戦車を囲んで進む部隊
それが軍
軍閥　軍部　軍政　軍国　軍門　軍略　軍人　軍神
軍規　軍律　軍歌　軍扇　軍刀　軍旗　軍靴　軍服
軍手　軍楽　軍馬　軍医　軍港　軍艦　軍需　軍資金
陸軍　海軍　空軍　皇軍　米軍　同盟軍　自衛軍
防衛軍　日本軍　巨人軍　我が軍
グングン
ぐんぐんぐん
軍軍軍軍軍軍軍軍
七〇年前から軍隊が
膨れあがって行進してくる

呪文 (3)

気をつけろ
呪文は
四字熟語と七五調をまとい
俺らの脳味噌を襲う
鬼畜米英　米英撃滅　ルーズベルトのベルトが切れて
チャーチル散る散る花が散る　一億一心　火ノ玉ダ
滅私奉公　お國に奉公　勇士に感謝
ゼイタクハ敵ダ　美シイ日本　八紘一宇《はっこういちう》
日本を取り戻す　コノ道シカナイ
呪文を　ナメたらいかん
脳味噌が麻痺するぞ　腐るぞ

小さな祈り

海野　武人（うみの　たけひと）
1931年、埼玉県生まれ。埼玉県飯能市に暮らす。

私は一九三一年に生れた
生れて間もなく満州事変が起こった
この年を「いくさのはじまり」と読みかえている
それからあの敗戦の一九四五年までを
15年戦争と人は言う
父は私に「武人《たけひと》」と名付けた
その15年間私は軍国少年であった
皇国少年であった

小学校へ入学し四年生のとき
一九四一年に太平洋戦争が始まり
国民学校と校名が変わった
戦時少国民と呼ばれた
運動会も学芸会も戦争ごっこだった
食料も燃料も乏しく
ひもじい日が続いた
「欲しがりません　勝つまでは」
のポスターが街には目立った

中学二年の夏
戦争は、負けて終わった
中学一年の終り頃から敗戦の日まで
兵器工場へ動員された
けがしながらやけどしながら
一ヵ月二十余円　国のために働いた
工場では
「タコツボ」という個人用の防空壕を掘った
建物の周囲は
厚い高いコンクリートの防火塀がめぐらされて
それが倒れれば
一人ずつ生き埋めになるはずだった

終戦には痛ましい原子爆弾が決め手になった
そして「過ちはくり返しません」と誓った

終戦後はそれまでの教科書に墨を塗った
新しい教科書はなかった
平和とか文化国家という言葉が
毎日身辺にあふれた
それでも確実に新しい時代に向っていた

思えば、私は旧憲法下でほぼ十四年
その後新憲法下で七十年生きている
新憲法の時代は自分の意志も努力も
生かせる楽しい時代であった
研究の仕事や趣味に熱中できた

この世に生まれて人生を全うするには
平和は大切で必要であった
今、この地球には若くして多くの生命が
断たれる国がいくつもある

そして、この国もその平和憲法を変えてまで
紛争に加わり
平和が死語になろうとしている
被爆と被曝の国なのに原発でさえ止めない
私は自分の名に背いた人生を送れたことを
幸せだと思っている

いまこそ

皆木　信昭（みなぎ　のぶあき）
１９２８年、岡山県生まれ。詩集『心眼』、『ごんごの渕』。詩誌「火片」。
岡山県勝田郡に暮らす。

だれも心配ごとやもめごとなしに
仲よく助け合い支え合っていきたい
人が集って国家という組織をつくるのも
相互に理解し協力してより豊かで
より安定した生活を営むためであろう

だから国と国との関係も
相互に提携協力して
文明と文化の発展を期し
より豊かでより安定した国際関係を樹立する
それが人類が掲げる究極の目標の筈なのに
宗教や主義、思想の相異からか
自己の主張を押し通そうとしたり
強者が弱者を支配しようとして
地球の歴史は戦争や紛争の
歴史だったかも知れない

昭和の十五年戦争は
一部の軍閥が統帥権者の名を藉《か》って
日本国民を戦闘行為に駆り立て
彼我の国民ばかりでなく第三国の人々まで
を巻き込んで多くの生命を奪い
国土を灰燼の焦土に落し入れた

そのあやまちを二度と繰り返さないために
世界に向けて高らかに宣言した平和主義
憲法第九条
およそ三分の二世紀を経て
ようやく世界の人々に認められかけた矢先
また物騒な主張が恰も正論のように
一部権力者から流布され
国民大多数の声のようになりだした
集団的自衛権　憲法九条改正　特定秘密保護法
沖縄基地強化等々
いまこそ　われわれは
声を大にして叫ばなければならない
平和は人類が求めてやまぬ久遠の真理
それを危険にさらすいかなることも
断固排除しなくてはならないのだと

鯉のぼりのように

曽我部　昭美（そがべ　あきよし）
1931年、愛媛県生まれ。詩集『記憶の砂粒』。詩誌「業生」。和歌山県和歌山市に暮らす。

敗戦がまだどこか信じられなかった
暑い夏のある日
長大な飛行機が一機
海岸に沿ってゆっくり飛んできた

一か月前の夜
隣りの市が焼かれたとき
上空を編隊飛行しながら
焼夷弾をばら撒いていった
爆撃機と同じ型に違いなかった
真っ赤な街の炎を反射して
銀色の翼がきらきら光っていた

そんな一機が　いま
ゆうゆうと目の前を飛んでいる
終わりを告知するように
勝者の余裕を見せつけて

放送のあった翌日　一つ年上の従兄と
戦《いくさ》の続行を叫んだ中学下級生だったが

そのとき　なぜか
憎しみや恨みは湧いてこなかった

胸に満ちてきたのは安堵だった
様々な束縛から解放される予感が
すでに芽生えていたのだろうか

武装を解いた爆撃機は
五月の空にひるがえる
鯉のぼりのようだった

十字架を背負うべき者は

金　知栄（きむ　じょん）
1945年、韓国大邱生まれ。詩集『薬山のつつじ』、翻訳書『あなた朝鮮の十字架よ』。埼玉県さいたま市に暮らす。

清らかな　朝鮮の娘たちが
かつて　性奴隷として戦場に連れて行かれた
雪《そそ》ぐことのできないその恥辱の歳月が
ケシゴムで落書きを消すように
いとも簡単に歴史から消され
一生、心のわだかまりを解くことなく
赤い椿の花が落ちるように散った
ハルモニたちよ

「日本軍の組織的な動員はなかった」
「人身売買の犠牲者」
責任のがれのことばが鞭となって
ふたたび生涯癒えない傷を打ち据えても
生き残ったハルモニたちが　勇士のように立ち上がり
思い出すだけでも　身の毛のよだつ悪夢の日々を
今日も若者たちの前で　凛々しく証言する

十字架を背負うべき者は誰なのか
懺悔の熱い涙を流し　こうべを垂れて
膝まづいて許しを請うたとしても
ふみにじられた青春は蘇りはしないが
心のこもった謝罪のことばひとつで
ボロボロになった心身が
少しは癒されたかもしれないのに

戦後70年の歳月を
残酷な戦争で苦しみを与えた人びとを思い
負の歴史に真摯に向きあうために
力を注ぐこともできたはずだった
けれども　侵略の歴史は美化され
無念に死んでいった人びとの魂は
安息の場を求めて　今なお彷徨いつづける

そして不気味な戦雲が　ふたたび日本列島を重く蔽う

兄弟の笛の音《ね》

——歩みを止めて[*1]
そっと幼い手をにぎりながら
「大きくなったらなんになる」
「人になるの」

弟のあどけない答えに
人にさえなり難い 行く末を案じながら
兄さんは詩を書いた

——冷え冷えとした月光があかい額に染まり[*2]
弟の顔は悲しい絵だ

夏休みのある日
遊びから帰ると兄さんは
慌ただしく日本へ発った後だった
詩で時代の暗闇を照らし出そうとした
優しい兄さんは京都で特高に逮捕された

三月、小雪が舞う寒い日
弟は国境の小さな駅で兄さんの帰りを待った
「お帰りなさい　兄さん」
ひと握りの灰になった兄さん
父さんの胸から受け取ってそっと抱き

楊原　泰子（やなぎはら　やすこ）
1946年、静岡県生まれ。尹東柱の研究者。千葉県柏市に暮らす。

豆満江《トマンガン》にかかる橋をただ黙々と渡った
春に先立ち逝った東柱《ドンジュ》兄さん
無限の深さで家族を襲った悲しみは
民族の無数の痛みのひとつに過ぎなかった

後に弟は詩を書いた

——兄さんも黙って行きましたね。[*3]
目を閉じて吹いてみるたんぽぽの笛
兄さんの顔　はっきり浮かびます。
飛び立ったわた毛は
春になれば広い野原に　再び咲くでしょう。
兄さん、その時には私たちも逢えますね。

春から夏　秋から冬へ
記憶の足跡《あしあと》は薄れ
哀しみの風景は遠のいていくが
決して忘れまい　ひと筋の風となり
今も微かに聴こえる　たんぽぽの笛の音《ね》を

＊1・2　日本で獄死した詩人尹東柱「弟の印象画」より
＊3　弟尹一柱「たんぽぽの笛」より　楊原泰子訳

残党

正岡　洋夫（まさおか　ひろお）

1950年、大阪府生まれ。詩集『時間が流れ込む場所』、『食虫記』。
詩誌「リヴィエール」、日本詩人クラブ所属。大阪府大阪市に暮らす。

学徒出陣で生き残った先生は
「きけわだつみのこえ」とともに生きた
仲間の無念を胸にしまって福祉を生涯の仕事とした
生き残った者の責任を問い、語れないことに沈黙した
テオドール・アドルノは
「アウシュビッツ以後、詩を書くことは野蛮だ」と書いた
『きけわだつみのこえ』の冒頭には
「死んだ人々は、還ってこない以上、
生き残った人々は、何が判ればいい？」
というタルジューの詩が掲げられている

先生がある時「私は残党です」と言った
党派性のあるその言葉には悲しみが感じられた
しかし、無念を抱えたたたかいの日々と望みがあった
戦後民主主義、平和な世界、非戦の実現
いのちの自由と尊厳、生存権の確立
社会主義、平等、福祉国家の理想
憲法九条と二五条の成り立ちを語り続けた
いま、第二次世界大戦終結から七十年と言う
被爆者、戦争被害者の人たち
沖縄、アイヌ民族、在日の人たち
ハンセン病療養所から出られなかった人たち
戦後を生きた人たちのたたかいの日々と誇り
いま、戦後七十年と言うその時に
平和と民主主義の根幹が崩されようとしている
「夜と霧」の残酷な世界がいまも続いている

泣き叫ぶ子どもたち、声も出せずに殺される人たち
先生は、それらの声を全身で聞きながら
「私は残党です」と何度も言った
私は、先生は残党ではないと言おうとして
そう言わなければならない時代にしてしまったのは
私たちの責任なのだと思った
それからしばらくして先生は死んだ
私は先生ともう一度、未来の話をしたかった
「死んだ人々は、もはや黙ってはいられぬ以上、
生き残った人々は沈黙を守るべきなのか？」
タルジューの詩はそのように終わっている

＊ジャン・タルジューの詩は渡辺一夫訳

十二歳の八月に

わしは十二歳やった
グラマンの機銃掃射のなか
弾薬庫から弾を運ばなあきまへんねん
しょんべん　ちびるほど恐ろして
そいでも　行かなあかんのや
うしろで憲兵が見張っとります
弾より怖い憲兵ですわ

そいから　暑い夏がきて
わしはある秘密基地に移されました
そこでは小さい潜水艦をつくりまんねん
一人乗りの
そんなもん　誰が乗るんか
聞いたらあきまへん
わしは来る日も来る日も
部品だけを運んどりました

ある日
それに乗る　というお方が来まして
工場のみんなは一列に並んで最敬礼ですわ

どんなえらいお方か　天皇陛下か
わしは並んだひとの隙間から見ようとしたんやが
並んだおとなたちは　微動だにせなんだ

そのお方がゆっくりと
その小さい潜水艦に乗り込んで
ハッチをしめて
そのお方がずーっとむこうの海の
もっとむこうへ消えるまで
いいや　消えてからも
敬礼に直れの号令はなく
その沈黙にわしは潰れそうやった

あんな恐ろしい静寂を　わしは知りまへん
あんな魂を絞るような敬礼を　わしは知りまへん

あのお方は誰やったんか
みんなは誰を見送ったんか

わしの十二歳の八月　ですわ

玉川　侑香（たまがわ　ゆか）
1947年、兵庫県生まれ。詩集『かなしみ祭り』、『れんが小路の足音』。
詩誌「プラタナス」、「文芸日女道」。兵庫県神戸市に暮らす。

八月

江口　節（えぐち　せつ）
1950年、広島県生まれ。詩集『オルガン』、『草蔭』。詩誌「叢生」、「多島海」。兵庫県神戸市に暮らす。

八月　あなたは生まれた
八月　あの街の人たちが死んだ
八月　わたしはあなたと出会った

八月　ソ満国境に近い駅舎から
臨月の若い女が　幼子の手を引いて列車に乗った
取り残された農夫たちがびっしり埋めた　大地を
その人は忘れたことがない

八月
あなたは　なかなか生まれなかった
死者の帰ってくる日　日本の敗れた日
聖母被昇天の日　あなたが生まれるはずの日
生まれていれば　列車から降ろされ
母子共に死ぬしかなかっただろう、と

八月

八月　あの街の人たちはずっと死に続けた
戦争の途中も　戦争が終わってからも
細胞に小さな爆弾を埋め込まれて
来る年も　来る年もあの街の人たちは死に続けた

八月
海へ　東の島国へ
蟻さながらに還る人の群れから　逸れて
鉄路に近い寺でようやくあなたは生まれた
八月の終わり
かろうじて生き延びられる日、を選んだように
生まれて
あなたは生きた
あなたは走った

還ったあの街はだだっぴろかった
草むす城址　車のない百m道路　川が何本も流れ
橋から飛び込んで泳いだ
相生橋からも跳んだ
ほねのようなもの　飴のような釦
川原にはいろんなものがあった

八月の初め　わたしはあなたと出会い

八月の終わり　ともに歩くことを決めた
数多の八月をともに歩き
子等は巣立ち　あるいは立ちすくみ
しずかに新しい八月を迎える

八月
あの街の人たちが死に続ける日は世紀を越える
新しい八月　やってくる八月　永遠の八月
あの街の人たちは　さらに死に続ける
いつまでも死に続ける

あの街の土の上で　生きていくということ
あの街の人たちの隣で　生きているということ
あやうい糸の端をにぎり
出会い　むつみ　はぐくみ　いとなみ
変わらぬ明日をねがうことはおろかだろうか

死に逝くもの
生まれ来るもの
燃えさかる八月の陽
めくるめく八月の陽

螢燭
——相沢 良*の碑に

日野　笙子（ひの　しょうこ）
1959年、北海道生まれ。文芸誌「開かれた部屋」、「がいこつ亭」同人。北海道札幌市に暮らす。

春を待たずに彼女は
人びとの心に灯る
小さな小さな
灯火となった
春を待たずに彼女は
きまじめな残雪に咲く
小さな小さな
花となった
人びとは語り伝えていこうと決めた
まだうら若い女性の
反骨の系譜を
細い蝋燭のように
やせ衰え
逝ってしまった
その美しい人柄を
滝の流れに
星のしずくに
犠牲の碑を建て
伝えられたことを伝えられたままに
平和の滝　と名付けた

半世紀と二十数余年
色褪せることなく
消えることなく灯はともり
暗黒の荒れた時代に
人びとの貧しく困難な生を励まし
平和を願いいのちを落とした
ひとりの若い女性の
聡明と潔癖
この世の悪行のすべてを
総動員したかのような弾圧と拷問
人間の尊厳をことごとく踏みにじった
黙殺　無視　追従　暴力　虐待
蝋燭のようなその体には
いくつものむごい拷問の痕があったのですね
飾り気のない
稀有な魂の灯
人間の悪には
あなたの潔癖と直情は怖れでもあった
怖れがあるから悪は狭く狂う
三年の投獄の間中

あなたはお姉さんに手紙で
今度は微分積分　社会科学も勉強したいと
まったくあきれるばかりの
きっぱりと割り切れる数字のない
素数のごとき女性だった
死の床にあっても尚
今度は中断していた医学の道に進もうと思うと
一九三一年　特高から逃れるように
津軽海峡を渡ったあなたは
北のこの土地で地下生活者として
孤独と恐怖に耐えながらも明るく生きた
あなたは札幌の町工場で
働きづめの
娘たちを連れて
この平和の滝まで
ハイキングをしたんですね
たぶん早春賦がよく似合う季節に
一九三六年　釈放され七日目
あなたの体は
二度と生き返ることはなかった
人びとは
平和の滝にひっそりと咲く
螢の形をした花の化身を
彼女だと信じ
蝋燭を灯した
吹き消されることなく
終わることなく
澄み切った娘たちの
足許に今日
灯すために

――『相沢良の青春』を読んで

＊相沢　良　一九一〇～一九三六年。女性平和活動家。
青森県南津軽郡浪岡町生まれ。

たまどめ

わたしのつくるたまどめが
おおきすぎるといって
ひとにわらわれたことがありました
わたしがぬいものをすると
どんなにあらいざらして
ぼろぼろになっても
たまどめはのこります
よがよなら　きっとわたしは
千人針をぬうのがじょうずだったでしょう

けれども　むかし
わたしのははなるひとたちが
あいするむすこや　おっと
きょうだいたちのため
つじつじにたっては　ひっしにこうて
しゅっせいぜんやに
いのりをこめてととのえたでしょう
千人針は
とおいみなみのくにのしまじまの
みつりんや
どろのなか
うみのみなそこ
かえんのなか
こっかんのとうどに
あのようにもむなしく
くちはてたのです

「おおきなたまどめは
　しんぱいしょうのあかし……」
ひとはわたしをそういってわらいました
つくろいものをするとき
つい　おおきなたまどめをつくっては
わたしのこころは
かなしみにふるえずにはいないのです

高橋　留理子（たかはし　るりこ）
1951年、群馬県生まれ。島根県詩人連合所属。島根県大田市に暮らす。

シャバス　ゴイ

（ユダヤ人が安息日に禁止されている行為を代行する人）

古ぼけた一葉の写真に、父は痩せて目の落ち込んだ少年として紙の月の切り抜きを持って写っている。ユダヤ人居住区のなかの異教徒として、父は安息日前夜に信者たちの家のストーブを点火してまわった。戦時中ナチスの飛行機に撃墜された。脱出したが、パラシュートが木に引っ掛かって、足がようやく地面に着いている状態だった。木から切り落とされて戦時捕虜収容所に入れられた。戦争が終わるまで父はそこにいて、暗号化した手紙を送って他の捕虜の脱出を助けた。情報将校として残るよう定められていたのである。一日の配給食糧は乏しく、虫のついた穀物ばかりだった。ある日仲間が警備の者を買収し鶏肉を手に入れたが、父は食べるのを拒否した。事実その後も、彼は鶏肉をたべようとはしなかった。

福島の詩の友へ

死者への鎮魂歌と
生者への祈りのなかで

リア・ステンソン

1948年、米国ニューヨーク州生まれ。詩集『Heavenly Body』、編著『福島からの反響音―日本の詩人50人の発信』。米国オレゴン州ポートランドに暮らす。

詩人たちの声は
荒廃した福島の地から
湧き上がり
鴉の啼き声と
風のなかの金属音のみが
引き裂く
静寂に
抗いながら
響きわたる
希望の風に乗り
彼等の言葉は
アメリカの大地にとどく
彼等の真情は
同じ願いをもち
すべての人類の安全のために
核の悪魔は
征服されなければならないと
抗議する
人々の心に
種子のように播かれるだろう

第二章　シベリア・樺太・満州・中国

歌

煙草《マホルカ》をおれたちに配り終えると
ばあさんが歯の抜けた黒い口で言うのだ
わしの孫がのう　あんたらと戦って
ノモンハンで戦死した

ばあさんは一生懸命で駆けてきた
足が弱いのか杖をついて駆けてきた
白い髪がまゆのようにまるいばあさんである

おれたちを恨んでいるかいと聞く
うんにゃあ　もう忘れた
ずいぶん昔のことだし
男たちの領分のことで分らねえが
女らには　むごい戦争でありました

絶対天皇崇拝者の男が
煙草にむせんで涙を流し
ばあさんと言ったきり　なにも言えなかった
おれの肩を叩いて苦しいと言った
移動トラックが動き出す

おれたちは軍歌の一ふしを合唱した
（ここはお国を何百里　離れて遠い満州の）
うたごえはしめっぽく　みんな言うのである
ばあさんの孫は　おれが殺したんじゃない
白いまゆのようなばあさん

鳴海　英吉（なるみ　えいきち）
1923〜2000年、東京都生まれ。詩集『ナホトカ集結地にて』、『鳴海英吉全詩集』。詩誌「列島」、「鮫」。千葉県酒々市に暮らした。

雪〈3〉

死んでゆくとき　ふり返ってみた
おれの背中を打ちつづけていたのは
やはり白い雪だ

きっぱりと言うがいい
おれが野垂れ死んだところはそこだ
雪鳴りしてうめく雪原
ずるりずるり　ずり下がろうとする
雪　なだれず　そこで止まれ
おれの死が占有した型のままで止まれ
崖をすべり落ち　川に流れてはいけない
ぎらりと川は重く凍っている
六角形に削がれた一本の白樺
それが　おれの死んだところだ
指さしてもいい　そこだ
ふりこめてくる白いものを白いと言え
さだかでない映像が
まだべっとりと凍って瞼のなかにある
さよなら　なんだ　お前か……

雪か　お前か　雪か
しんしんとおおいつくそうとしているから
白いものを白いと言え
おれの死んだところは　そこだ

死んでゆくとき　ふり返ってみた
おれの背中を打ちつづけていたものは
白い雪だ　ふりこめよ　埋めよ
祖国がシベリヤに棄てたおれたちは
シベリヤでよろめいている
ふりこめよ　埋めよ
眼を閉じないから　おれの凝視を打ち
ふりこめよ　埋めよ
おおいかくしてしまう
おれたちを　おおいかくしてしまう
おれたちは　おおいかくされてしまう
おおわれてたまるか
ふりこめよ　埋めよ
一本の雪原の白樺は今　目ざめている
雪
お前　そんなに白くていいのか

仲秋の月が

数えきれない死んだ人々が
しゃがんだわたしの幼い顔のまわりを
そぎながら　めぐっていた夏の
たわわな山ユリの
それが笑いに似ていた
幸せだった
心臓に風も送らず
くらしていけた
わたしは目にするかぎりの
落ちくぼんだものたちと兄妹だったから

×

わたしは幻影に抱かれていた
気高い遊びをあそんでいた
わたしの極彩色のページを
四次元の円環の渇えを
養いにして国を築こうとしていた
むざんな展示場
腐敗　貫通銃創
額のあなの空っぽに吹きつける風
とつぜん落ちてくる青空
そこをわたしの所有にしようとしていた

そこの花びらの手ざわりは
木かげの汗ばみ
好きな男の背なかに似ているが
強い死臭はまぎれもない
またグラジオラスが
アリに倒されて命おわった場所
わたしの心を切りきざみ　きざみ
生きのびていたセミの終末の悲鳴
その鉛色におおわれている国

それから　わたしはまた別な幻影
死人にしかと抱かれていた
もう還ってこない夭折の人
ほんとうに彼らは不在なのであった
死人がどうして
生きている吐息を必要とするだろう
財部　鳥子（たからべ　とりこ）
1933年、新潟県生まれ。中国（旧満州）で育った。詩集『腐蝕と凍結』、『鳥有の人』、小説『天府　冥府』。日本現代詩人会所属。東京都清瀬市に暮らす。

彼らに恋しているのはわたしなのに
わたしは　いつも彼らに見つめられていると思い
ナミダがこぼれるので
わたしの冥府色の国のタイ廃は
目をおおうばかりなのだ

そこには
有原君の死がいが流したアブラ
盲いくされた妹の暗やみの深度
無蓋車から炭がらの崖に投げすてられた
愉快なヒロシ君の死体もなく
わたしや他人の恐怖が跳ねているばかりだ
そうやってわたしは　いつかの夏の花を丹精してきた
赤く巨きな花の芳香は空にあふれてしまう
でも　わたしは落下していくばかり
唾のように落下していくばかりだ
もう　あれらの　たわわな
むざんな人たちを無実だと書きとめよう
わたしに死ハンをつけるのはわたしだと
野犬に喰われる故・父さんをわたしは見た
その上を仲秋の月が過ぎるのをわたしは見た
その静かな止まっている風景を
近ごろ　わたしはこわす

『腐蝕と凍結』より

地の記憶

佐々木　朝子（ささき　あさこ）
1936年、中国東北部（旧満州）生まれ。詩集『砂の声』、『地の記憶』。日本現代詩人会、日本詩人クラブ所属。愛知県豊明市に暮らす。

（1）　星の村

「一番星！」――友人の指さす先に　小さな光が瞬く
道の両側に群れる家々　その低い屋根をかすめ
初夏の夕暮れの空に　燕が飛び交う

アムクロ――日本から二千五百キロを来て
ノモンハン*までにまだ六十キロを残す平原の只中

五分も歩けば出外れる集落の
広場には人だかりがして野外映画が上映されている
暮れてゆくほどに濃さを増す画面に
愛し合うどこかの国の若者達
風がスクリーンをはためかせると
恋人達の姿も漣立つように揺れ
物語は美しく進む様子だ

この広漠の地に置かれた一本の見えない線

それを争うために　七十年前
各々の物語と夢を　銃と背嚢に負い替えた若者の隊列が
炎天下の地平まで続き　戦車が軍馬が通過していった

あのひと夏の出来事を呑み込んだ砂泥――
そこから立ち上がったような集落に　今小さな花が咲き
戦いを見守った星々が
天を埋めて輝く草原の夜が来ようとしている
明るすぎる街では見えないもの私達の見捨ててきたもの
それらを黙って抱えるこの村を過ぎて
明日　私達は　ノモンハンへ入ろうとしていた

＊中国内蒙古自治区に在り、一九三九年、旧満州国とモンゴル人民共和国間の国境線が此処に於て争われ、日満軍はソ連・蒙古軍に敗れ多くの将兵を失う。

（2）　蚊　――ノモンハン・蓮花坑にて

其処には　何も無かった
ただ茫々と広がる草原――その中へ

道路を逸れ起伏に揺られながら車を乗り入れて進む
やがて　大きな擂鉢状の窪地が現れ
急斜面の縁に立つと　砂が崩れ滑り落ちてゆく

底には柳の灌木が密生し
焼け焦げた木材や錆びた石油缶が半ば埋まり
無数の白い骨片が散らばってなければ
さながらキャンプ設営の名残りかと思われた

夏の陽は高く　あたりには物音一つ無い

と　遠く雷光がひらめき
影絵のように　戦車の放列が音もなく向かってくる
飛ぶ火焔瓶　炎に包まれる車体　仰け反る軍馬
砂に潜む兵士に向けられる火焔放射器　やがて
全てが静まり　此処に積み上げられ焼かれていった
四千四百名余の日満の兵士の屍

気付くと柳の葉蔭から無数の蚊が沸き出し
羽音もなく私達に纏わり始めていた
血脂の沁み込んだこの窪地にだけ生い茂る柳に潜み
防虫服の上からなお刺してきた蚊
それに託された遠い日の兵士達の血――

そのようにしてだけ故国へ帰れると
待ちつづけて来たのか

帰国して街を往くと　不意に林立するビルの影が薄れ
あの砂の窪地が現れることがある
其処に積まれた血に染まる人々――彼等は
今　私と共にこの街を歩き　そして時に
幽かな声で問いかけるのだ
――「あれは　何か役に立ったのだろうか」

（3）　風の領域

古来　風の領域であった草原を
あの夏　大量の人の時間が疾風のように駆け抜けたが

今　手元に地図を広げても　其の辺りには
僅かに起伏する内蒙古の砂漠が広がっているばかりだ
そして　それを挟んで国境が争われた一筋の河だけが
地の記憶を縫うようにゆるやかに蛇行して流れている

参考資料
戦史叢書　『関東軍〈1〉』朝雲新聞社
半藤一利　『ノモンハンの夏』文春文庫　他

悲壮〝さようなら〟

かつて樺太《カラフト》
いまサハリンは露国領
時は流れ、記憶は薄る
暴虐な鉄火の嵐北より迫る
既に抗する手段なし
此処《ここ》、稚内公園の碑前にて
切切として蘇る緊急電話

皆さん
　これが最後です
　　さようなら

心をうち絞める彼の地からの声
返電は届かず聞こえず
自ら殉じた九人の乙女
一九四五年八月のこと
真岡郵便局・電話交換室

堀江　雄三郎（ほりえ　ゆうさぶろう）
1933年、旧満州大連市生まれ。宮城県仙台市に暮らす。

鉄砲玉（鉄砲の弾丸）

行ったきり戻らない鉄砲玉
この地球上で撃ち出された
鉄砲玉は何個あるのだろう
数えた人がいるのなら
ぜひ教えてほしい
人間が鉄砲を使い始め
これまで発射してきた玉の数
撃たれて果てた
脳天を吹っ飛ばされた
心臓を撃ち抜かれた
身体に当りめり込んだまま
おかあさんと叫びつつ
悶え苦しみ斃《たお》れた人人
この恨みは永遠に晴れない
悲惨をまねいた鉄砲玉
　いまあちこちで赤錆びて

腐食も進み形も崩れ埋れてる
その土の下から呻声《うめき》が
弱よわしげに聞こえてくる
もしもし、どうか私の話を
聞いてください
鉄砲玉の私が悪かった・・・
・・とは思えません・・・
引金を引いたのは人間です
否否《いや》、その人だって・・・
悪い・悪いもっと悪いのは
遠くの方から命令を出した
その人間でしょう
命令に忠実に従った
従わざるを得なかった
何千万発か数も知れぬ
その中の一個の錆びて
朽ち果てるばかりの
今はただの鉄屑ですが
悪玉と、なおこのような
苦しい運命を背負い
続けねばならないのです

回想〝恒久平和を祈った日〟

堪え難きを耐え
忍び難きを凌ぎ
生きると心に誓った日
その日より
働き動き食って寝る
眠れば明日《あした》の朝がきた
好きも嫌いも格好なんか
振り返る暇もなく
ただ上を向いて歩く日々
兎《と》にも角《かく》にも目の前の
高峰に攀じ登らねばと
爪を立て齧《かじ》りつき
どうにかようやく七合目
朽ち葉踏み
岩頭に立っていた
空は高く澄わたり
永久なる九条の峰に
燦さんと太陽は照る
恒久平和を祈った日

ロシア向日葵の咲いている家

田澤　ちよこ（たざわ　ちよこ）
1935年、青森県生まれ。詩集『ロシア向日葵の咲いている家』、『四月のよろこび』。詩誌「舟」。青森県弘前市に暮らす。

思い出は
背の高いロシア向日葵《ひまわり》
とび跳ねても　顔より大きい花に届かない
鮮やかな真黄色の縁どり
ギザギザの刻みのついた葉っぱ
棘々ある茎
玉石を敷き詰めた門までの小道に
ロシア向日葵は並んでいた
朝は父の見送り
ロシア向日葵のそばを通り抜け
木柵の門扉のところまで行くと
迎えの当番兵が礼儀正しく挙手の礼をする
軍帽を正し　白い手袋を嵌め
馬に跨り　父は
かつかつと蹄の音を残して出掛ける
角を曲がるまで
若い母は赤子を抱き　じっと立ち
幼い子ども達は　はしゃいで
お馬のうたを歌う
――はいし　はいし　はしれよ　仔馬《こんま》

向日葵のわきに涼み台がある
朝顔の蔓が棚になって這い　垂れ
大人の拳ほどの巨輪の花は
薄紫に朝から夕まで開いて　ひらひら動く
そこは
砂場遊びの日蔭　鬼ごっこの隠れ場所
父が戦場に征く前日に
家族五人が揃った最後の写真の背景

もう誰も知っている人はいない
幼い妹達にも記憶がない
今は歴史となった満州の
わたしの思い出だけに残る幼時《むかし》の家

01年7月5日

戦は人を獣にする
——敗戦時の満州への思い

渡辺　健二（わたなべ　けんじ）
1917年、静岡県生まれ。著書『富士山の植物たち』、『ギボウシの観察と栽培』。静岡県御殿場市に暮らす。

思い起せば無念　敗戦後の満州
赤い夕日と共に　日の丸は地に墜ち
侵略者と烙印　四等国民と嘲けられ
チャンコロめと蔑すまれ、石投げられる

思い出しては悲憤　最強誇った関東軍
進攻前に逃げ去って　軍・官・満鉄も皆
列車独占逃避行　残る人民置去りし
小羊如く生け贄に　無法地帯を生み出せり

思い返せば痛恨　王道楽土の満州は夢
五族協和の理想は遠く　民族相剋の坩堝《ルツボ》
侵略者日本民族　總退却で引揚げ帰国
残された遺児たち　如何なる苦難に生きしや

思い出すのも悲痛　奥地に残った開拓民
住居を追われ略奪で　食無く荒野さ迷う
人喰い虎や狼の　住む森や野で
飢えて倒れて屍《シカバネ》は　知る人も無く野山に曝す

思い返すも哀惜　徴用された赤十字看護婦
任務は看護に非ず　軍兵用の慰安婦に
隠し持った青酸カリで　八名全員服毒自殺
大和撫子操を守る　哀悼の念未だに消えず

思い消えない悲哀　健気《ケナゲ》な幼い女の児
机の引出し和菓子を並べ　売っており
俄《ニワカ》に倒れ一つも食べず　栄養失調で天国へ
マッチ売る子に勝る　哀れさ忘られず

思っただけでも無残の極み　奥地避難開拓民
苦難極まる逃避行　着いた新京これ又地獄
衣食なし病むも薬無く　零下三十度凍死餓死
広い校庭埋め尽す　屍《シカバネ》の山声なく眺む

重い記憶の苦渋　略奪されて無一物
旅先職無く食も無し　週余りも水飲み過し
餓死寸前で十余月　胃腸の痛み耐え難く
引揚げ帰国一生を　病身となり生きにけり
正義の戦は有り得ない　戦は人を獣にする

寡黙

真面目一点張りの人だったから
命令に黙って従ったのか
寡黙で人前に出ようとしなかった人だから
従った何かが重荷になったのだろうか

北支出兵と聞いたが
兵であったことを一言も話したことはない
残虐行為を目にしたのか　死線に触れたのか
銃で敵を打ったのか
従わざるを得なかった時があったのだろうか

黙って黙々と働く背中を見て来た
温和で頑固　家のため家族の為　歌う事もなく
祖父の人を押しのけてでも出る性格
その反動が父に出たのか

兵の前はどんなだったか
祖母に聞いてみればよかった
父が初めて子を持った時
どんな顔をしたか母に聞いて置けばよかった

孫が出来て初めて赤子を抱いたと
やっと安堵が見えたという
このごろ父の晩年齢に近づいて
父の生き方を思い返している

従った何かがふとあったのでは
寡黙の中の哀しみを探って
自分を押し殺して生きた父を思っている
父の笑顔を思いだしたい

市川　つた（いちかわ　つた）

1933年、静岡県生まれ。詩集『白い闇』、『虫になったわたし』。
詩誌「回游」、「光芒」。茨城県牛久市に暮らす。

岩が哭いている

山本　衛（やまもと　えい）
1933年、高知県生まれ。詩集『讃河』、『黒潮の民』。詩誌「ONL」、「叢生」。
高知県四万十市に暮らす。

又吉爺やんの名の由来は
「又また吉事」が続くよう親がつけたという
明治35年廿歳の徴兵検査は甲種合格
旅順《りょじゅん》総攻撃に参加して金鵄勲章の栄に浴した
実際は袴下を汚物塗れにして岩陰に震えていただけだと
口さがない風評も伝わった
以来
ススメ！　ススメ！　と夜ごとの寝言を叫びつづけ
若衆《わかいし》共が夜遊びがてらわざわざ聞きに行ったそうな
男子二人の親になり
正義と名付けた長男は新妻を遺して大陸戦線で死んだ
次男勝士は中学生にして六尺余の大丈夫
目元涼しく剣道・柔道共に二段の腕前だった
近在の娘共は用も無いのにカツを見によくやってきた
中学四年生時
配属将校のたっての勧めに飛行機乗りを志願
見送り人は又吉爺の出征時を凌ぐ数だと言われた

カツがヒコウキでやってくる
又吉爺やんの先触れにより
小さな岬のくびれの通称トリクビ駄場
海浜を見下ろす崖上に地下《じげ》じゅうの者が集まった
日露戦役の正装をした爺やんも
安政地震の地殻変動で隆起した岩場近くで待った
カツのヒコウキは胴体を赤く塗られた
練習機と呼ばれる小型だった
岬の鼻を掠め
バンザイ　バンザイの大声の上を
爺を　村びとを　ふるさとを　旋回し
ハンカチみたいに翼羽ばたかせて
南溟《なんめい》の彼方に　飛び去って行った
〈カツよー　カツよー　カツよー……〉
爺やんの絞り出す声はヒコウキに届いただろうか
岩は大勢のさまざまの涙に濡れた
昭和19年3月フィリピン上空で勝士戦死の公報が届く

又吉爺やんが忠君愛国と釘で刻んだという小さな岩に
正義の遺した一人息子の嫁が今は米や花を祀《まつ》る薮影

老いた嫁もその経緯《いりわり》をあまり知らない。

メモリーの交差

――咸興にて

突如遠い海面を這うようなソ連の艦砲射撃の音　昭和二十年八月九日ソ連参戦の夜　追われるように山道を歩く　リュックの海苔鑵の炒米が短い音を立てどうしで防毒マスクの角がごつごつ腰に当たる

朦朧《もうろう》とした眠気　リプトンの香りの中に母の藤色の着物が動き　食パンのバターに父の煙草の匂いが交ざる
ベーコンエッグが運ばれ日曜の遅い朝食

又まどろみ始める　電球が盗られ暗くなると眠るだけの抑留所の朝は早い　水汲みに手洗に並ぶ　黒オーバの背に白い一列の虫が蠢《うごめ》いている大人の後ろで少女は無心に動かない　今は順番が一番　零下十五度の廊下で足踏みをする　手洗横の板の間に菰《こも》包みの遺体が三つ重なっている　汚れたシーツにくるまれた小さな包が横に置かれ又カーキ色の上着で頭をくるんだ一体が置かれた　その度に命はこつんと音を立てる

寝返りで痩せた腰の骨を打ち夢うつつ　帆船の絵がかかる部屋のストーブの鉄板にアップルパイの焼ける香りが漂う　玉蜀黍《とうもろこし》の焦げ目にバターが解けかけている　兄は玉蜀黍を妹はパイを見てゐる　私は小型犬の独《チン》を転がそうと大きな黒目と睨めっこしてゐる　「もうお止め」母の声に笑ひが起きる　午后三時

荷車の軋んで止まる音に目覚める　雪の降る前町はずれの山に大きな穴を掘りに行った男達が言った　あれは抑留所の屍の穴だと　荷車の男二人は先の抑留所の遺体の上にこつんこつんと積み上げた　今日此処の仏は五つと呟く

故郷に引揚げ六十余年　何時迄も眠気が頭に入らない刻
　遠い記憶の抑留所の日々のような無感覚な闇も暁もおとづれないとふと思う　来る日も来る日も命を守ることだけで眠れないぐらいで悩まなかった三畳紀のセイモリアのような日々

日本に帰る船のみをひたすら待った日々の記憶は海馬の底に消えないのか　眠れなく夜通しあくせくした今朝も早く起きて　「南無法界万霊」と唱える
瞼の底の菰包みの仏達に唱えつづける

安田　羅南（やすだ　らな）
1927年、福井県生まれ、咸鏡北道育ち。福井県詩人懇話会所属。
福井県あわら市在住。

森　三紗（もり　みさ）
1943年、岩手県生まれ。詩集『私の目　今夜　龍の目』、『カシオペアの雫』。詩誌「堅香子《かたかご》」、日本現代詩人会、日本詩人クラブ所属。岩手県盛岡市に暮らす。

グミの実に

グミの実が木影に安らいでいる
吹く風もなく静謐に
葬送の人々が喪服を着て
行き来する庭
手入れの行き届いた農機具が
小屋にきちんとしまわれている

主《あるじ》は柩の中に横たわっている
私はもう一度別れを告げなければならない
あの世に旅立つ前に
涙なのか　汗なのか
ドライアイスのなす技なのか
しずくが叔父の頬に溜まっている

通夜も終わった今日
火葬の野辺送り
一度もわたしが見たこともない
国からの略章と勲章を五つ胸に飾った
写真だけがこちらに語りかける
赤いグミの実に映る戦場の物語

私にはひとことも語らず
義兄《あに》だけに語り残していた
（機関銃を戦友と持ち
満州の平原を駆けた
飯を喰う暇などないときもあり
人の命を次々に奪ってしまった
おのれの命を奪われるのではないかという
どうしようもない恐怖とともに）

叔父の柩にさっき見たのは
やっぱり涙だったにちがいない
取り乱すことのなかった叔父の
流しても流しても絶えない最後の一滴
そよぎ始めた風に慟哭し
グミが揺れている
死者を慰めるように
野辺送りをするわたしの悲しみを
なだめるように

アムールへ

菅原　みえ子（すがわら　みえこ）
1948年、北海道生まれ。詩集『恋問川』、『足跡』。詩誌「韻」、日本現代詩人会所属。北海道岩見沢市に暮らす。

ロシアです。ロシアへ行くのです。長靴、寝袋、銀マット、おい、虫除けスプレーも要るぞ。夫一声ごとに軽くなり荷物どんどん重くなる。父と屋根の上での昔昔、柾釘含んだ口の怖さ。あの日の釘ひょいと一本又一本飛び込みます。デング熱騒ぎの丁度あの頃です。まずは家を出る。ハバロフスク州クラスヌィヤール村へは、はい57時間かかりました。もし札幌からハバロフスクへの直行便なら1時間半、そこからバスで5時間、前後入れても10時間。なのに6倍です。あの柾釘と幼い日からひっかかってる喉の小骨、66年間のあれやこれや固まり成長異常拡大鉛の錘りとなり果てた私めでございます。村迄今回11時間バスにゆられ。くくくいっと私だけハバロフスクへ引き戻されるような。忘れ物でもしたのでしょうか。三日目ホームステイ先に着きます。女猟師タチアナさんは何とも色っぽい。

朝、ウリマ山へモーターボートで向かいます。夫がミーシャ、私はマーシャ、I氏はミーチャ。いつの間にかロシア人。名付け親は通訳のエカテリーナ。女帝には逆らえませぬ。

ボート操るはウデへのイケメン猟師リョーシャ。雨女に嵐呼ぶ女、雷親父もいたのでしょうか、雨と雷鳴浴びて、ビキン川＝ウデへ語で嬉しい川を下流から上流へ流れに逆らい昇ります。リョーシャ突然叫ぶ。（ロシア語？ウデへ語？）あ、熊の子だ。「てえへんだ、てえへんだ」と熊語で言ってるよ、多分。つかまらないぞと転がるようにすべりおち、ウーフはズトンと母さんに抱きついた。誰か河辺で雨の中ゆうゆうと手を振っている。大物だなあ。もしやデルス・ウザーラか。「いや、女だよ」一瞬の事でございますゆえ。ふいに華麗な狩人衣装の美丈夫が両足広げ、大きく川を跨ぐ。くっきりと美しい虹の誕生です。彼をくぐり抜け、四時間後森へ着きます。

泊るは狩猟小屋。鹿皮ぶらり外壁で見張りをし隠れ編幅はストーブから見事逃亡致します。夫とまま焚きおばちゃん先に眠ります。「クルルッ」とおばちゃん巻くと「プウー」と夫開きます。クルルッのプウー、クルルッのプウー。二人で手打ちでもしているのでしょうか。「ニチロカンケイコヨヒモイギョウナシナンノモンダイモアリマセン」

くっくっくっ忍び笑いウリマの森に不気味に響き、誠に平和にここタイガの夜は更けてゆくのであります。

アムールの支流の支流ビキン川。美琴川。美しい琴がひっそりと鎮座まします。厳かに生命の調べを奏でます。この「嬉しい川」で出直そうと顔を洗います。料理をします。口に含んでみます。魂も洗ってみます。全身全霊とくとく動き出し、甦りの水であります。

旅も終りのハバロフスク。ホテルの朝まだき、プウーの夫に「アムールを見て来ます。すぐ戻ります」のメモを残し裏へ。

海でした。アムール河は海でした。故郷根室の海なのでした。怪嵐《けあらし》うっすらたちこめ見えないものたちの白い影がゆれています。

あなたはシベリアで果てたというFちゃんの伯父さんですか。流刑されたというウデヘ族の人ですか。それとも日本兵の方々ですか。声にならない声で呼びかけます。叫びます。真冬にアムールから流氷と共に根室迄やって来ているあなたたち。白鳥に姿変え、シベリアと日本を行き来し、私の空で一声キューンと泣いているのはあなたたちではないですか。


ふいに肩に手が触れる。ハバロフスクのラーゲリにいたというその男《ひと》だろうか。

沈黙のまま一緒にアムール河を私の海をみつめてくれる。

その時ようやく気づきます。

ハバロフスクの頑丈な建物に石を積んだ日本人捕虜。その建物にこっそり塗り込め隠した秘めやかな手帳。その持ち主で左官の隠しびと、詩人Y．Iさん。あなたが呼んでいた、引いていた、ゆるりゆるりと歳月かけて釣り上げてくれた。

この日　シベリアに私はいた。

錘りをそっとアムール河に捧げていた。

＊神沢利子『くまの子ウーフ』（ポプラ社）
＊参照　勢古浩爾『石原吉郎　寂滅の人』（言視舎）

ナヴォイ劇場の魂花

凄絶な戦いが終わっても　葬列のように尚凍てる大地に連亘《れんこう》される幾集団があった　一九四五年第二次世界大戦が終わって六五万人がシベリアに強制連行され　ソ連領だったウズベキスタンでも二万五千人もの日本人が極寒の地で　長時間労働と飢えとの過酷な強制労働を強いられ八百人が落命した　五百人の日本捕虜が建設に当たり厳酷の中七九名もの日本人が亡くなったタシケントでは「日本に必ず帰ってもう一度桜を見よう！」を合言葉に　日本人捕虜たちは建設不可能と思われた施設を次々と建設　いつかウズベキスタン人は日本人を敬愛し

　子供たちから収容所の壊れた垣根越しにパンや果物の差し入れがあった　劣悪な環境の中数日後にはお礼の手作りのおもちゃが置かれてあった　手作業で三年は掛かると思われた作業が二年足らずで完成した　ウズベキスタン世界三大オペラ劇場　タシケント・ナヴォイ劇場だ！

　劇場が完成して二〇年後の一九六六年　市内七万八千棟が倒壊　タシケント大地震三〇万人が家を失う　然し抑留者が建設したこの劇場だけはビクともせず　市民の避難場所として幾多の命を救った　いつしか畏怖と敬意の念をもって見られ　親から道徳律の模範「日本人のように勤勉でよく働く人間になりなさい」と育てられた一九九一年旧ソ連から独立したウズベキスタン大統領カリモフ氏は　劇場の側面のプレートに「決して日本人捕虜とは書くな」と厳命「一九四五年から一九四六年にかけて極東から強制移送された数百名の日本国民が、このアリシェル・ナヴォイー名称劇場の建設に参加し、その完成に貢献した」と　二〇〇一年八月末「ナヴォイ劇場」で團伊玖磨作曲「夕鶴」が「機《はた》を織る響きの優雅さ」の中　上演された「つう」が飛び去る頃には場内はすすり泣く声に包まれた　劇場の建設に携わった抑留者永田隊長始め二十名程が観劇　ウズベキスタンに残る日本の魂に只々感涙した

　ソ連政府は隠蔽の為日本人墓地を更地に　守ったのはウズベキスタン人だった　祖国に帰れなかった彼らの為にタシケント市長から「市の中央公園を日本の桜で埋め尽くしたい」と　日本では早速お墓の整備や桜の木が寄贈され　現地の日本人墓地と中央公園には　日本から移植された千九百本の桜が　いまウズベキスタンの民に見守られ毎年桜人を癒し楽しませ　凍て星となった戦友、墓守、桜番と共に　心凍てることのない平和を見詰めている

＊参考資料「ウズベキスタンの桜」中山恭子著

貝塚　津音魚（かいづか　つねお）
1948年、栃木県生まれ。詩集『若き日の残照』、『魂の緒』。日本詩人クラブ、日本現代詩人会所属。栃木県大田原市に暮らす。

第三章　アジア・南太平洋

戦場

なんの物音もきこえない。
虫の声もしない。
このおそろしくしずかなところ
これが戦場だ。

ここで夥《おびただ》しい数の
日本人が死んだ。
アメリカ人もグルカ人も死んだ。

ここはどこだろう。
ガダルカナル　オキナワ
インパール？
そのどこでもあり
どこでもない。
しかしまぎれもなくこれは戦場だ。

ニッパ椰子の小舎に
何日も何日も
雨が降りつづいた
ジャングルの雨期。
熱く
渇いた砂が
夕日とおなじいろの
たくさんの血をのみこんだ
あの珊瑚礁の島。

おれはあそこで
死んだ。
あのオキナワ王の墳墓《ふんぼ》のかげ。
かっこう鳥はあそこでも啼くだろうか。

戦場ははるかだ。
みんな戦場のありかを
忘れてしまったので。
おぼえているのは
おれたち死者
だけなので。
――わきかえる喧騒の世界に。
ここだけがおそろしくしずかだ。

三谷　晃一（みたに　こういち）
1922～2005年、福島県生まれ。詩集『会津の冬』、『河口まで』。
詩誌「宇宙塵」、福島県現代詩人会初代会長。福島県郡山市に暮らした。

蕎麦の秋

いま中央アジヤからシベリヤにかけて
白い秋の陽ざしに
点々と蕎麦の花がひらく
その蛇行する
丘陵の蔭の
巨大なミサイル基地。
そしてここ少年のふるさと
奥会津の山々も
しずかな蕎麦の秋だ
少年はそこで
その淡彩の花に似た少女を娶《めと》り
蕎麦を碾《ひ》き蕎麦を打ち
しずかに老いた
日本の片田舎のまずしい夕ぐれに
たちのぼる湯気に頬を染めて熱い蕎麦を啜《すす》り
かすかな湯の沸《たぎ》りに
平和への祈りをこめ。

友情

まだ還らぬ友が一人いる
ニューギニヤは遠いところ
どんなに手をのばしても
手の届かぬ遠いところ
そこにはまだ還らぬ友が一人いる

生きているのか
死んだのか
いつも気にかかるわが友の身の上
生きていれば明日還るかも知れぬ
死んでいれば骨すら還らぬかも知れぬ

生きているのか
死んだのか分らぬ友のことを思いながら
その友からの古い便りを取り出せば
赤い鉄兜の上に
白い鳩の止まった軍事郵便

これは遠いニューギニヤからの便り
まだ還らぬ友からのただ一つの便り

壺井　繁治（つぼい　しげじ）

1897～1975年、香川県生まれ。『壺井繁治全詩集』。
詩人会議、日本現代詩人会などに所属。香川県小豆島や東京都に暮らした。

こまごまと書き綴れる友の言葉は
戦いの苦しさと惨めさを語り
しかもなお勝つことを信ずるという

戦いはすでに終りを告げ
昨日につづいて
今日も故国に還る敗残の兵らの中に
君の姿を見ぬは
なんということぞ

生きているならば、友よ、早く帰れ
ニューギニヤは遠いところ
どんなに遠いところであろうとも
生きているならば、友よ
一刻も早く帰れ

たった二人でも

殺されたものは蘇らないから
私たちになにができよう
ただ　心に刻み　祈るだけ
そして伝えるだけ

たった二人　そう　たった二人でもいいのです
大日本帝国がおこした　おろかな　おろかな
強盗の戦争によって
その生命をつぶされたアジア・太平洋地域のひとたちは
二千万人をこえるとか
そのなかのたった一人でいい

そのおろかな戦争に狩られ　からめられ
「大君の御楯」となって　その生命をつぶされた
日本人たちは三百万人いるという
そのなかのたった一人でいい

そのわずか二つの顔を
八月十五日には　心に浮かべ
祈りたい
日本軍に　毒ガスをまかれたのち　総攻撃され
孫の首をしっかと抱いて死んだ　中国人老女を
石川　逸子（いしかわ　いつこ）
1933年、東京都生まれ。詩集『千鳥ヶ淵へ行きましたか』、『たった一度の物語』。詩誌「兆」、「詩区かつしか」。東京都葛飾区に暮らす。

空中に放られ　日本刀で串刺しにされた
シンガポールの赤ん坊を
赤十字の旗かかげていたのに　背後から撃たれ
海に沈んでいったオーストラリア人看護婦を
南の島に「慰安婦」として連行され　爆死
野犬に食いちぎられた　朝鮮人少女を

もう　けっして日本にもどってこない
おかあさーん　おかあさーん　と叫びながら
南の海に沈んでしまった　戦艦武蔵の少年兵を
マラリアに冒され　ニューギニア山中で骨となった
シューベルトが好きだった学徒兵を
さいはての洞窟で息絶えた　ひめゆり隊の少女を
原爆の閃光をあび
焼け死んだ　よちよち歩きの広島の幼児を

ああ　あらゆる白骨に滲んでいるのは
泥と　血と　かなしみ　だけ

その永劫のかなしみと怨みを
八月十五日には　心に刻み　祈りたい

記憶の一歩

佐藤　一志（さとう　ひとし）
1937年、宮城県生まれ。詩集『桜の木抄』、『波の向こう』。
詩誌「みみずく」、詩人会議所属。東京都世田谷区に暮らす。

時間が過ぎ去っても
記憶は残る

一九四二年　中国山西省の潞安陸軍病院でした
元軍医　その日あなたの足は
捕虜を縛りつけている手術台に向かって
一歩　前へ　進み出たのです

その年わたしは五歳でしたから
あなたが犯した生体解剖を
知ることはできませんでしたが
わたしの心のなかにも
ラジオから戦地のニュースがくり返し入ってきて
一歩　前へ　悔恨のなかへ進みでる
種が蒔かれていることにも気づきませんでした

時間は過ぎ去りながら歴史的な日を記してゆく
一九四七年五月三日　日本国憲法が施行された
国権による戦争を永久に放棄した九条は
子どもの心に蒔かれた無念の種を摘みとってくれ

一歩　前へ　連れだって飛び出したのは
青空の下の校庭でした

元軍医　あなたは一九五六年
平和憲法の日本に帰国し
加害の罪の告白と証言活動をつづけ
――私は　受けた教育を疑うことをせず
　戦争で人生を狂わされたが
　医学を平和と結びつけて考えてほしい――
若い医学生たちに語りかけ
いまは大地に眠る

鬼の足にされて一歩　前へ　決別して七十年
いのちのリズムで進みはじめた時間は
戦争で失ってならぬものを刻みつづけている

＊引用文献　小林節子著
　『次世代に語りつぐ生体解剖の記憶』

墓碑銘

安部　一美（あべ　かずみ）
1937年、福島県生まれ。詩集『父の記憶』。詩誌「熱気球（詩の会こおりやま）」、福島県現代詩人会所属。福島県郡山市に暮らす。
フィリピン・ルソン島
マウンテン州△△山方面に於て戦死
陸軍伍長○○○○　と続く墓碑銘
昭和十九年夏　赤紙一枚で召集された父は
翌年の五月に死去　享年三十三歳
昭和五十一年春彼岸　墓石建つ
建立者名はわたしだが
実のところは母が建てたもの

平成になって
母の死後見つけた
△△△山方面に於てマラリアにて戦病死
と記載の公報
戦死と戦病死
戦病死は戦死には含まれないのか
これらは厳密に区別されるものなのか

墓石を建てた母は
碑文を単に一字詰めたのではなく
「戦没者遺族の家」のプレートを玄関に掲げ
会費集めや慰霊祭へ出席にと
駆け回っていた英霊の妻には
戦病死は似つかわしくなかった
のかも知れない

山奥深く転進中マラリアに罹り
衰弱しきって歩行困難になった兵隊
何人かが手榴弾を渡され　そこで別れたが
暫くして遠くで何回かの爆裂音を聞いた
と母の死を聞きつけ弔問に訪れた
共に応召の父の従兄弟から聞かされた
戦地での父の最期

このことを母が知っていたか
今になっては確かめる術もないが
碑面どおり受け入れるべきか
戦と死の間に病の一文字を入れたものか
それとも・・・
未だに迷い続けるのだ
墓暴きにも似せて

ペリリュー島のタコノキ

くにさだ　きみ
1932年、岡山県生まれ。詩集『罪の翻訳』、『死の雲、水の国籍』。詩誌「ミモザ」、「径」。岡山県総社市に暮らす。

兵士は生《は》えている。
兵士は生えて五十年間ずっと伸び続けた。

ペリリュー島の
餓死した兵卒の魂は、
硬いボーキサイトの地面を割って
蛸みたいに根をはる独特の気根に、
自分の
尖る飴色の大腿骨を舐めさせ舐めさせ、
タコノキのそのてっぺんに
頭蓋骨をひとつ
しっかりと実らせて、伸び続けた。

ドラマは常に、
食うか食われるかで始まるものだ。

最初に米軍が上陸した場所――
ペリリュー島の西浜一帯は
彼我の戦士の血によって染まり
オレンジ・ビーチと呼び名を変えたが、

殺す泡《あぶく》と、殺される泡《あぶく》で
ビーチはすさまじいドラマだった。

パラオ本島アイライ村。
アイミーリキ患者収容所では、
兵士の脈搏が止まるたびに
下士官が
カーボン紙を敷き、骨筆を使って
十三枚もの「死亡証書」と「病歴書」を書いた。
ただし、
病名の空欄には〈脚気〉と書いて
〈餓死〉とは、絶対に書かなかった。
餓死する兵士にドラマはなかった。
一個のスプーンが捨てられるだけ――
――それはそれだけの静かな停止。

蛇木はすりおろすと山芋に似て
食える。
タコノキの果実は
見たところパイナップルなのだが、

どうしても食えない。
食いたいが
食えないものばかりに囲まれてしまって
〜ワレトワガクウ〜
〈餓死〉とは、そういう生態《いきざま》だった。

真実のドラマが、ここから始まる。

ペリリュー島では
餓死した兵士が
食えないタコノキに
食いたかったが食えそうもない自分の
腓骨や尾骨、腿骨を舐めさせて
半世紀ものあいだ生きのびた。
足からはもう
十米以上も離れた高さにのびあがって
見かけはパイナップルなのに
食えそうで食えない
頭蓋骨ひとつ、実らせている。

病名の空欄に
〈脚気〉と書いたり、決してするな。
まちがっても
〈玉砕の島〉などと伝えるな。

ペリリュー島は〈餓死〉の島。

高い梢に、
トゲトゲのある葉をつけて
髑髏の味の実をつけて
一面のタコノキが繁っている。

＊資料　『ベラウの生と死』澤地久枝著
　　　　『自決と玉砕』安田武・福島鋳郎編

テニアン島

テニアン島　一九四四年二月二十四日
米軍機の初回の空爆に平穏だった島は混乱した
直ちに婦女子だけの強制引揚命令が出た
十五歳以上の男子は島を守るために残された

引揚船に乗った人
島に残された人
三ヶ月後に島は戦場になった

引揚船はサイパン島から日本を目指した
敗戦色濃い太平洋は魚雷の海
島の沖合いで沈められる船を見て
乗船をとりやめた人もいた
「万が一にも子どもが助かるかもしれない」と
父に押されて私たち母子は引揚船に乗った

私の乗った「射水丸《いみずまる》」は日本に着いた
前の船「亜米利加丸」は硫黄島の沖で沈む
後の船「安房丸」は伊豆半島石廊崎《いろうざき》を目前にして沈む

工藤　恵美子（くどう　えみこ）
1934年、テニアン島生まれ。詩集『テニアン島』、『光る澪《みお》　テニアン島Ⅱ』。
詩誌「火曜日」、兵庫県現代詩協会所属。大阪府茨木市に暮らす。

＊テニアン島　太平洋戦争末期に玉砕《ぎょくさい》し、大勢の民間人も犠牲となった。広島、長崎を襲った原爆搭載機はこの島から発進した。

碑

チャモロの人たちの碑
朝鮮の人たちの碑
沖縄の人たちの碑
内地の人たちの碑

バンザイクリフに建つ慰霊碑
それぞれの思いで並ぶ

ここにも
一つになれないものがある

原子爆弾を組立てた建物の跡

消さないで
埋もれさせないで

一九四五年七月二十五日　世界で初の二つの原子爆弾を
米軍の巡洋艦がテニアン島に運んだ　広島　長崎への原
爆搭載地になったこの島のノースフィールドに　原爆を
組立てた建物があった　搭載地から八〇〇メートル　熱
帯の茂みの中に建物の土台だけが残っている

崩れたコンクリートの枠の中に
スコールが浅い水溜りを作り
密かに行われた行為の地点を指し示している
今は銀合歓の落ち葉に覆い尽くされている

消さないで
埋もれさせないで
原爆投下へのプロセスが
この島のこの地点にあることを

司令部跡

鉄骨はもがれ
はみ出た石塊より
生い出た熱帯のつるが
歳月を巻き込み
便器に影をおとした

ゆれる葉は
あの日をゆらした

四つの便器は
その輪郭を
鮮明にのこし
強い臭いを放っていた

とつくに

池下　和彦（いけした　かずひこ）
1947年、北海道生まれ。詩集『母の詩集』、『父の詩集』。
「はがき詩信」。千葉県柏市在住。

築地《つきじ》の魚河岸《うおがし》に店をだす一歳下の戦友が
上京して居《きょ》をかまえた父をいくどかおとずれたことがある
「池さんにはいのちをたすけてもらってね」という
どうやら当時
衛生兵をしていた父から
腸チフスにきくという薬を特別まわしてもらった
ということらしい
ほんとうに特効薬だったかどうかしらないが
げんに元気な顔をみせてくれていた
上等のまぐろをひとさお
手みやげに
父は
やつとはフィリピンや中国をいっしょに転戦した
たったいま下りた船が撃沈されたさまもいっしょに目撃
　した
と説明し「まあ九死《きゅうし》に一生の仲だな」と声をつまらせた
そのふたりもとっくに
あの世で戦友会をひらいている

第三章

わだつみの唱（うた）

特攻の夏　千人針
一銭五厘の赤紙一枚
りりしい　少年飛行兵
恋人や愛しいわが子　父母の名を
叫びながら　砕け散った若き兵士
天国での　再会を願い
爆弾の雨の中
戦火に消えた　儚い命
繰り返すまい　この惨事
消えていった　人々の御霊に
群青の　レクイエム

あれから　七十年　忘れまい
どんなに　時がたっても
私の頬は　濡れたまま
ふるさと遠い　ペリリュー島で玉砕
藻屑と消えた　叔父の人生を返せ
犠牲（いけにえ）となった全ての人間の命を返せ
戦争の馬鹿たれ

戦争は破壊と死
ああ　この世の理不尽
永久（とわ）に許すまじ　戦争を
平和への誓い　新たに

堀田　京子（ほった　きょうこ）
1944年、群馬県生まれ。物語集『なんじゃら物語』、『はないちもんめ』。東京都清瀬市在住。

高雄の空

秋山　泰則（あきやま　やすのり）
1938年、東京都生まれ。詩集『民衆の記憶』、『泣き坂』。
美ヶ原高原詩人祭主催、日本現代詩人会所属。長野県松本市に暮らす。

耕一さんは高雄の上空でなくなった
小さな木の箱の中で石になって帰ってきた
おじさんもおばさんも二人の弟も
親戚中の大人も子供も泣いた
葬列の白い幟《のぼり》が風で揚がったとき
「耕ちゃんの襟巻きみたい」と言う声がした
おじさんは何も書いてない白い幟を竿からはずして丁寧
　に畳み
シャツのボタンを外して胸にしまった
その間　葬式の列は道端に止まり
提灯行列で興奮したことを
ラジオの臨時ニュースに沸き立ったことを
新聞やラジオより先にみんなで戦争を喜んでいたことを
　悔やんだ

あれから何十年か生きておじさんが
次におばさんがなくなった
また何十年かして耕一さんの二人の弟もなくなった
耕一さんがいた頃の家族はみんないなくなった

おじさん達が行けなかった台湾の空へぼくは行った
耕一さんが果てたという高雄の空は大都市の上にあった
横に流れた白い雲　その端で光ったものを見て風防かと
　思い
旋回する翼かと思った時に
ぼくは心の中に平和がないことを知った
戦争が無いことが平和なのではなく
平和は戦争をさせない人間の心にあることを知った

紫紺野牡丹

青島　洋子（あおしま　ひろこ）
１９４４年、静岡県生まれ。詩集『語る樫の木』、『魚骨紋様について』。
詩誌「差差」、「詩人会議」。静岡県静岡市に暮らす。

ビルマで死んだ兄が
花になる訳はないのだが
深い紫紺の顔傾けるから
語る何かを聞こうとして
立ち止まる

ブラジル原産の花は
次々と惜しみなく咲き
咽喉もとまで紫紺に染め
私の口をふさぐ
大事な時に
言葉を失う癖があるので
かけがえないものを
手渡されたと知る

三島野戦重砲兵
かちどき丸でビルマまで
一緒だった亡兄の戦友が
「きれいで長く咲くよ」
修善寺の畑から
分けてくれた紫紺野牡丹
私の庭に
昔からそこにいたように
背を伸ばしていた

私には兄がいたのだった
兄は生きていたのだ

「戦死」できなかった兵士たち

曽我　貢誠（そが　こうせい）
1953年、秋田県生まれ。詩集『学校は飯を喰うところ』、『都会の時代』。
詩誌「とんぼ」、「詩樹」。東京都文京区に在住。

父は戦争についてはほとんど話さなかった
二十二の歳、中国戦線からニューギニアに渡ったこと
引き揚げ船でサルミという港から名古屋に着いたこと
熱田神宮にお参りして秋田に帰ったこと
そんなことは高校のころ聞いた

子どものころはほとんど喰い物の話だけだ
トカゲ　ヘビ　バッタ　クモ
カエルもコウモリも喰った
ヘビはご馳走だったし、野ネズミもそこそこ
マラリアを患ったが、どうにか生き延びた

秋の日の午後、私は神保町の古本街を歩いていた
題名に魅かれ、手にした分厚い本
ニューギニア上陸についての正確な記録だった
ページをめくっていくと不思議な感情に襲われた
膨大な名簿の中になんと父の名前を発見したのだ

父がたどった戦地の軌跡に興味を持った
私は何度も古本屋や図書館をさまよった
そこには想像を超えた自然の猛威が

そして兵士の慟哭と無念が書かれていた
やがておぼろげながら戦闘の全貌が見えてきた

湿気と高温とぬかるんだ大地
陰惨で不気味で暗い　巨大なシダの密林
豪雨は濁流になり、突風はすべてをなぎ倒した
結論を言えば、ニューギニアは
戦争には最も適さない大地だった

投入された日本兵十四万人余り
うち死者十二万七千六百人
そのうち戦闘と関わりなく
十一万四千八百四十人が
疲労と空腹と疫病で死んだ

一米《メートル》を超える大トカゲ　一尺の大ムカデ
三寸ほどの山ヒルの大群
蚤《ノミ》、虱《シラミ》、蠅《ハエ》、ダニ、無数の蟻《アリ》
マラリア、テング熱に破傷風
赤痢、コレラ、黒水病、腸チフス、住血吸虫病

来る日も来る日もジャングルの中をさまよい
敵に弾丸を一発も発射することもなく
敵の弾丸が体を貫通することもなく
暑さと飢えと病気で、悶え苦しみ
ついには「お母さん」と叫び死んでいった

戦争映画はこの地には適さない
戦争小説もこの地はつまらない
ニューギニアには戦艦も戦闘機も似合わない
兵士はただひたすらジャングルの中を歩かされ
そして死んでいく　それだけだ

戦死ではなく餓死《がし》だった
まぎれもなく野垂れ死だった
日本軍もアメリカ軍も本当の敵は
ニューギニアのジャングルそのものだった
マッカーサーもこの地だけは本気の戦闘を避けた

父が死んで十年　今にして思う
生き残り一万二千四百の中にいた父
灼熱のジャングルをさまよい
トカゲやヘビを探し続けざるをえなかった
そのことこそが父の本当の戦いではなかったのかと

戦場から戻ってからも
人生をさまよいながら歩いていた
やっと「お迎え」がきて、戦友の元に帰っていった
そして父もまた、戦死できなかった
兵士の一人なのかもしれない

やっぱり平和が・・・

毎年、開戦した日を迎えると
父のある情景を思い出す
あの日、雪が降り始め、
まきストーブの温もりが心地よい
父は焼いたハタハタを肴にテレビに見入っていた

「戦争ドキュメンタリー」だ
突然場面は燃え上がる村を映し出した
炎の中に赤ん坊
甲高い泣き声。銃声、叫び、また銃声・・・
やがて　静寂

父はぬるくなった酒を一口飲み干すと
ぽつりと、だが確かにつぶやいた
「やっぱり平和がいいよ」
番組の終わり、静かに流れたテロップ
「いかなる戦争も平和に勝るものはない」

中村輝夫さん

――台湾高砂義勇隊兵士――

インドネシア・モロタイ島
彼の潜むジャングルは深く
地元の人も軍隊も
容易に近づける場所ではなかった

だからこそ三十年間
彼は一人　戦争の終わったことも知らず
天皇の兵士でありつづけた

隊列からはぐれた罰を受ける心配
米兵に遭遇する恐怖
それらが　熱帯の陽射しの中で
ゆらいで解けていったころから
彼は小さな畑を作りはじめた
できるのはタロイモやバナナ
葉を葺いた小屋で
スコールをしのぎ
ひとり　寝起きする
朝は洗面のあと
宮城《きゅうじょう》遥拝し　体操する

彼の一番の仕事は
軍から支給された三八銃の手入れだ
外側は光るほど磨きこみ
内側は時々分解して筒掃除をする

敵も味方も　もう長いこと見ていない
しかし　川島隊長の命令がない限り
任務を終えるわけにはいかない

中村輝夫　五十五歳
発見されたのは一九七四年十二月
横井庄一、小野田寛郎に次ぐ英雄として
日本に迎えられるはずだった

しかし　現地で面会した厚生省役人は
彼が台湾出身であることを知る

第二次大戦中　日本兵として
戦地に赴いた台湾人は二十万人

近藤　明理（こんどう　めいり）
1954年、東京都生まれ。詩集『ひきだしが一杯』、『故郷のひまわり』。
詩誌「阿由多」、「プラットホーム」。東京都練馬区に暮らす。

特に中村輝夫たち　高砂義勇隊は
南洋のジャングルに慣れているだろうと
南方の激戦地へ送られた

戦後　台湾は「日本」でなくなった
だから　発見された中村輝夫は
「日本人」ではなかった
日本政府は十分なねぎらいもせず
未払い給与三万八千円と
見舞金三万円を持たせて
彼を台湾の小さな村へ送還すると決めた
過酷な南洋の地で
日本を守るために戦った台湾の男達のことを
日本政府は忘れることに決めたのだ

それから五年後
中村輝夫は天国へ旅立った
「日本へ行ってみたかった」
と言い残して……
彼が一人守りつづけた「大日本帝国」は
もはや遠い国であった

彼は
スニヨンとして生まれ
中村輝夫として成長し
李光輝として死んだ
しかし　まぎれもなく一人の台湾人であった

＊中村輝夫（本名スニヨン）は一九一八年、台湾生まれ。一九四三年、二十五歳のとき、高砂義勇隊として出兵。一九四七年十二月、インドネシア軍によって発見される。
一九七九年五月　肝臓癌のために死去。

＊筆者の父、王育徳は中村輝夫氏の発見をきっかけに、一九七五年、「台湾人元日本兵士の補償問題を考える会」を発足。中村氏の上官たちや一般市民、弁護士、国会議員たちの真摯な活動の結果、一九八七年、台湾人戦死者遺族、戦傷者に対し、一律に二百万円の弔慰金を日本政府が支払うことが法律で定められた。実際に受給した人は、二万人余にのぼる。

何を見つめているのだろう

北爪　江美子（きたづめ　えみこ）
1935年、千葉県生まれ。群馬県前橋市に暮らす。

昭和十九年五月　ラバウルから将校行李が返ってきた
一年前　父と一緒にニューギニアに出発した行李が
双眼鏡のケース　拳銃のケース
父愛用の写真機も入れて　返ってきた
フィルムを現像すると　写真は僅かに三枚
椰子《やし》の実を手に　屈託なく笑う兵隊さん達の写真が二枚
もう一枚は
丈高い草叢《くさむら》に　埋もれるように一人坐わる父
その目は　果てしないラバウルの空を追うように
遠く　さらに遠くを見つめている
静かな　はっとする程に静かな目で見つめている
父は　何を見つめているのだろう
「大東亜戦争　最初にして最後の写真」
母の手で　そう書き添えられた一枚の写真

何を見つめているのだろう
何か聞こえているのかな
高崎駅で別れて四月《よつき》
わたしと母さん二人の顔を
南の空に見ているのかな
前橋駅頭　教え子達の「海ゆかば」の歌声を
遠くの空に聞いてるのかな

何を見つめているのだろう
何か聞こえているのかな
親子三人散歩した　銚子の海の波の音？
小学生の夏の日　泳いで渡った利根川の流れ？

何を見つめているのだろう
何か聞こえているのかな
椰子の実手にして笑ってる兵隊さんの命のゆく末？
これから始まる戦いの激しい砲弾　叫び声？

ニューギニアでの戦いは　予想通りの激しさだった
四百名の隊員は　次から次へ倒れていった
それでも二人の兵隊さんが　息吹き返し無事帰国
戦さの様子を話してくれた

昭和十八年九月五日の夜　仲間を前に父さんは
「明日は厳しい戦いになる　相手は豪州兵約二千名」

そして　恩賜《おんし》の煙草を配った
明けて六日　未明からの戦いは
健闘すれども多勢に無勢　やがて隊は全滅
大怪我負った二人は　やがて意識を取り戻し
父さんの軍刀で穴を掘ったって
父さんを埋めるための穴を掘ってくれたって
「他の仲間はそのまま　どうすることもできなかった」
涙を流して話してくれた

戦死が分かった昭和二十年二月の学校葬
喪服の母さんの腕の中　遺骨の箱が鳴っていた
ころころころと鳴っていた
「遺骨の箱の蓋は　絶対に開けるな」
そう書き遺した父さんだから
こんな日のくること　分かっていたんだ
遠い目をした写真の父さん
ころころころと鳴る音を　はるかな空に聞いていたんだ

一緒に過ごした年月は　正味で五年のわたしと父さん
でも　みんなが話してくれた
「明るい人だよ　面白い人」
「おおらかで　くよくよしない　気前がいい」
日中戦争報じる新聞の見出しには
「豪胆な斥候長《やっこう》　佐藤倭夫少尉」の文字

こうして作られた私の中の「父さん像」
大きくと揺らいだことがあった　元女学生のこんな話で
「先生はね
『お前達は、戦争に行く様な子を育てるんじゃないぞ』
そう言い残して　出征して行ったんですよ」
えっ　これも父さんなの？
明るく豪胆な父さんと　随分違っているじゃあない？
戸惑うわたしに教えてくれた　最後の写真の遠い目が
静かな　静かなまなざしで　遠くを見つめる父さんが

遠く　静かな父さんの目が　見つめた先で見たものは
三十五年　父さんがこれまで生きた時間の全て
再び手にすることのない　日本に残したなつかしい時間

父さんの目はもっと遠くへ　さらに遠くへ
父さんの目の行き着く先は
戦争の真の恐ろしさを知っている
父さんだからこそ持つ願い
　戦争に行くような子を育てなくてもいい国
　理不尽な死のない国
求めて求めて　手にすることのできなかった平和な国を
果てしない空に見つめ　丈高い草叢に一人父は坐わる

いろり端

「マーシャル群島」
世界地図を勉強する以前から　この地名は
私の胸底深くこびりついていた

朝飯前から草取りをし
月の明かりで稲刈りをしていた兄は
まぶしい水兵《セーラー》服姿で　召集されていった

そして何年か過ぎたある日
私の家族は不気味な騒々しさに襲われた
何百という数の鴉が円を描いてとめどなく
屋敷の上を旋回していた

その鴉たちが姿を消し
やっと　静けさを取り戻した午後
兄の戦死の公報が届いた
母は壁にかけてあった兄の野良着に
むしゃぶりつき大声で長時間泣いていた

それからの母は　いろりにどっかと座り
トロトロと火を燃やしながら
誰彼かまわず話をしていた
——うちの長男はね　マーシャル群島で死んだんだよ

話し相手は　ある時は大工さんであり
ある時は郵便屋さんであったりしたが
明治生まれの女の　跡継に託する夢が
ぷっつりと切れて　働き者だった母は
いろり端に座る時間が
めっきり長くなっていった

鈴木　昌子（すずき　まさこ）
1936年、栃木県生まれ。埼玉県さいたま市に暮らす。

母の長兄は戦病死

畑中　暁来雄（はたなか　あきお）
1966年、三重県生まれ。詩集『資本主義万歳』、『青島黄昏慕情』。詩人会議、関西詩人協会所属。兵庫県西宮市に暮らす。

母の長兄は戦病死
中支で死んだと聞くばかり
遺骨も入らぬ白粘土《しろ》
白き木箱に灰と土
祖父は黙って土こねる

かまどの隅で許嫁
肩をふるわせ忍び泣く
祖母の心はずたずたに
ちぎれんばかりの悲しみも
お上を怨めぬやるせなさ

進め進めと軍馬道
万歳三唱　大陸へ
村の誉れと讃えられ
死ねば靖国祭られる
幼き母も旗の陰

靖国神社に閣僚は
お国に殉じた英霊を
敬うためだと参拝し
地獄地獄の戦争を
勇ましかったと褒めそやす

死んだ兵隊半数は
草の根食《は》みて飢えて果て
下痢に嘔吐の戦病死
桜の如く美しと
何で礼讃できようか

七十年の泰平は
忍び泣きたる乙女らの
苦難の心の結晶か
未来を担う若者よ
いくさ無き世を謳歌せよ

第四章　特攻兵士

空港

八月がくる
空港ビルはずれの貨物倉庫に半分かくれて
特攻の掩体壕《えんたいごう》がまだ口をあけている
そこには今年もカンナが赤く咲いて
茎が短剣のように直線に伸びている

手荷物受取所は朝からざわめいている
都会風のおみやげバッグに汗くさいボストン
この季節だけの奇妙なバランス
すべての荷物が持ち去られたあと
ベルトの上に白木の箱がひとつ残っている

そのうっすらとした影は誰にも見えない
帰るべき土地はあまりにも遠く
墓標の文字はもうながく灰色にかすれたままだ
それでも次の帰省客が到着する昼下がりには
滑走路にはあの日のように陽炎《かげろう》が立ちこめているだろう

その同じ滑走路から飛び立っていった若者たち
彼らがひっそりふるさとを訪れる八月

今日の喧騒のかげにかくれるようにして
死者たちが一日だけ母の元に帰ってくる夏
八月十五日がくる

杉谷　昭人（すぎたに　あきと）
1935年、朝鮮鎮南浦府生まれ。詩集『宮崎の地名』、『農場』。日本現代詩人会、日本詩人クラブ所属。宮崎県宮崎市に暮らす。

ホタル・知覧*1

星野　元一（ほしの　げんいち）
1937年、新潟県生まれ。『星野元一詩集』、詩集『草の声を聞いた夜』。新潟県現代詩人会、日本現代詩人会所属。新潟県十日町市に暮らす。

「ホタルになって帰ってくる」*2
といった青年は帰ってきた
たしかに　裏の川端の方から
提灯《ちょうちん》をもって
タダイマー！　といって
約束の　死んだ時間に——。

と　特攻隊員の母となった富屋食堂
のトメさんはいった
知覧の　ない青春の
六月

コッチの国が正義で
アッチの国は逆賊だった
コッチの人が人間で
アッチの人は鬼畜だった
センソウ
手の中の小さな闇を照らしてくれたホタルたちや
蚊帳の空を飛んでくれたホタルたちを
けちらし
ツッコメーッ！　といって
竹や棒を振り上げた
センソウ

ホタルになってでも帰りたかった青年たちと
ホタルになってでも帰ってほしかった母たち
ホタルになってでも生きたかった青年たちと
ホタルになってでも生きてほしかった母たち
昭和の知覧は遠い
望郷の村々も
帰る地球もさだかでなく
今は　ホゥーホゥー　と呼ぶ声もないか

*1　鹿児島県南九州市（旧陸軍特攻基地）、軍指定食堂（富屋食堂）などがあった。
*2　特攻隊員宮川三郎（新潟県小千谷市、二〇歳）の遺した言葉。

乏しき時代に

――門の鉄の大戸
　玄関の戸をいっぱいあけておくこと
　西瓜を冷やしておくこと
　離れに雑巾がけしておくこと
　神棚仏壇を整理しておくこと
　一輪挿し程度でよいから花をさしておくこと…

江田島海軍兵学校一年、満十七歳に満たぬ若者が、夏期休暇で帰省するにあたり、故郷の妹にあてた手紙の抜粋である。彼、臼淵磐《うすぶちいわお》大尉は、昭和二十年四月七日、二十一歳七ヵ月で戦死している。「大和」の乗組員で、後部副砲指揮所・分隊長であった。

――徳之島ノ北西二百浬ノ洋上、「大和」轟
　沈シテ巨体四裂ス水深四百三十米
　今ナオ埋没スル三千ノ骸
　彼ラ終焉ノ胸中果シテ如何

「大和」は無謀この上ない作戦により、片道の燃料を積載しただけで、沖縄に特攻出撃した。臼淵磐大尉は、戦艦大和と共に、三千の死者の一人として、南海に散華したのである。家族にやさしく、水泳の達人で、詩文を愛好したという。

――何故に笹の葉を追ふか
　このせせらぎのめだかは

繊細で、心やさしい抒情詩もいくつか残しているが、しかし次の如き死生観の持ち主であった。

――進歩ノナイ者ハ決シテ勝ナイ、負ケル
　コトガ最上ノ道ダ、ソレ以外ニドウシテ
　日本ガ救ハレルカ、今日覚メズシテイツ
　救ハレルカ、俺達ハソノ先導ダ

私の驚きは、国家の運命に翻弄されたこの若き大尉が、すでに幼少年時から身につけていたと思われる生活の感覚についてである。水を打った敷石や庭の匂い。開け放たれた家のすがしさ。雑巾がけした畳や床《ゆか》の感触。簡素な神棚の森厳な雰囲気…。それらを統べるどの家にも満

以倉　紘平（いくら　こうへい）
1940年、大阪府生まれ。詩集『地球の水辺』、『フィリップ・マーロウの拳銃』。詩誌「les alizés」、日本現代詩人会所属。兵庫県尼崎市に暮らす。

ちていた何か。かつての日本の家と日本人の起居振舞いに宿っていた何か。

旧世紀との別れの元旦を迎えるにあたって、私は我が家の玄関をあけておく。いっぱいにあけておく。玄関に水を打ち、部屋に一輪の花をさしておく。あの敗戦によって失ったものを自覚するためである。

＊引用は、吉田満『戦艦大和ノ最期』（講談社文芸文庫）並びに『鎮魂戦艦大和』（講談社）所収「臼淵大尉の場合」に拠る。

予科練平和記念館へ行く

田中　作子（たなか　さくこ）
1927年、茨城県生まれ。詩集『吉野夕景』、『田中作子著作集』。
詩誌「コールサック（石炭袋）」。東京都江戸川区に暮らす。

「今日は少し時間が空いているので都合が好かったら予
科練平和記念館へ行きませんか」と長男が誘ってくれる
私が一度行ってみたいと話していたのを覚えてくれてい
た
「少しの時間でいいでしょう」と言う
私は長く歩くことは出来ないが展示品やゆかりのものが
見たかった
車で二時間かかる土浦、阿見町

予科練とは「海軍飛行予科練習生」を短くした言葉
海軍の飛行機乗りの教育を受ける少年達を言う
今の中学三年生の年令で十四歳・十五歳の予科練を希望
する少年達は、日本全国各地の海軍部隊で学力テスト・
身体検査・適正検査による選抜試験を受け
高い競争率を突破して予科練習生となる
七つの金ボタンは桜に錨、颯爽とした姿は少年たちの憧
れであった
教育内容は学業として国語、地理、歴史、英語、数学、
理科、体育、ラグビーや海軍軍人として必要な道徳、通
信、航空、射撃、武道、カッターなどがあった

日中戦争で始まっていた戦争は米英への宣戦布告となり
日本軍の進攻は中国大陸から南方への進出となっていっ
た
最初は勝利だったが次第に戦況は不利になってきた
予科練出身者も戦場で戦ったが
ついには特攻隊として国家の意志に従い軍人として身を
犠牲に国を守り父母兄弟姉妹の為に特攻として戦うよう
になった
父母の胸中を知りながらの特攻が思い遣られる
館内には日常や訓練の写真、手紙、手帳、遺書、遺品な
ど展示されていた
　映画も見ることが出来た
吊り床と言われるハンモックが吊ってあった
見上げて私は思わず呆然と立ちつくした
動けず胸がつまった
吊り床で少年兵は何を思っていたのだろうか
眠れたろうか

父母のこと、兄弟姉妹、先生や友達、自分と、命令により いつ玉砕するかわからない
訓練により鍛えた若い生命を愛しく思わなかったろうか
犠牲が哀しかった　みつめるまなこに熱いものが溜ってきた

付

しかし国の敗戦がもうわかっていた筈の昭和十九年六月十日（日曜日）この日は少年達が父母との別れの面会日であった
アメリカ軍の猛烈な空襲がこの基地を襲った
容赦のない空爆であった
大勢の父母と少年兵が犠牲となった
そして「毎年六月十日の命日には慰霊祭をしています」
記念館の人は悲しみを込めてゆっくりと話して下さった。

予科練

立原　エツ子（たちはら　えつこ）
１９４３年、栃木県生まれ。詩集『湖を見に行きたい』、『立原エツ子詩集』。
個人詩誌「ラッキーカラー」主宰、日光市文化協会選者。栃木県日光市に暮らす。

日常が四角に区切られた世界
白とグレー
幾重にも積み重ねられ
空の青さの中に吸いこまれている
予科練平和記念館
休館の日だったが……
芝生の中に静かにたたずんでいる
七つボタン
霞ヶ浦に……
メロディが浮かぶ

七十年前この地に
飛行予科練習部の若者達
戦うための訓練をしていた
この建物の中に
若者の訓練の写真が無数に展示されている
という……
どんな思いの心を抱いた若者が
写っているのだろうか
戦争はいやだと私も思う

しかし
建物の中の若者の心
何を宿していたのだろう

白とグレーの建物
呼びかけてくれるものはない
シンと日常から離れているだけ
見つめる私
その差ははかりしれなくて
ひとりたたずむ

戦争はあってはならないと……

赤米を炊く

赤米を炊いた
米七・古代赤米三・少量の塩
炊きあがったら白ごまふって
ニコニコしながら配って歩いた
おいしかったわよ
言葉が身体と心に浸み渡る

生きている
身体も心も
生きている

静寂の長い路
両側に数えきれない
槙《まき》の木　灯籠《とうろう》
特攻勇士
夢ちがい観音

赤米を炊く胸にフッとよぎる
平和という二文字
ホワンと温かい香りに包まれて

知覧のひとときは
一瞬鋭く胸を突き刺す
言葉にならない痛み
決して私には語れない痛み
あってはならない戦いの二文字
つぶれている飯盒《はんごう》に
赤米という普通はない
食べるという幸せも入っていない
あったのは戦いという凄まじさ

戦いを知らない
子供達も知らない
知らないでいる日常が
赤米を炊く普通が
ずっとずっと続いて欲しい

今日も赤米を炊いた
ゴマふって器につめて
幸せを配って歩こう

知覧にて

和田　攻（わだ　こう）
1943年、東京都生まれ。詩集『ミニファーマー』、『春はローカル線にのって』。国鉄詩人連盟、日本現代詩人会所属。長野県長野市に暮らす。

モニュメントに逸《はや》る心があった
一時も早く対面を果たさなくては
手招きの魂が特攻の海から波しぶきを浴び
悩みゆらゆら飛び交う部屋に身を曝す……覚悟は
問い返す夥しい顔写真一〇三六柱の瞳から
生れ出る蛍の乱舞が遺書を抱え一途に迫りくる
二十代半ば藻屑に葬り去られた志の青年たち
若くとも晩年といいきれよう
一字一画の墨跡《ぼくせき》が語る熟成の文字

一式戦闘機「隼」のエンジン音が黄泉の暗闇から轟く
捨石沖縄の守護神にはほど遠く
二五〇kg爆弾を抱えよたよた揺れる翼は
蝶の軽やかさしなやかさ
まして隼の迅速猛禽の鉤爪上嘴も失い
体当たりの敵艦遥か前方にて炎上墜落の君たち
一億洗脳猪突猛進の行進曲に幻想も抱かず
純粋さゆえに欺かれ……美辞麗句を懐に
命の先の切羽を考える暇もなかったろう

お国本土決戦——
人身御供のお膳立てを整えよ
一人丸ごと消滅という戦闘能力削除
一機丸ごと消却という無謀な形態も
消耗戦その先の勝ちを読んではいなかった
単純な計算はできていた
知っていた者は命を下し
知らない者は

水盃は大麻の搾り汁で満ち満ちていた
心躍る大らかな気分で敵艦に挑め
命を散らした魂は行方を求めモニュメントに留まり
捨石の答えを失くしたわたしに集合時間は疾《と》うに

矢城　道子（やしろ　みちこ）
1963年、大分県生まれ。エッセイ集『春に生まれたような』。詩誌「コールサック（石炭袋）」。福岡県北九州市に暮らす。

サラバ　ソコク　サヨナラ　オカアサン

一九四五年
沖縄本島沖
米艦隊に突撃した
特攻機
学生兵からのモールス信号に
嗚咽《おえつ》する私
戦後七十年

むろん
嗚咽だけでは終われない
詩に刻むのだ

サラバ　ソコク　サヨナラ　オカアサン

言葉は結晶し
今も生きている
七十年後の私が嗚咽したのだから
百年後のだれかも
嗚咽するだろう
魂のこもった言葉は

砕け散ったりしないのだ

サラバ　ソコク　サヨナラ　オカアサン

これは青年そのものだ
初々しい青年の姿だ

サラバ　ソコク　サヨナラ　オカアサン
サラバ　ソコク　サヨナラ　オカアサン

梵鐘《ぼんしょう》のごとく
こだまし
やがて
永遠の祈りとなる

崇高な死

この夏、『知覧』に行った。
『知覧』。
爆弾だけを積んで敵に体当たりする神風特攻隊の基地。
特攻平和会館には、
特攻で亡くなった一〇三五名の遺影や
遺書が展示されていた。
主に二十歳前後の若者たちが片道の燃料しか積まずに敵
艦に突っ込んでいく。
特攻の成功は『死ぬこと』。
『死ぬ』ために、『死』に向かって、『死』、『死』……。

特攻隊の若者たちの想い。
「自分が〝死ぬ〟ことで家族を守る。恋人を守る。
そして祖国を守る」
この〝想い〟は
崇高なのか？
美しいのか？
気高きものなのか？
賛美されるものなのか？
この〝想い〟は、
間違いなく特攻隊員たちの〝純粋なこころ〟であろう。
そこには一点の曇りもなく、
ただただ、家族を、恋人を、祖国を思う心で
埋め尽くされていたはず。

来館者の中には涙を流している人が多かった。
何に対しての涙？
特攻隊員たちの崇高な心に対しての涙？
家族を思って、
恋人を思って、
祖国を思って死ににゆく、
死ににいかなくてはならないことへの涙？
私の目からは悔し涙しか出てこなかった。
この理不尽な、〝黒い大きな力、思想〟の前に、
ズタズタにされた純粋なこころへの悔し涙。
特攻隊員たちのこころは純粋であり、崇高であり、
気高い。
だけど、その〝死〟はけっして『美しく』はない。

まる草（まるくさ）

1967年、東京都生まれ。東京都墨田区に暮らす。

『美しい死』などは断じてあるものか！

十代の若者に、
これからたくさん楽しいこと、
うれしいことがあったはずの
二十代の若者に、
『死』を覚悟させ、
それを崇高なこころだと、
気高い行為だと思わせる
〝黒い力、思想〟があったことが悔しくてならない。

『死』を『美しいこと』と錯覚させてしまう
〝黒い力、思想〟
そんなやるせない空気が渦巻いていた七十年前に対して
声を大にして言う。
『生きること、生きていること』、
それが平和への第一歩。
『死』による平和はありえない

そう、生きること。生きていること……。

堕ちる太陽

骨も拾えなかった爺ちゃん婆ちゃんの兄ちゃん達
神風特攻隊で散ったんだ
何を想って最後に向かったの？教えて欲かった
どうしても知らなきゃ伝えられないんだ
だから俺は遺族として知覧に向かったんだ
そこにはね　爺ちゃん婆ちゃん宛の遺書が残っていたんだ
黒く塗り潰された遺書が
酷《むご》いよね　最後の言葉まで握り潰されるなんて
研究者に依頼して何とか読むことが出来たよ
でも爺ちゃん婆ちゃん　伝えるのが遅過ぎたね
爺ちゃん婆ちゃんはもう既に空の彼方
今は2人で俺を見守ってくれてるのかな？
会いたいよ　爺ちゃん婆ちゃんに伝えたかったんだ
2人の兄ちゃん達の最後の言葉を

負け方が大事だと書いてあったよ
生き延びろと書いてあったよ
命を育めと書いてあったよ

判っていたんだね　日本が負けることを
それでも特攻しなきゃいけなかったんだね

神月　ROI（かむづき　ろい）
1977年、沖縄県生まれ。福岡県に暮らす。

守る為に自分の命も人の命も犠牲にするなんて狂ってる

変だよね　戦争が人間を狂気に変えるだなんて
正義を掲げた大義名分なんて要らない
殺らなきゃ殺られるシステムを作る戦争が俺は憎いんだ
何故広島と長崎にピカドンが落とされたんだ？
煌めく太陽の様にピカリと光って地獄を作らなきゃいけ
　なかったんだ？
あの光は偽りの太陽だったんだ
数多の命　自然　全てを殺す為だけの

太陽が沈む　死んでしまった人々を置き去りに
それでも太陽はまた東から昇り
そしてこれからも死にゆく者達を置いて西に沈む
まだ世界は終わらないから太陽は全てを見守り沈んでゆく
人間はまた愚かな過ちを繰り返そうとしているのか
この世界を戦争と言う狂気で滅ぼすつもりなのか
もう2度と偽りの太陽を堕とす戦争なんて起こさないで
　くれ
この世界に偽りの太陽なんて必要ないのだから

第五章　沖縄諸島

荒崎海岸

糸満の漁師も
甘蔗《キビ》の中の男も　知らぬという
小さな　碑《モニュメント》　の在りか。
甘蔗畑の道に迷い
暗いジャングルをくぐり
ぽっかりと出た　ところ
一望、荒涼
海へとひたすら傾いてゆく

海蝕甚だしい珊瑚礁台地
岩は刃物のように鋭く立ち
或は凹凸《ぼこぼこ》抉れて眼窩のように暗く
るいるい
風葬原のごとし
荒崎海岸。
西、濃藍《インジゴ》の東シナ海、キャン断崖に波うちあがる
東へ、ギーザバンタは飛沫《しぶき》のなかに滲むようにとけてあ
り
この間七キロ余
〈すべての地獄を一ケ所に集めたような……

大崎　二郎（おおさき　じろう）
1928年、高知県生まれ。詩集『幻日記』『大崎二郎全詩集』。
詩誌「二人」。高知県高知市に暮らす。

と、米戦史にいう激戦地《ところ》
いま、雲平らに流れて　人間の記憶も　礁《いわ》も
風化はなはだし。

一九四五年
前方四百メートルのこの海に米艦艇蝟集し
黒い鉄の影は島人《しまびと》の海へのおもいを断固拒絶した
日本軍は既に潰滅し
学徒看護婦ら行くあてもなく　戦火を逃げまどいつつ
六月十九日、糸満街道から海へ海へと追い落とされる
アダン林をぬけたとき
砲弾の破片と　柔らかいモチのようなもの降ってき
髪の毛や　衣服にべたべたとくっついた
？　人間の肉であった
それから、霧のように細かい雨にぬれた
ガソリンだ！
海岸へ夢中で逃げた
戦車、アダン林に火焔放射を浴びせ
瞬時、夕焼け空のように燃えあがった
早く！　イタイイタイ　棘棘《ギザギザ》の　ハダシの

血の足痕の　珊瑚礁を走り
やっと礁陰《いわかげ》に逃げこむ
前は、敵の海！
海からスピーカーは頻りに投降を呼びかけてくる

生きたい、生きたい
だが、天空より命令する声あり

　生キテ虜囚ノ辱シメヲ受クルコトナク、悠久ノ大義ニ
生ク　ベシ……
　悠久の大義に！

〈先生、手榴弾を！　栓を！
〈待てッ！　落ちつけ
轟音！　ガリガリと岩を噛んでくる
〈もう間にあいません。先生栓を！　センを！
〈ヌキマスッ!!!

数条の白い閃光が礁《いわ》を突きぬけた
…………
ああ、今まで生きていた……
眼球《め》や、首や、手や、足や。

＊

屹立する　この珊瑚礁岩に
爆死したものの名を刻んで象嵌し
荒崎の海に向かって永遠に問いつづける
…………
悠久の大義とは？　ナニか…………
…………
風、空無辺所を吹きすさび
炎暑、踏んでゆけば
白曝《ざ》れの礁の上に
痣のように血の足痕うっすら浮かびあがってみえるは
幻視のゆえか。

礁《いわ》を這う、浜潮木《ハマスーキ》＊
葉、少女らの耳朶のように繊毛《うぶげ》風に光り
やさしく礁をつつんで後背へ群落す。

四十四年めの夏、訪《と》うものなく
荒崎海岸
固く噤んで
海浪に伏す。

＊浜潮木《ハマスーキ》　モンパノキのこと、葉が紋羽状《モンパ》（ビロード状）
だから。

洞窟掘人《ガマフヤー》*

心が落着くのです

母の骨を探しあてた時　しみじみと心が
定まったのです
いのちは消えてないのですが　母がこうして私を
迎えてくれた　土の中から
白くなった手を伸べて
深々と心が落着いたのです

どろをあつめるのはシャベル
シャベルがあつめるのはどろに埋まった骨の欠片《カケラ》
くわを持ち　シャベルを握り　熊手をさげて
あれから私は四十年　ガマの中を掘ってきました
ささやかな生業《なりわい》で身を支え　その
ひまひまにではありますが
（今はもう年をとり　からだも痛くままにならない
　その　すきますきまにではありますが…）
あちこちとガマをたずねて
骨をひろってあつめております

母の骨を探りあてた　あの時
からだがつちの中にしみ込んでいくように
ふかぶかと心が落ちついたのです

*ガマフヤー　戦後ずっと洞窟を掘り続け、出てきた
　戦死者の骨を洗い清め慰霊している人々がいる

八重　洋一郎（やえ　よういちろう）
1942年、沖縄県生まれ。詩集『沖縄料理考』、『夕方村』。
詩誌「イリプスⅡ」。沖縄県石垣市に暮らす。

モモタマナ

斎藤　紘二(さいとう　ひろじ)
1943年、樺太生まれ。詩集『二都物語』、『海の記憶』。
日本現代詩人会、宮城県詩人会所属。宮城県仙台市に暮らす。

きみはモモタマナを知っているか
ひとの泣き声を聞いて大きくなるという
沖縄の木　モモタマナを
その木の下で
ぼくらは楽しげに話すことはない
いつでも密やかにひとの死について話す
世界の不幸について語る
涙と泣き声だけがふさわしいその木の下では

モモタマナの大きな葉は
まるで子象の耳のように
ときどき静かに揺れながら
ぼくらの話を聞いている

そのモモタマナが急に大きくなりはじめたのは
沖縄戦のときからだとひとは言う
一日として止むことのなかった
ぼくら沖縄の民の悲しい泣き声を
モモタマナはその子象のような耳で聞いたのだ

数珠にも似た白い小さな花を咲かせる
モモタマナの木が
どんどん大きくなるのがきみは嬉しいか
ひとの泣き声を聞いて大きくなるという
その木の成長が嬉しいか

きみはモモタマナの木を知っているか
モモタマナが耳にした
ぼくら沖縄の民の　たとえば
自決した父母や兄弟姉妹の
壕のなかの慟哭
こらえてもこらえても溢れてくる
その泣き声がきみには聞こえるか

平和の丘で

風冴えて
哭《な》いている

摩文仁の丘で
平和の礎《いしじ》を巡り
身投げ岬の断崖や
島守の塔を拝んだあと
ひとり広場にきて
この風に気付く

琉球王朝以前から
太平洋戦争末期の破壊
戦後の目覚ましい復興の姿を
ずっと見据えてきた風だ

海から丘へ
丘から空へと
駆け抜けながら
私の心を揺さぶったが
重い問いかけには即答できず

鳥肌の立つおもいをした
二十世紀終わり頃の
一瞬の出来事

岸本　嘉名男（きしもと　かなお）
1937年、大阪府生まれ。詩集『早春の詩風』、『わが魂は天地を駈けて』。
関西詩人協会所属。大阪府摂津市に在住。

奄美　夏の日

主催者の困惑も　九十一歳の年も
あなたにとって　普通の事である

大荷物の移動も　杖付く体の移動
ゆっくりすすむ　奄美大島への旅

皆既日食ツアー　戦闘に比べれば
何の事もないと　涼しい顔が語る

太平洋のその先　硫黄島へ出兵し
目の前の敵兵は　子の姿に重なり
引き金をひけず　心が寄り添った

二度と戦わない　戦わない二度と
すっと背伸ばし　口少なめに語る

あなたの目の中　夏日の皆既日食
太陽・月・地球　大空のドラマは
今から　始まる　引き潮が治まり
波が消えた地平　暗闇が全体覆う

九十一歳背中は　動くこともない
兵士の如く待つ　不動の姿のまま

自然界の融合に　太平洋の海の先
時は流れ流れて　今は平和の空に
あなたは　いる　奄美の　夏の日

山野　なつみ（やまの　なつみ）
1943年、長野県生まれ。詩集『時間のレシピ』。
詩誌「草原」、「いのちの籠」。神奈川県相模原市に暮らす。

そして　誰も消えてはいない

佐々木　淑子（ささき　としこ）
1947年、岡山県生まれ。詩集『母の腕物語―増補新版』、『未生Ｍ―ｕ』。日本現代詩人会、鎌倉ペンクラブ所属。神奈川県横須賀市に暮らす。

1

シュー　シュー　シュー　シュー
ヒュー　ヒュー　ヒュー　ヒュー
誰もいないガマ[*1]の中を
風は今も　冷たく吹き抜ける
人々の悲鳴をのせて　吹き抜ける

逃げ惑い　逃げ惑い
追い詰められ　追い詰められ
逃げ込んだ　真っ暗なガマの中

「もう、だめだ。だめだ！」

「アメリカ兵が　すぐそこに」

「早く、早く、死なせて！」

「早く、早く、死のう！」

「その手で　喉もとを！」

「すぐに　すぐに楽にしてあげます。私も後から」

互いを切りつけ合った人々
真っ赤に染まったガマの中

2

シュルルー　シュルルー　シュルルー
シュルルー　シュルルー　シュルルー
誰もいないガマの中を
水は今も　流れ続けている
人々の血を　流し続けている

人々は消えてしまったのか
あの暗黒の闇の中に

いえ、人々は消えてはいない
誰一人　消えてはいないのだ

でなければ
あなたを想い　墓の前で
胸いっぱいの哀しみに震える
祈りのシーミー[*2]が過ぎ去った頃

なぜ　月桃[3]のすがしい薄紅色の花は
どっと　この沖縄の大地いっぱいに咲き香るのか

誰も消えてはいないのだ

あなたも
あなたも　あなたも
あなたも　あなたも　あなたも
あなたも　あなたも
あなたも

あなたも
あなたも　あなたも
あなたも　あなたも　あなたも
あなたも　あなたも
あなたも

人々は皆　そこにいる

涙の形の房を揺らして
今も　そこに立っている

馨しい香りを放って
残された私達を包んでくれている

＊1　ガマ　石灰岩で形成された鍾乳洞。沖縄戦で住民が逃げ込んだ。また野戦病院として利用された。

＊2　シーミー　清明祭　春分から四月中頃にに墓の前に親族が集まり、墓を掃除し食事を共にして先祖の霊を慰める行事。

＊3　月桃　ゲットウと読む。ショウガ科　芳香豊かな美花。五月から六月頃咲く。

金野　清人（こんの　きよと）
1935年、岩手県生まれ。詩集『冬の蝶』、『青の時』。岩手県詩人クラブ、北上詩の会所属。岩手県盛岡市に暮らす。

風を汲む少女

今宵もまた
ひめゆり学徒隊の少女は
手桶を提げ
柄杓を持って現れ

賽の河原で
石を積むこともせず
水を汲むこともせず
ひたすら
きな臭い風を
せっせと汲んで
捨てている

島から吹いてくる風に
砲弾の臭いが漂っている限り
沖縄戦で
若い命を散らした少女は
いまだに
安らかに眠ることが出来ないのだ

いまも
性懲りもなく
きな臭い風が
世界中の至る所で
吹き荒れている

戦争を知らない若者たちよ
誰が誰の敵なのですか

どんなに美しい言葉で飾られようと
君たちが殺しに征くのは
きょうだいなのだ

日の丸の波に送られ
勇ましい軍歌に乗せられ
きょうだいを殺しに
征ってはいけないのだ

未完の悲劇

国策によって
多くの同胞が
満州で戦争に巻き込まれた

1945年8月9日未明
無謀なアジア太平洋戦争終結直前
頼りの関東軍からは置き去りにされ
有ろう事か祖国からも棄民され
侵攻してきたソ連軍に
罪もないのに
シベリアへ拉致・連行され
過酷な重労働を課せられ
還らぬ人となった父

死人に口なし
不条理を訴えることもできない

無辜の父上を還せ
ツンドラの下に眠る慈父を還せ
子煩悩だったお父さんを還せ

無念の最期を遂げた父を慕い
声を限りに
私は叫び続ける

戦後七十年
飢餓と酷寒のシベリア強制収容所から
六十万人の俘虜たちは
「奴隷のままでは死ねない」と
今も祖国とロシアに向かって訴えている

墓も供花もないツンドラの下から
六万人の俘虜たちの断末魔の呻きが
胸を打つ

戦後最大の悲劇は
今も続いたまま

沖縄に基地はノウ

最後の決戦地となった沖縄戦がなければ
さとうきび畑が広がり
青く　空のように澄んだ海は
珊瑚が大きく背伸びをして
ジュゴンも泳いでいた
さみせんにあわせて島歌が流れていた

沖縄戦争がなかったら
義父も戦地でマラリアにかかり
死ぬことはなかった
夫は生後十ヶ月で父親の顔は知らずに生きた

一九九六年に世界一危険な普天間基地の返還が
合意されながら十三年が　過ぎ去って行った

厚さ六センチの窓　普天間高校の授業は
飛行機の騒音で　中断される
戦後六十五年　日本に基地は増えて行った

四月二十五日　読谷村《よみたんそん》で開かれた

田島　廣子（たじま　ひろこ）

1946年、宮崎県生まれ。詩集『愛・生きるということ』、『くらしと命』。
詩誌「人間詩歌」、詩人会議所属。大阪府大阪市に暮らす。

「米軍普天間飛行場の早期閉鎖・返還と、県内移設に反対し、国外・国内・県外に移設を求める県民大会」に
九万人が集結した

雨に打たれながら　人間の鎖だ
顔は合羽から流れる雨雫　汗　涙
眼はしっかり見開き　光っている
しっかり握ったあなたの手と私の手だ
生きている命の鎖が十三キロ続く
だれかが叫んだ　肩を寄せあって
　雨なんかに負けておられへん
空・海が割れんばかりだ

海底から土の中から御霊が乱れ飛んでいた

オバアのゲルニカ

うえじょう　晶（うえじょう　あきら）
1951年、沖縄県生まれ。詩集『我が青春のドン・キホーテ様』、『日常』。詩誌「あすら」、「縄」。沖縄県中頭郡に暮らす。

浅黒イ顔ニ深イ皺ヲ刻ミ　オバアハ
鎌デ手ニ掛ケタ子ノ　年ヲ数エル
曲ガッタ腰ヲ前屈ミニシ　オバアハ
乳房ニシャブリツイタママ　死ンダ子ニ
小サク　子守唄ヲ唄ウ

アレカラ　幾度カノ夏ガ来テモ
オバアハ白髪ヲ風ニ晒シタママ
口ヲ固ク閉ザシ　ジット沖ヲ見続ケテイタ
アレカラ　幾度カノ夏ガ過ギ
オバアハ狂人《フリムン》ト囁カレ
石ヲ投ゲラレ　死ンデイッタ
「生地獄ヤサ」
オバアノ最後ノ一言ハ
守リキレナカッタ子ヘノ
懺悔　悔恨　肝苦《チムグリ》サ

六月二十三日ガ廻ッテキテモ
オバアノ姿ハ　モウ何処ニモ無イ
記憶ハ窟《ガマ》ニ封印サレ
骸ノ上ニ夏草ハ繁茂シ　蝉ハ喧《カマビス》シク鳴ク
イッタイ　幾百　幾千　幾万ノ
オバアノ涙ガ　流レ　流レ　流レレバ
平和ハ来ルノダロウ
沖縄ノ言葉ヲ取リ上ゲ　魂ヲ抜キ
命ヲ差シ出サナケレバ来ナイト言ウ
日本ノ平和ハ　何処ニアルノダロウ

キビ畑ヲ渡ッテクル風ノ中ニ
オバアノ嗚咽《オエツ》ガ聞コエテクル日
若イ母ハ　不安ゲニ空ヲ仰グ
耳ヲ劈ク爆音　目交ヲ掠メル黒イ影
寝息ヲ立テ安ラカニ眠ル子ヲ
何時マデ　守レルダロウカ
寄セ返ス波ノ音ニ
オバアノ慟哭ガ聞コエテクル日
若イ母ハ怯エル
忍ビ寄ル軍靴ノ音　庭先ニ迫ル鉄条網
母ノソノ背ヲ盾ニシテ　幼子ヲ
何処マデ　守レルダロウカ

恋を語りあえる日まで

娘達は教えられた
死ぬ事だけを
見た事もない撫子の花のように
ただ耐える事を
黄色くささえ合う
「相思樹の歌*」は許されず
強いられた　卒業式の「海行かば」への道

ジュゴン
抱きしめておくれ
凍えきった夏の日の悲しみを
黄色く開く　花の想いを胸に
岬から　蒼く吸い込まれてきた
つぼみのままの命を

ジュゴン
聞いておくれ
うす紅色のサンゴの　小枝のかげの
娘達の　小さなささやきを

萩尾　滋（はぎお　しげる）
1947年、福岡県生まれ。詩集『戦世の終る日まで』。京都府向日市に暮らす。

—戦争が終わったら　何がしてみたい
戦争が終わったら　すてきな恋がしてみたい
星砂の涙を拭い
禁じられることのない
美しく飾り立てることのいらない
島の言葉《ウチナーグチ》で
すてきな人と
恋いを語りあいたい

戦世《イクサユー》に　繋ぎあう手が
引き裂かれることのない
硝煙に　そっと染めた爪の　鳳仙花《テンサグ》の紅が
滲むことのない　透き通った時間の中で

*相思樹の歌　沖縄師範学校女子部と沖縄県立第一高等女学校（並立…ひめゆり部隊）の相思樹の並木を歌った別れの曲

おとなになる日を返して

もう　忘れられてしまったのかしら
戦争は終わったはずなのに
　大人になる日をうばわれた　わたしがいることは
　大人になる日をうばわれた
　　　いくにんもの　わたしがいることは
もう　見えなくなってしまったのかしら
止まったままの時間の
　大人になりたかった　わたしたちの姿は
　大人になれなかった　わたしたちの姿は

わたしだって　大人になって
　口紅をつけて　ハイヒールをはいて
　ハンドバックをさげて　街を歩いてみたかった
でも　わたしは　庭先に　空から
　パラシュートで来たトレーラーの下に
　もう　大人になることはできないの
　わたしは　ずーっと　五年生の女の子

教室の真ん中にジェット機が落ちてきて
　はらぺこの　十一人の命がうばわれたことは
もう　忘れられてしまったのかしら
なぜ　勉強しているわたしたちが
　戦争ぎらいのわたしたちが
なぜ　大人になってはいけないの
　わたしたちは　宮森の小学生のまま

なぜ　見つめてはくれないの
血にぬれた　ソテツの葉先は見ていたのに
　はだを刺し　逃げまどった　わたしがいることを
やさしさに抱きしめる　風は見ていたのに
わたしの　おとなになる日を
　うばおうとする米兵がいることを
涙のしぶきに叫ぶ　海は見ていたのに
怒りに照りつける　夏の陽は見ていたのに

届かないのかしら
空や海や土地を切り渡し　獲物を狙う
光る眼の　　ミサゴ《オスプレイ》を肩に留まらせて
大和口《ヤマトゥグチ》で
銃の引き金を命じる　秘密に囲まれた　砦の中には
沖縄口《ウチナーグチ》の
　あの日命をうばわれた　わたしたちの声は
　あの日夢をうばわれた　わたしたちの声は
聞こえないのかしら
　大人になりたかった　わたしたちの声は
　大人になれなかった　わたしたちの声は

みるく世《ゆ》がやゆら*1

知念　捷（ちねん　まさる）
沖縄県生まれ。与勝《よかつ》高校三年生（二〇一五年）。沖縄県に暮らす。

みるく世がやゆら
平和を願った　古《いにしえ》の琉球人が詠んだ琉歌《うた》が　私へ訴える
「戦世《いくさゆ》や済《し》まち　みるく世《ゆ》やがて　嘆《なじ》くなよ臣下《しんか》　命《ぬち》
　ど宝《たから》」*2
七〇年前のあの日と同じように
今年もまたせみの鳴き声が梅雨の終りを告げる
七〇年目の慰霊の日
大地の恵みを受け　大きく育ったクワディーサー*3の木々
　の間を
夏至南風《かーちーべー》の　湿った潮風が吹き抜ける
せみの声は微かに　風の中へと消えてゆく
クワディーサーの木々に触れ　せみの声に耳を澄ます
みるく世がやゆら
「今は平和でしょうか」と　私は風に問う

花を愛し　踊りを愛し　私を孫のように愛してくれた
　祖父の姉
戦後七〇年　再婚をせず戦争未亡人として生き抜いた
　祖父の姉
九十才を超え　彼女の体は折れ曲がり　ベッドへと横臥《おうが》
　する
一九四五年　沖縄戦　彼女は愛する夫を失った
一人　妻と乳飲み子を残し　二十二才の若い死
南部の戦跡へと　礎へと
夫の足跡を　夫のぬくもりを　求め探しまわった
彼女のもとには　戦死を報せる紙一枚
亀甲墓に納められた骨壺には　彼女が拾った小さな石

戦後七〇年を前にして　彼女は認知症を患った
愛する夫のことを　若い夫婦の幸せを奪った　あの戦争を
すべての記憶が　漆黒の闇へと消えゆくのを前にして
　彼女は歌う
愛する夫と戦争の記憶を呼び止めるかのように
あなたが笑ってお戻りになられることをお待ちしていま
　すと
軍人節の歌に込め　何十回　何百回と
次第に途切れ途切れになる　彼女の歌声
無慈悲にも自然の摂理は　彼女の記憶を風の中へと消し
　てゆく
七〇年の時を経て　彼女の哀しみが刻まれた頬を　涙が

つたう
蒼天に飛び立つ鳩を　平和の象徴というのなら
彼女が戦争の惨めさと　戦争の風化の現状を　私へ物語る

みるく世がやゆら
彼女の夫の名が　二十四万もの犠牲者の名が
刻まれた礎に　私は問う
みるく世がやゆら
頭上を飛び交う戦闘機　クワディーサーの葉のたゆたい
六月二十三日の世界に　私は問う
みるく世がやゆら
戦争の恐ろしさを知らぬ私に　私は問う
気が重い　一層　戦争のことは風に流してしまいたい
しかし忘れてはならぬ　彼女の記憶を　戦争の惨めさを
伝えねばならぬ　彼女の哀しさを　平和の尊さを

みるく世がやゆら
せみよ　大きく鳴け　思うがままに
クワディーサーよ　大きく育て　燦燦《さんさん》と注ぐ光を浴びて
古《いにしえ》のあの琉歌《うた》よ　時を超え今　世界中を駆け巡れ
今が平和で　これからも平和であり続けるために
みるく世がやゆら
潮風に吹かれ　私は彼女の記憶を心に留める
みるく世の素晴らしさを　未来へと繋ぐ

（沖縄県平和祈念資料館提供）

＊1　みるく世がやゆら　平和でしょうか、との意味。「みるく世」は「弥勒世《みろくよ》」のこと。

＊2　「戦世や――」の琉歌「戦いの世は終わった／平和な弥勒世がやがて来る／嘆くなよ、おまえたち、命こそ宝」という意味。

＊3　クワディーサー　モモタマナの木。沖縄戦の死者名を刻む「平和の礎《いしじ》」の周りにも植えられ、広い葉が大きな緑陰をつくる。

第六章　広島・長崎・核兵器廃絶

八月六日

あの閃光《せんこう》が忘れえようか
瞬時に街頭の三万は消え
圧しつぶされた暗闇の底で
五万の悲鳴は絶え

渦巻くきいろい煙がうすれると
ビルディングは裂け、橋は崩れ
満員電車はそのまま焦《こ》げ
涯しない瓦礫《がれき》と燃えさしの堆積《たいせき》であった広島
やがてボロ切れのような皮膚を垂れた
両手を胸に
くずれた脳漿《のうしょう》を踏み
焼け焦げた布を腰にまとって
泣きながら群れ歩いた裸体の行列

石地蔵のように散乱した練兵場の屍体
つながれた筏《いかだ》へ這《は》いより折り重った河岸の群も
灼《や》けつく日ざしの下でしだいに屍体とかわり
夕空をつく火光《かこう》の中に
下敷きのまま生きていた母や弟の町のあたりも

峠　三吉（とうげ　さんきち）
1917〜1953年、大阪府生まれ。『原爆詩集』。
詩誌「われらの詩」代表者。広島で被爆。六歳から広島市に暮らした。

焼けうつり

兵器廠《へいきしょう》の床の糞尿《ふんにょう》のうえに
のがれ横たわった女学生らの
太鼓腹の、片眼つぶれの、半身あかむけの、丸坊主の
誰がたれとも分らぬ一群の上に朝日がさせば
すでに動くものもなく
異臭《いしゅう》のよどんだなかで
金ダライにとぶ蠅の羽音だけ

三十万の全市をしめた
あの静寂が忘れえようか
そのしずけさの中で
帰らなかった妻や子のしろい眼窩《がんか》が
俺たちの心魂をたち割って
込めたねがいを
忘れえようか！

その的は?

どこを狙うのだ
きみの武器は?
その核兵器は?
地球はもうはや狭いのに

ワタクシノ　テノヒラニ
シラミガ　イッピキ
ヒネリツブスカ　ドウスルカ
ダレニモ　ダレヒトリ
シラセナクテイイノダ

なにができるのだ
きみの武器は?
その核兵器は?
全滅　脅しかけるだけ

トオクカラ　カナシバリ
ブキミナ　アミノメ
ニゲダスノニハ　ドウスルカ
ドコニモ　ダレヒトリ

ワカルヒトイナイノダ

だれに当たるのだ
きみの武器は?
その核兵器は?
人類みんな親類なのに

木島 始(きじま　はじめ)
1928〜2004年、京都府生まれ。『木島始詩集』、『新・木島始詩集』(新々)。詩誌「列島」。東京都練馬区などに暮らした。

立ったまま眠る

山田　かん（やまだ　かん）
1930~2003年、長崎県生まれ。『いのちの火』、『山田かん全詩集』。詩誌「草土」、「カサブランカ」。長崎県諫早市などに暮らした。

ぼくが行けば
カタカタと骨を鳴らして
ベッドにおきあがる友は
赤い十字架をつけたコンクリートの
窓のなかにいる
熱帯魚のように蒼ざめて
ゆらゆらと息づく
きみをベッドにしばりつけて
惑星は自転する

まなかいの白い道をゆく老婦は
辺土に命を絶った夫の
死にぎわを想いつづける
花もなく
ひろがる空に茫々と連なる土をのせて
惑星は雨を降らしたりする
今日は光が注いでいるが
やけに冷たい風だ
浦上に白いマリヤは微動だにせず
懶惰にひくすぎる山の麓
祈りつづけている

鍋底の地形に
のがれるすべなく　突如
ルツボのようにたぎったとき
手は祈りながら崩れるほかなかった
その日も
炎のなか　やはり夜はきたのに
たたかいの記憶は風化していく
何事もなかったのだ
傷痕を忘れるように友は
だまってベッドに絶えるだろう
老婦は　気付かれたときにいないだろう
マリアだけが
うちつづく夜のなかを
立ったまま眠るのだ

桜花の下で

追憶VI

樹齢八〇〇年という桜の古木*が
僕の書斎で花を散らしている
訪ねる寺の石は　苔生していて
刻まれた仏の顔も定かでない
果てしない時間が敷石を研いでいる
僕は不意に　少年時代の広縁に立っていた

「いくさ」ももう終わろうとしていた
戦死した兄の書斎に入り
白い軍装の兄と会う
あなたの机にあった
女性文字の手紙の所在を探していた
兄の戦死を
その主に知らせたいと思っていた

錦帯橋河畔の花々に囲まれた少年時代
貴方のあとを追って
桜吹雪のなかを中学校へ通った
第二次世界大戦のにおいが
軍事教練の号令などで学舎を覆い始めていた

貴方が南海に沈んだ戦は終わったが

御庄　博実（みしょう　ひろみ）
1925～2015年、山口県生まれ。詩集『岩国組曲』、『川岸の道』。
詩誌「火皿」、広島共立病院名誉院長。広島県広島市に暮らした。

世界はまだ「いくさ」のなかにある
広島で被爆死した幾十万人
発病しながら生き残っている被爆者
そして昨日も　アフガンで二十四名の市民が死んだ
ガザで家をなくした子供たちが
飢えに苛まれ　道に迷っている

被爆者の友人たちの多く住む
韓国・陝川《ハプチョン》で「世界平和公園」を造るという
韓国植民地化の歴史も刻み
広島で被爆韓国人五万人と
その七、八割が陝川に原籍を持つ
幾人か「広島の人と一緒に公園を作りたい」と言う
広島の友として　支援し遂げてやりたいと思う

二十二歳の若さを悔いてもせんないが
戦死した兄よ　会ったとき
錦川河畔　大応寺池　満開の桜花の下で
幾十年か　僕の生きざまの
それらの話をしたいと思うのだ

＊醍醐桜（岡山県・真庭郡）

吊り下げられた死

長津　功三良（ながつ　こうざぶろう）
1934年、広島県生まれ。詩集『影舞い』、詩論集『原風景との対話』。
詩誌「竜骨」、「火皿」。山口県岩国市に暮らす。

無くなった時間が　纏められて
荒縄で縛られて　吊り下げられている
向こう側の　空
うっすらと　黄砂にまみれ　霞んでいる
ひしゃげ拡がった　黒い太陽のおぼろな輪郭

目蓋が垂れて顔が腫れぼったい
あれは　朝だったのか　昼だったのか
憶えていない

躯が熱っぽく　水が　欲しいだけ
顔を拭うと　ひりひりと　血が……
腕の皮膚が　剥ける
目蓋の上に　ガラスの破片が……

あんたぁ　どぉしんさったんじゃ
わしらぁ　どぉなったんじゃぁ
ピカとひかったら　こがぁになっちょった
わしんとこへ　ばくだんがおちたんじゃ
うんにゃ　うちへちょくげきしたんで

晴天であったはずが　どこにもない
きえてしまった　街
強烈な風が　吹く　火が　噴く

泉邸（縮景園）の　竹藪が燃えている
火焔が　川を　渡る

めがよぉみえん　だれか　たすけてつかぁさい
へいたいさん　なんとかしちょくれぇ
みずを　おくれんか
かわぁ　どっちじゃったんかいのぉ
とにかく　のどがかわいてやれん
みずを　おくれぇ

ひがしれんぺいじょうへ　きゅうごしょが
できたげなけぇ　いっちみんさい

当てもなく　あるくしかない
倒壊し　火を噴きはじめた家屋の残骸

真っ黒な　吊り下げられた雲から
黒い　大粒の雨が落ちる
脂と　塵で　ねとねとの　雨が降る
激しく　降る

防火用水に溜まった水を　掬って　呑む
喉の渇きは　もっと酷く　激しく灼ける
丸く腫れ上がった顔面の
ただ一筋になった　目の痕跡
襤褸切れか　皮膚か　肉が垂れたか……

わしらぁ　なんで
こがぁなめに　あわにゃあ　いけんのんじゃ
なんも　しとらんのに……

ただ　いまを生きることのみで
ひたすら　あるく
ただあるく
人の群れの　行く方へ
あるく

原爆忌

あの日のように静かな街
あの日のように炎える空

あのとき
わたしは虹色の千の光のなかにいた
一瞬
目を射た鋭い光線とともに
我が身も燦然と輝く虹となった

音もなく崩れゆく街を見た
無言劇のように
はらはらと崩れゆく街を見た
一秒か　三秒か
あるいは数分か
うつろな時のなかで
幻夢と現実が交叉していた
あのむなしさは忘れない

首筋を伝うねっとりとした生温い感覚が
わたしを地上のものとした

橋爪　文（はしづめ　ぶん）
1931年、広島県生まれ。14歳のとき、原爆に被爆。エッセイ集『少女十四歳の原爆体験記』、『ヒロシマからの出発』。日本ペンクラブ、日本詩人クラブ所属。東京都町田市に暮らす。

あのときの鮮血のように
いまわたしの首筋を汗が伝う
青芝を踏む足裏に焦土が蘇る

臨終の呻きが地を這い
死はこの世を覆い
苦痛も恐怖も極限を超え
孤独ですらなかった

いまわたしは生きてここにいる
記念式典の何万という群衆のなかで
わたしは孤独をひしと抱きしめる

えんえんと続く来賓の
弔辞や献花をよそに
芝にぬかづき涙する老婆を見た
土を掴んで俯く老夫を見た
誰にも分つことのできない痛みを
じっと嚙みしめ
なにかに向って叫びたい思いを

じっと耐え
被爆者は黙黙と生きる
そのひとりひとりを包む孤独の影は
地に還える日まで消えないだろう

あの日のように河は流れ
あの日のように風は優しい

薔薇の降る町で

増岡　敏和（ますおか　としかず）
1928〜2010年、広島県生まれ。『増岡敏和全詩集』、評論集『八月の詩人（評伝・峠三吉）』。詩人会議、日本現代詩人会所属。埼玉県所沢市に暮らした。

天から薔薇が
無数に降ってきて
夕霞となり　この町を
紅紫色に染めていく

やがていちめんが淡く溶け
たゆたう波も静まって
木の葉が　その水底を
そよそよ泳いでいる

幼い孫娘も爺の手を離れ
ほそい足を尾鰭にして跳ね
夕霞の裾を乱しながら
人魚のように泳いでいく

青さが僅かに残っている
空は傾いていき　水が流れる
美しい韻をもつものもないのに微かな
響きが秘密のように届いてくる

いつか風景は　私の
少年時代の古里にかさなり
原爆死した妹の港に辿りつけなかった
歳月を　拾っていたら

「詩は行為に身をかえる」と言った
ベッヒャーの詩句*が唐突に浮かんだ
ならば　私のこの淡い憂愁さえも
「人間の賛歌」にと　目を放つと

天から薔薇がなおも降ってきて
紅紫色のなかの一点となり
手をあげて　孫娘は
薔薇を掴もうと跳びはねていた

＊「憂愁の暗いひびきさえ人間の賛歌だ、ぼくはそういうおまえの詩人だ」（ベッヒャー）という詩行がある。

ちょうせんじんが、さんまんにん

大きな海を渡ってきましたと
黒い眼鏡をテーブルに置いたキム・ヘナンさんは
おもちゃのハープを爪弾くように
十本の指を私たちに向けて差し出し
しずかに語りはじめた

——生涯をかけて見るはずだった光を　わたしはそのとき　一瞬にして見てしまいました。生涯をかけて見るはずだった光が束になって　からだのなかに入ってしまったのです。夫の顔　子供の顔は　その光に埋もれて　もう思い出せません。思い出すためには闇が必要でありますが　わたしのからだのなかに　夜の草原のようなやわらかい闇はありません。なだらかに移ろう光はなく　色もなく　わたしが死んだあとも何万年燃えつづけるウラニウムの　つよい光と熱があるだけです。あの日　ヒロシマには五万人の朝鮮人が暮らしていました。朝鮮人の被爆者は三万人でした。夫と二人の子供も瞬時に死にました。牛乳瓶に入れた小さな骨だけを　わたしは故郷へ持ち帰ったのでした。

柴田　三吉（しばた　さんきち）
1952年、東京都生まれ。詩集『わたしを調律する』、『角度』。詩誌「ジャンクション」。東京都葛飾区に暮らす。

頭上に巨大なレンズが嵌め込まれているらしい
一夜明け　そこだけが油照りだった
うなだれたどろ柳は（わたしは）
濃い影を股にはさみ　つぶやくしかなかった
ちょうせんじんがさんまんにん
汗まみれのどろ柳は（わたしは）
自らの影にしがみつくが
影はマッチの軸よりも細く焦げていった

ちょうせんじんがさんまんにん
そう語ったキム・ヘナンさんは傍らで沈黙し
刑罰を待つ人の姿勢で
式典の彼方にひたいをかざしている
彼女の闇を奪った
もうひとつの太陽へ

薄紅色のレクイエム

上田　由美子（うえだ　ゆみこ）
1938年、広島県生まれ。詩画集『白い闇』、詩集『八月の夕凪』。日本詩人クラブ、日本現代詩人会所属。広島県広島市に暮らす。

土手は緑の並木道
あれほどの薄紅色の衣が
どこに脱ぎ捨てられたのか
葉桜の陰から花を愛でた声だけが
木々の間で響き合っている

土手に立つと
川面に映るのは八月六日
こわれた人の体が折り重なって流れていく

桜の花が春を告げても
老若男女が宴を広げても
広島の八月六日は
ヒロシマになってそこを動かない
水を下さいと言った人たちの声とともに
今もそこを動かない
観光バスがヒロシマを縫うように走る
あちこちにある原爆慰霊碑
刻まれている言葉が
天に向けられたまま
今もそこを動かない

桜の花の精が
死して骨さえも残らなかった
被爆者の霊を薄紅色の衣に包んで
桜の木々で遊ばせる
開いたり閉じたり　舞い降りたり
桜の木々で戯れている

青葉の季節になり始めると
薄紅色を静かに抱きとって
再び　地層の床へと横たえる

桜の花の精は
毎年毎年この役を
黙々と果し続けている

喜多　文代（きた　ふみよ）
1944年、長崎県生まれ。長崎県佐世保市に暮らす。

幼ない記憶

崩れ落ちた赤レンガの教会で遊んだ事は
確かな記憶の中に納めていたのに
記憶が目の前の写真に刷りかえられて
瞳は
過去の事実を絵空事の様に写している

浦上天主堂の廃墟を
残して置かなかったのは
世界の損失だった
山王神社の一本鳥居も
広島の原爆ドームも残され
語り部の証となっているのに
天主堂は平凡な様に建て替えられ
人々の祈りだけを残した

原爆反対、原爆反対と叫んでみても
原爆を知った者も老いていくしかないし
三十半ばの私の記憶は幼なすぎた
平和を願う者は
過去の事実を
指し示さなければいけなかったのだ
一瞬の閃光のもとに崩れたがれきの様を
赤く続いたあの焼土を

三十年経ても　平和は来ない
地球の回転に空しい事実はないに
平和の訴えだけはいつも空しい
残された証の持つ意味さえも空しくして

＊原爆が落ちた時、母親に連れられ時津に買い出しに行き助かる。山里町で留守番していた祖母と姉は死亡し骨は見つけられなかった。
長崎原爆の歌〈NHK長崎放送局編〉1980年8月

忘れられない岸辺

世界初の原子爆弾の
熱放射の衝撃で
またたく間に灰塵と化して
広島市民の生命が奪われ
浮かび流れていた太田川は
今は穏やかに細波を立てていた
小型舟が往来して
岸辺の平和公園はのどかに
観光客が散策していた

傍らには赤銅色に錆た
鉄骨を露わにしたドームが
広島県産業奨励館跡に被爆当時の姿で建っていた
その周囲を小鳥が飛び交って遊んでいた
付近に藍色の小花を咲かせた
勿忘草《わすれなぐさ》が群れてざわめいていた

昭和二十年八月のあの日から
平成二十六年八月までの
忘れられない歳月
悲しみを新たに誘うものが
岸辺に漂っていた

佐藤　勝太（さとう　かつた）

1932年、岡山県生まれ。詩集『ことばの影』、『果てない途』。
詩誌「現代詩神戸」、日本詩人クラブ所属。大阪府箕面市に暮らす。

平和の祈り

その夫婦は
第二次世界大戦を悼んで
戦跡を巡って両国の戦歿《ぼつ》者を
慰霊して詫びてきた

八十歳になっても
サイパン　沖縄の他
パラオ　マーシャル　ミクロネシア等
の島嶼《とうしょ》に不自由な脚を運んで
若くして従容と死に赴いた
両国の戦士たちを慰藉してきた

未だ世界の各所で
火の粉の燻る昨今
せめて世界の平和を願う
夫婦の祈りが国民の意思を
代表するように続けられている

松本卓夫さん

矢口　以文（やぐち　よりふみ）

1932年、宮城県生まれ。詩集『詩ではないかもしれないが、どうしても言っておきたいこと』。詩誌「Aurora」。北海道札幌市に暮らす。

「私たちを許して下さい」　広島女学院の院長だった
松本卓夫先生は　詫びの言葉で講演を始めた
「私たち日本のクリスチャンは　日本の国が
　米国と戦争を始めるのを止めることができませんでし
　た」

1948年　北米はインディアナ州の
ゴーシェン大学教会で説教壇に立った時の事だ
身体中にケロイドがひろがり　体調は思わしくなかったが
平和使節団の団長として　米国中で被爆体験を
気力を絞って　証言し続けていたのだった
その朝そこの教会員のほとんどが
原爆投下の米国を非難することから始めるものと
思いこんでいたのに　詫びの言葉で始めたのには驚いた

「8月6日　校庭での朝礼のあと　院長室に入った途端
爆撃で校舎が崩れ落ち　それに押しつぶされ　気を失い
意識を取り戻してから　やっと外に這い出して見渡すと
市全体が廃墟になり　炎に包まれていた」と続け
自分の体験と目撃した惨状を語ったのだ　実は
その少し前　被爆者たちの現実を伝えるために
投下を許可したトルーマン前大統領と対談を試みたが
投下は必要だった　の立場を彼は変えなかった　しかし

ゴーシェンの教会では学生たちが3人　先生の話に打たれ
日本にもイエスの平和を分かち合いたいと思い　祈り
聖書をじっくり学んで北海道に移り住み　反戦平和の
メノナイト教会が日本に誕生する産婆の役割をになった

私はしばらく後でその教会のメンバーになった者だが
　先生の
「平和憲法を有する我が国は、武装に依存せずに平和を
　実証し、
世界平和を提唱、実現する使命を与えられている」との
　声が
憲法9条が毒殺されつつある今　特にはっきり響いてくる

へいわをつくろう

鈴木　文子（すずき　ふみこ）

1941年、千葉県生まれ。詩集『女にさよなら』、『鳳仙花』。日本現代詩人会、詩人会議所属。千葉県我孫子市に暮らす。

　ちちをかえせ　ははをかえせ*
　としよりをかえせ
　こどもをかえせ

母親が指さす　平仮名を
一文字一文字　読んでいる子
こうして引き継いできたのだよ
一九四五年八月六日　朝　八時一五分を
飛んできた　アメリカの母さんエノラ・ゲイを

　――野獣は野獣として取り扱う――
時の大統領　トルーマンは命令し
広島の朝を　ピカドンで殺した
野獣だから警告はいらなかった
無差別に　生ゴミのように
積み重ねられ　何も知らず腐っていった　夏
だから広島は　冬でも猛暑だ

　「おまえらよそ者に　何が分かる！」
被爆者の言葉の破片　突き刺さって三〇年以上
平和公園の土を踏むと
ジャリジャリ甦る　体内の水分が奪われ
のどが渇く　水　水だ
広島の地下水を　がぶがぶ呷《あお》った
あの声を　洗浄できるはずもないが

わたしよ
ギラギラの太陽に炙《あお》られ
老いた五感を　叩き起こせ
耳が痛いのは　蟬が鳴いているから
ミミズが這い出る　芝生の至る所に
くねくねと黒く干からびていく
この日を　回想にはするな

　にんげんの　にんげんのよのあるかぎり*
　くずれぬへいわを
　へいわをかえせ

峠三吉の詩碑に
へ・い・わ・を・・・ゆびで描く

　*峠三吉全詩集『にんげんをかえせ』序詞より

小長谷　源治（こながや　げんじ）

1928年、静岡県生まれ。詩集『消えない映像』、『取ッテオキノ話』。
日本現代詩人会、福田正夫詩の会所属。静岡県賀茂郡に暮らす。

血の鶴

広島、平和記念資料館の
少女の折った薬包紙の鶴に震えて

あなたは
鶴になった
ヒトに
血をすすられたから

父母も
あなたを守れなかった
みな一瞬に
血をすすられたから

すすり落とされた血から
あなたは
鶴になった
血糊《ちのり》の鶴に

そして

昼も夜も
歌う

怨みを
呪いを

祈りを

被爆展を見て

わたしはなにをしたか

めだまをぶらさげたひとに
したをながくだしたままのひとに
どろにんぎょうのようになったひとに

いまいきてくるしむひとに

生は詩（死）で成り立っている

正田　吉男（しょうだ　よしお）
1941年、大阪府生まれ。絵本『放牛さんとへふり地蔵』、『天才生人形師少年喜三郎のこと』。小九州詩人会、熊本県詩人会所属。熊本県熊本市に暮らす。

原子爆弾によるいくたの死（詩）があり
われらは死者の「詩の言葉」を聞いて
生き残ったわれらは　いま生きている

原子爆弾の投下を　まさに人にあるまじい罪として
被爆者はそれへの謝罪と償いを
「この国」と「かの国」に求めてきた

一見、無謀な、絵空事の、妄言におもえるだろう
だがこの主張は　人が人でありうるための
奥深い真実を秘めている

何も知らず一瞬にして黒こげになった人々
何も知らされず、もがき苦しみ死んでいった人々
それからの長い歳月を黙して病み続ける彼ら（われら）
何もかもを知りながら諦めの覚悟をもてというのか
永遠に！　彼ら（われら）はムシではないぞ！

「そんなの関係ない！」とうそぶく人々があるとしたら
君ら　鈍感すぎるぞ。「この国」と「あの国」に
心からの頭を下げてもらわないと
おなじ人類の一員として腹の虫がおさまらないぞ

七〇年前のはなしではない
二〇一一・三・一一　フクシマで「核発電所」が爆発した
過ちが訂正されない内に　新しい過ちが繰り返されたのだ

日々　ぼくが拙い詩を書き続けるのは
神経がにぶっていくことを恐れるからだ
詩がとだえるとき　生も終わる

＊二〇一三年七月七日、日本原水爆被害者団体協議会元代表、山口仙二氏の訃報に接して。氏は一九八二年、国連軍縮特別総会の演壇に立ち、自らの全身被爆ケロイドの写真を掲げて「ノーモア・ナガサキ、ノーモア・ヒバクシャ、ノーモア・ウオー」と叫んだ。のちに、ノーベル平和賞候補にもなった、平和運動の闘士である。

「生は詩で成り立っている」
――アルゼンチンの詩人・JLボルヘスの語。

少年

山田　みどり（やまだ　みどり）
1949年、広島県生まれ。被爆二世。東京都豊島区に暮らす。

一九四五年八月六日ヒロシマ
一三歳の少年は旧制中学一年生
その日、級友たちと防火帯をつくるため
家屋の取壊し作業に動員されていた
点呼を終え、作業に取り掛かって間もなくだった
八時一五分

気がつくと潰れた建物の下敷きになっていた
炎がすぐそこまで迫っていたが身動きできない
少年と級友たちは互いを励ましあった
足元しか見えない逃げ惑う人々に声を限りに叫んだ

必死でもがくうち、少年の身体は突然抜き出た
そのときだった
炎は怒涛となって押し寄せた
今までそばにいた級友たちを飲み込んでいった

やっとの思いで少年は家にたどり着いた
顔は煤にまみれ風船のように膨れ上がっていた
家族にも見分けがつかなかった
昼夜、少年は誰彼へとなく、見た「地獄」を話した

三日目の夜
少年は力尽きたのか、その場に倒れた
吸い込まれるように深い眠りに落ちた
そのままずっと生死の間をさまよった

三ヶ月後、少年は奇跡的に意識を取り戻した
しかし明るかった少年の面影は全くなくなっていた
妹達に歌や踊りを見せたお調子者の姿は消えていた
この日から少年は口を一切つぐんでしまった

二〇一一年三月一一日フクシマ
八〇歳を前に少年は再び悲しみを知ることになった
語ることから逃げてきた自分への責めなのだろうか
閉ざし続けてきた重い口を開いた

あの日少年の見た「地獄」が語られ始めた
それは、級友たちへの祈りのようにもみえた

少年、それは私の兄

あの夏の朝

清水　一郎（しみず　いちろう）
１９３３年、大阪府生まれ。詩集『糸とりうた』。詩誌「軸」、大阪詩人会議所属。
大阪府堺市に暮らす。

ゆれる梢に
眼を当てていたが
あきらめたか
老父は銃を下ろして
くぬぎ林を抜ける

突如　後方で銃が弾けた
ふりむきざま
曾てない閃光にたじろぐ
弾丸を受けた山鳩は
小さく弧を描いて野に落つ

眩暈におそわれ
老父は銃を置く
しゃがみこんで
今し方の不吉な光を
しきりと訝る

あの夏の朝
ヒロシマ　ナガサキへ

災い　ぶちまけた
悪魔の仕業か
はたまた　驕れる国への
神の与えし懲らしめか

自由に物言える国となるが
大きすぎる代価であった
戦後七十年は　ものかは
無念のたましいに
今を手にした
吾らの張り裂ける胸を捧げる

志田　静枝（しだ　しずえ）
1936年、長崎県生まれ。詩集『菜園に吹く風』、『踊り子の花たち』。詩誌「ぱさーじゅ」、「秋桜 コスモス文芸」。大阪府交野市に暮らす。

鐘の音

数年ぶりのふるさとの地に
祈りの鐘が鳴る
原爆後の四十数年の歳月は
何事も起きはしなかったように
平和公園の緑の並木は続いている
かつてこの公園の片隅に
マリア像の首や手足がばらばらになって
崩れ落ちていた

ああ　それはマリアの首ではなく
まぎれもない人の肉片ではなかったか
もしかしてあなたの肉親であったかも知れないと
今になってみると時の風化を
いやでも知らされるこの街のたたずまい
心地よい潮風と甘い花の香りが
街なかを走るチンチン電車に乗ってやってくる
それでも平和を叫んできた幾万の人々は
灼熱の八月をけっして忘れはしない

すっかり復旧した長崎の街に
真っ赤な南の花が咲く
初めてこの地を訪れる人の心を
捉え続けるだろう
その陰に長崎の鐘の音は
何かを語りかけてくる
この土地の者だけが知る痛みの音色で

いつかまた幻想の世界拡がる夜景の街を
思うがままに歩こう
第二のふるさと大阪へ
長崎空港より発つ

立つ

素足の親指が黒い土を摑《つか》み
しっかりと支えている
背中におぶった弟と少年自身を――

つい昨日まで
それでもあやすと声をあげていた
遠い昔のままに
ふっくらと白い頬が微笑んでくれた
だけど　けさ　かくりと小さな顔が
僕の腕のなかで重くなり
そして
弟は死んだ
もう誰もいない
父さんも母さんもみんな死んだ
ある日　熱い炎が僕の目を焼いて
それからは
朝も夜も黒い暗幕の向こう側
背中の弟も
冷たくなってあっちへ行ってしまった
死者と生者を分つ穴のふち
死んだ弟を背に括《くく》りつけ
吹き上げてくる風の熱さに耐え
まだこちら側に踏みとどまっている少年
幼い兄の歳月は
どこからどこまでがこの世であるのか
測る術《すべ》もない一本の樹のようだ

きっちりと裸足《はだし》の踵《かかと》を合わせ
まっすぐに前を向き
立つことの悲しみそのものとなって
じりじりと黒い大地を噛《か》む少年の親指

いつからか肉体は
炎の色も見せずに焼かれつづけ
その煙は焦土《しょうど》を這い
おびただしい目の記憶となって
茫々と死者と生者を包む
今も
理不尽な背中の重みだけが

上野　都（うえの　みやこ）

１９４７年、東京都生まれ。詩集『海をつなぐ潮《うしお》』、詩集『地を巡るもの』。日本現代詩人会所属。大阪府枚方市に暮らす。

この世の嘆きを量り
ぎりぎりと細い両肩に食い込む

弟をおろして
帰ってゆくところは
眠るところは
あるか

肩の負ぶい紐《ひも》を解いても
なお一本の樹となって立ちつくす少年
いまだ焼かれつづける小さな弟の
指折り数える歳月を遥かに超えて。

今も残る　頭蓋骨陥没
――85歳・利江子さんの被曝――

永山　絹枝（ながやま　きぬえ）
1944年、長崎県生まれ。詩集『讃えよ、歌え』、『平和教育』。詩誌「詩人会議」。長崎県作文の会所属。長崎県諫早市に暮らす。

名もなき者の命の鼓動にきょうも耳を傾ける

私は動員で三菱兵器工場で働いていました
一階は魚雷をつくるところで二階に作業所がありました
私はそこで　研きをしていたのです
そのころ　警戒警報がなると
山王神社の防空壕に走りこんでいましたが
上司から
「警報ではなくて空襲になってから防空壕には行け」
と　ひどく叱られた事がありました

八月八日にはＢ29が
三菱製作所の隣の製鋼所に爆弾を落とし
硝子窓が全部吹き飛び　粉になって落ちてきました

八月九日　それは一度空襲警報が解除になった後でした
一一時二分　原爆が炸裂しました
私は頭をやられて　気を失って居たのを
工員さんが火の中から助けてくれました
顔を拭いてくれ　背中に負ぶって
立山の救護所まで運んでくれました

医大の先生は　頭蓋骨がひっしゃげていたので
「こりゃーどうにもならん」
と言いながらも　縫って手当をしてくれました
でも　そこには　死んだ人がたくさん
大八車で運ばれてきていて　凄く怖い有様でした

帰りたかった家に担架で運ばれて来ると
母が体をオキシドールできれいに拭いてくれました
だが　うつぶせしていたのに朝起きると
髪の毛が何本も抜けて　体も動けません
血のようなものまで吐きつづけました

それから　どうにか夜に炭船にのって天草に戻り
頭の手術の糸抜きは　天草の病院でして貰いました
友はみんな居なくなり　寂しい限りです

この嘆きを平和の雄叫びに変え
線が面となる日を願わずには居られない

ひろしまにゆく娘へ

二月の寒い朝に
わたしたちから離れていく娘よ
お前の越すひろしまは
戦時、二十万の死者を出した街である
良人の勤務地というだけでなく
お前が平和に関心を寄せていたことに
わたしは深い縁を感じるのだ

生まれたばかりの赤子を背負い
良人と共に発つお前は
立派な母親だ
別れの姿にひろしまがよみがえる
あの日のひろしまにもお前たちと同じような
優しい人々と清浄な生活があったのだ
プラットホームで
わたしたちは雛人形を送ることを約束した

娘よ
わたしたちの願いを伝えよう
わたしたちがお前を育てたように

森　空山（もり　くうざん）
1949年、香川県生まれ。埼玉県さいたま市に暮らす。

わが子を慈しみ育てなさい
これからの生活に悪戦苦闘しながら
飾ることなく共に歩んでいきなさい
そして
母として、女性として
小さきものの味方に立つとき
汚染された平和はきっと輝きだす

二十年後
花のような笑顔を絶やさない
お前たちが美しいひろしま家族となって
平和のうちにあることを強く願うのだ

終ったのだろうか

ヒロ
1950年、群馬県生まれ。東京都練馬区に暮らす。

八月に
原爆が落とされた
二つの街に
傷ついた人々が瓦礫をさ迷う
八月に
戦火が止んだ
この国は戦争に負け
人々は空を見上げなくなり
平和が来たと言った

白木の箱が布に包まれ
列車に揺られて故郷に向かう

あれから七十年
白木の列は絶えることもない
待ちかねた家族はみな老いて
無口なまま墓に納まった
無念を一言も口にすることもなく

戦争は終ったのだろうか？

あれから七十年
祈りを捧げる人々が生きている
ヒロシマ　ナガサキで
戦場の跡で遺骨を探す人々がいる
南の島のジャングルで　凍てつく北の大地で

終らない戦いが今に続く

あれから七十年
会ったこともない長兄が還る日を
待ち続けていた
祖父母と叔父・叔母に代わって
僕は今でも待っている

戦争は本当に終ったのだろうか？

誰に尋ねればよい？
戦争が終ったことを
それは昔の話なのだということを

正しさ

核兵器一つで
消えていった命
そこにいた人々が
いなくなった
泣きながら
家族の名を呼ぶ
そんな人々であふれている
核兵器一つで
なくなるもの
たくさんあるよ
それが正しいなんて
思えないのに
なぜか世界は
それを認めている
そこにあった
にぎやかな声は
もう聞こえない
「正しかった。」
それは勝った側の
理由でしかない

だからいつも
「おかしい。」と
言う人々がいる
それはわずかでも
世界を動かしている
いらないもの
核兵器なんて
何発あっても
しかたないもの
それよりも貧しい人々へ
病院や学校を作ろう
そのほうがよっぽど
いいと思うよ

植田　文隆（うえだ　ふみたか）
1980年、福岡県生まれ。詩誌「詩創」。福岡県北九州市に暮らす。

八月六日と八月九日（一九四五）

伊谷　たかや（いたに　たかや）
1978年、兵庫県生まれ。詩集『またあした』。大阪府豊中市に暮らす。

八月六日
八月九日
地上に降り立つ
粉々になって
切り抜かれた建築物
蝉の死骸も消し去って
建築物が大量に死んだ日
人は蛾の様に駆逐された
あの船に乗っていたのは誰
人の姿をした獣か
それともただの会計士か
八月六日
八月九日
人が人で無くなった日

あの景色

名も無き兵士たちが
その身を大地に晒し
亡命ジェット機が
都から飛び立つ
戦車が花たちを
踏みにじる
いつか見た景色は
繰り返される

純真な少年たちが
零戦に乗り
命は軽く
何処までも軽く
摘み取られた花たち
いつか見た景色は
繰り返される

剥き出しの鉄筋の
ドームは地に堕ちた
少しずつ蝕まれる人々

数えきれない命の
忘れられた慟哭と後悔
いつか見た景色は
繰り返される

「　　　」

私の国旗を見る時は、かばんの中を見てほしい
私はきっと真っ白で何も描かれてない旗を持つ

私の国歌を聴く時は、耳を澄まして聴いてくれ
私は音のない歌を、声をからして歌ってる

誰の旗だって必要ない、誰の歌だって必要ない
私は鎖を喰いちぎり、ひとりぼっちで歩くんだ

もしも鎖につながれた、たくさんの人がいたとして
私と一緒に歩くなら、手と手をつないで歩きましょう

どんなに偉い人だって、どんなに有名な人だって
みんなが手と手をつないだら、誰にも止められはしない

楽園の扉

巨大な歯車が動き出し
そして楽園の扉は閉じられた

神の領域を侵す人々
そして楽園の扉は閉じられた

少年たちが銃を手にして
そして楽園の扉は閉じられた

少女たちの花は摘まれ
そして楽園の扉は閉じられた

石を投げられる預言者
そして楽園の扉は閉じられた

正義のもと戦いは始まり
そして楽園の扉は閉じられた

鬼火

夕闇が足元まで降りてくるころ
沢から吹く柔らかい風といっしょに
夏草をかきわけて少年はやってきた
おんぶ紐をたすきがけにして
ぐったりした幼子を背負いながら。
山道を歩き続けてきたのか
裸足のほっそりとした足は傷つき
すべての爪に血がにじんでいた。

白いマスクの男たちが
立ちつくしている少年の背中から
幼子を引きうけると
掘ったばかりの小さな穴に横たえ
静かに火を放った。

炎は幼子を抱きしめ
まず肉を焼き、骨を焦がし
あたりを薄紅色に染めながら
透明な煙を空の闇に流していく。
焼け野原となった長崎の町を見下ろす
里山の中腹に設えられた急場の火葬場には
いく筋もの煙が途切れることなく立ちのぼっていた。

直立不動のまま
燃え盛る炎を凝視する少年
十歳にも満たないあどけない顔からは
いっさいの表情が消え
触れるものすべてを焼き尽くすように
彼もまた燃えていた。
幼子が灰になるのを見届けると
少年は黙ってもと来た道を帰っていった。
その背中には無数の燐火が続いた。

ふたたび少年に重い荷を背負わせてはいけないと
七十年たった今も、
ときおり里山で鬼火の行列を見る人がいるという。

木島　章（きじま　あきら）
1962年、神奈川県生まれ。詩集『点描画』。詩誌「エガリテ」、詩人会議所属。
神奈川県横浜市に暮らす。

第七章　空襲・空爆

地獄から帰還《きかん》した男とコウモリ傘

——東京大空襲・昭和二十年三月

菊田　守（きくた　まもる）
1935年、東京都生まれ。詩集『かなかな』、『雀』。詩誌「花」、日本現代詩人会所属。東京都中野区に暮らす。

自宅近くにあったルーテル神学校
当時は憲兵がいたので狙われたのだろう
夜の大空襲でルーテル神学校の周辺の住宅が焼けた
朝、校門前のコンクリートにトタン板が被せられていた
そのトタン板の下には老婆の死体があり
トタン板から焼けた老婆の脚が覗いていた
今から七十年前の三月のことだ

七十年経ったいま
ルーテル神学校は五階建ての白鷺ハイムとなり
白鷺ハイムの周りや中庭には桜の花ざかり
戦時中に近くに米兵の首や腕が落ちたのを知る由もない
近くを歩きながらN君のことを想う
N君は私より三才下で、今生きていれば七十七才だ
幼い時に焼け跡から万年筆を拾った
米軍の落とした万年筆爆弾だった
顔面を被爆した彼は地獄から帰還した男のように
顔いちめんケロイド状態だった
大学の理工学部を卒業したが職につけず
雨の日も晴れの日も黒いコウモリ傘を持って
生まれた家を出て街を徘徊《はいかい》してから
また生家へと帰って来るのだった
家の近くで彼に会うと、私は声をかけた
——やぁ　N君　こんにちは
彼は無言で私を見て、にっと微笑んでそのまま行ってし
　まうのが常だった
三年前に彼は亡くなったという
いま、彼の家の近くを歩いていると
角を曲って彼が現われる
晴れているのに
彼は黒いコウモリ傘を持っている
ケロイドの顔をまっすぐこちらに向けて
戦争を忘れないようにとでもいうように
御伽の国のような家並みの町を堂堂《どうどう》と歩いている
亡霊の姿を観た

ぼくが知らなかったこと

青木　みつお（あおき　みつお）
１９３８年、東京都生まれ。詩集『人間の眼をする牛』、小説『荒川を渡る』。日本現代詩人会、詩人会議所属。東京都小金井市に暮らす。

言問橋《ことといばし》の上は
向島と浅草　両方から押し寄せる人人人
荷物　荷物　荷物　あらゆる道具と家財《かざい》で
はちきれんばかりふくらんでいた
泣き声と叫び　あらゆる声と音が渦《うず》を巻《ま》く
そこへ火《ひ》の粉《こ》が飛んでくる

火炎《かえん》は建物から建物へ飛び移り
街を水流《すいりゅう》のように走り
燃えている物が火勢《かせい》とともに走る
焼死体《しょうしたい》は黒いかたまりになって動かない
家の中にあった道具と品物が路上に散《ち》らばっている

川には死体が流れている

すべてに火がつくと
橋の上は焼死体の山にかわった
誰も助けることはできなかった

敷《し》きぶとんや座《ざ》ぶとんを身につけている人
鍋《なべ》をつかんでいる人
位牌《いはい》を抱《だ》いている人
B二九は焼夷弾を撒《ま》いていた
逃げ惑《まど》う人を掃射《そうしゃ》するB二九

人は橋をめざして逃げた
橋がだめな時は川をめざして逃げた

爆撃と火災《かさい》が合わさり　熱の巨大《きょだい》な球《たま》ができる
火勢《かせい》は酸素《さんそ》を喰《く》い尽《つく》す
炎のかたまりが隅田川を渡る
川面《かわも》も燃える

千葉県や房総半島《ぼうそうはんとう》からは東京上空《じょうくう》のあかく染《そ》まった空
　がいつまでも消えずに見えた
世田谷辺《せたがやへん》では轟音《ごうおん》が東の方角に続いていた
攻撃は幾度も繰り返された

歌ひとつ

裂ける
木の下で裂ける人。
燃える
木の下で燃える人。

裂ける
土のむこうで裂ける眼。
燃える
土のむこうで燃える眼。

あれから何年
今年で何年。
わたしたちは
今。

＊一九四五年六月五日　神戸大空襲。

安水　稔和（やすみず　としかず）
1931年、兵庫県生まれ。詩集『記憶の目印』、『有珠《うす》』。詩誌「暦程」、「火曜日」。兵庫県神戸市に暮らす。

火の路地
——大阪大空襲三月十三日

大原　勝人（おおはら　かつと）
1926~2014年、広島県生まれ。詩集『通りゃんすな』、『泪を集めて』。
詩誌「火皿」、広島県詩人協会などに所属した。広島県府中市などに暮らした。

ウオーウ・ウオーウ
断続的に叫び続ける警鐘のサイレンが
未だ明けきれぬ兵舎の地軸を揺り動かす
呼応して非常起床のラッパが急を告げる
完全装備で営庭に整列した兵士
大阪府泉北郡信太山無線通信教育隊
昭和二十年三月入隊したばかりの初年兵達だ
西北の空を見ればそこは大阪市内
爆撃機Ｂ29が落とす油脂焼夷爆弾が
地上二〇〇ｍの所で更に四方に分裂して
垂直に落下する凄惨な花火の修羅の真只中だ
トラックで兵士達が被爆地に到着した時は
空爆も終わり街は燃え盛る火の海
誰人も近寄る事を拒絶する勢いの
ただ、ガラガラと焼け崩れる建物の他は
辺りは凄まじいサイレントの世界だ
極限の恐怖が音を消し去るのか
なぜか裸馬が一頭、火の中を走り抜ける
七、八歳ぐらいな男の子が四ツ身の着物の
前をはだけて泣けない口を歪めて
人の助けの届かない火の路地に消えて行く
……彼《あ》の防空壕……ひとりの兵士が叫んだ

土饅頭の形をした壕の板戸の隙間から
水蒸気らしき物が漏れ出ている
兵士が駆け寄り板戸を叩き外す　ファーッと吹き出る湯煙

……生存者は居るか　問いかけにも応答は無い

太陽は舞い狂う黒煙に遮断されて地に届かず
街は熔鉱炉と化して紅蓮の炎を巻き上げる

自分達の役割は一体何であったのか
帰途に就いた兵士達の表情はいずれも硬い

　貴様ら見たか、あれが米英《やっ》らの本性だ、我々には神風
がついてい　る必ず吹くぞ、最後の勝利は大日本帝国
我々にあり、

引率古兵の張り声に……おおーッ……
兵士達は反応して天に腕を突き上げる
それを尻目に敵艦載機グラマンが超低空で
炎の大阪へ凱歌の爆音を響かせて襲いかかる
それは更なる大阪大空襲への序曲であった

あの日

――土崎* 日本最後の空襲

佐々木　久春（ささき　ひさはる）
1934年、宮城県生まれ。詩集『土になり水になり』、絵本『はまなすはみた―語りつぐ土崎空襲』。詩誌「北五星―Kassiopeia」、秋田県現代詩人協会所属。秋田県秋田市在住。

最初の爆弾は八月十四日夜十時二十七分、翌日十五日は正午にラジオで重大放送があるということ　それは警防団関係者には四、五日前から　日本はポツダム宣言を受諾せざるを得ないということが分かっていた　十四日夜に空襲があるとは夢にも思わなかった
　ところが　県警本部から電話があった　マリアナ基地からの電話を傍受したところ　今夜十時「アキタ　アキタ」という言葉が四回入ってきている　今夜一晩は十分警戒するようにということでした

日石さ　ドッカーンと爆弾が落ちた時には息子と娘と私の三人で逃げました　一度防空壕に入ったども　ここもあぶねえっていうんで走ってたらシュシューときてこれは大変だと思って木の陰さ隠れたら　どこさ落ちたやらドガーンときて　娘はずーっと飛ばされてしまった
　息子は「あれェー痛ぇ　痛ぇ」って、破片が脇の下に刺さって　そのあと「水飲みてえ　苦しー」って　水探しにも行けない　それで土掘ってたらはっけ（冷たい）砂が出てきたのでそれを顔に当てて「いい気持だべ」って言ったら「あどオレ駄目だ　学校の先生になんぼだが血出れば駄目だっていわれだ　もう駄目だ」って　最期に「万歳！　万歳！」って死んだんです

　うちは上酒田町で今の中央一丁目です　十四日の晩は飛行機も来ねべって　いつももっぺ（もんぺ）はいで寝だりしてあったのにその日はゆっくりした気持ちであったの　夕飯食べて母親残して六時ころ挺身隊の詰めていた学校さ行ったの　翌朝竜神通りの方から帰ってきたら家が無くなってました　親戚の家さ行き　ニュース聴いてから　また家のあった所に行ったら消防団の人が来て家は木端微塵で跡も無いと言って　その後親戚も　消防団の人もまた来て探しても母親は見えない　屋敷の端の畑にすり鉢状の穴がありました　つついてみるとトタン屋根　それは隣の家の屋根で逃げ出した母親がそれにやられたんです　掘り起こしました　かぶっていた布団を通し背中から腹にノコギリの刃のような破片が刺さっていました　仏さんの位牌や写真　通帳など包んだものを持っていました

　私たちは逃げるとき　田んぼのあぜ道さ　みんなして

伏さった　してみんなやられだ　娘の傍さ　のこぎりの刃ねじったようなものあって　それでやられだなだがど思う　まるで血の中に座ってだみでぇになって　四歳の子の右のかがと　がばっと取れで　真っ青なって死んだど思ってだの　病院に運ばれたば　少し呼吸するようになって　それは助かって今も元気でいるのです　姉っちゃの方は亡ぐなったですども　ガーゼを　お腹に詰めだみだいにして「水飲みだい」どがって　そして「だめだ　私だめだ」って　あど　一人で火葬されだんですお骨入れる箱さ入って帰ってきたんです

実家がら十五日に帰ってきたら　弟がた二人は即死で西船寺に運ばれであった　母親は怪我で病院に入って一週間位　生ぎであったども　当時は薬など無くて傷口にウジたがってあった　目落とす前に　しゃっくり止まらなくて苦しんで　看護婦さんが注射するっていったらその時はもうだめであったぉんな

道を曲がって行ったら何かにつまずいて　どんと倒れた　何かモチャモチャするところに倒れたが　それは死んだ馬だった　地下足袋拾ったら足首入ってたり、前の日まで一緒に遊んでだ同級生の首が爆弾でもがれて　ポンと高いところにあったりしました

飛行機の進路入口　新城町方面の森は燃えてた　爆弾の落ちたとこには赤ちゃん負ぶった母さんが死んでいた持ってた袋には「ふだらくっこ」と質札一枚　息子は蚊帳で木に体をぐるぐる巻きつけて　まなぐ開いて立って死んでました

臨海鉄道の線路に死体が並び　生きている人　足の無い人　手をもがれだ人が泣き叫んでいた　民間人も兵隊も　二百メートルくらい　線路の枕木よりももっと多く並んで転がってました

脳みそ垂れでる人、手足もがれだ人　息絶えた子供を抱いたお母さん　先生も看護の私も何ともできない　敵機が去ったのは明け方　カラスがエサ取りに行くように　カラスなら子供育てるためのエサ取り　敵機は悠々とした後ろ姿で飛んでいく　石ぶつけることもできないし泣きながら病院へ帰りました

＊土崎　秋田県の土崎は、一九四五年八月十四日夜から十五日未明に爆撃を受けた。大阪、小田原、熊谷、伊勢崎、岩国、光と共に日本最後の空襲であった。

戦火をくぐるということ

鳥巣　郁美（とす　いくみ）
1930年、広島県生まれ。詩集『浅春の途』、詩論・エッセイ集『思索の小径』。詩誌「コールサック」、「西宮文芸」。兵庫県西宮市に暮らす。

戦後70年を経た現在《いま》も記憶に在る、街殆どの焼失。空襲予告のサイレンの生々しさも亦。否応の無い、切迫した感覚の当時が、ふと過《よぎ》ったりする。終戦の年の七月始めの夜半、瀬戸内の小都市だった街は、殆どが壊滅する空爆を受けた。焼野原と化して燻り続ける翌朝の、一望の視野。為す術の無い変貌の無惨が其処に在った。空襲の凄まじさを視せるその傷跡。街は一夜にして容《かたち》を失っていた。脈絡を越えるその状景の、理不尽の極みに、唯呆然と立ち竦むばかりであった。失う事の慟哭。生の立ち位置迄も揺るがす、変貌の現実。身独つの場を求め、防空壕を出て、否応なく移り惑う住人達。〃未だ生きている〃それ丈を支えに逃れ散った、惟いの深さだけが街の表《おもて》を横切ってゆく。

息を呑み、散り潜んだ幾人もの姿。殆どをひと呑みにする空襲の無惨。生きた心地も無い、硝煙からの逃避行。その夜更けの惨劇に、拠点を失い、惑い歩む人々の、心の落ち着く場所は何処にも無い。仮の心の往き交う、戦禍の後の幾日か。刻みとった酷《むご》さの前で、生きるという基本にだけ縋る惟《おも》いで、彷徨《さまよ》い辿っていた人々。辛うじて保つ生の極限の、背負う昏さの、空しさに襲われ歩んでいた幾日か。その途次で絶命していた幾人か。遺体に掛かる筵《むしろ》から、足を覗かせて、夏の陽の中に居並ぶ姿が、其処此処《そここ こ》に在った。遺骸の列を、脈絡もつかず茫然と眺めて、往き過ぎる人。構えた心をも打ちのめすその無惨。生きて在る。それ丈を據り所として、廃材を拾い組み、辛うじて凌ぎ防いだ雨露。跡曳いてゆく、夜更けの空爆の凄まじさであった。

戦いの真中に在るという、含みとる状況の極限に震える心のままに、惑い逃れるしか無い一夜、ともかくも逃れ散り、惨状の真中を歩みとった住人の総て、募りくる切迫の惟い。打ちのめされて目にする、姿を失った街跡。生きた心地も無く手探る逃避行の、繋がりつかぬ目前の惨事。空白の心のままに、生存の基本にだけ縋り逃れ、潜み耐えるしか無かった街人。纏《まと》いつく極限の昏さを背負い、逃れ散った心中の、脈絡のつきかねる不安の日々は、秘め持つ気丈な心構えをも、打ちのめす成り行きとなってゆく。住処《すみか》の消えた、形態《かたち》の無い街。不条理の極限が其処に在った。

声を腰を上げねば

ダダダダッダダダダッ
荒ぶった機銃掃射の連続音
金属的な魔笛の爆音爆弾の爆発音
平常なら警戒警報から空襲警報
この時点で僕等学徒動員生は全員
山に掘りめぐらされた防空壕へ
退避しなければならなかった
裸電球がポツンとほんの幾つか点る
薄暗い湿りっけだらけの穴蔵
出入り口が塞がれても
山の頂上への逃げ口があると告げられていた
だが誰もそれを確かめた者はいなかった
ダダダダッダダダダッと
空襲警報を飛びこえた敵機来襲
割れないガラスの原料であるビニレックスを
樽詰していた級友と三人
近くの防空壕へ走った逃げた
間に合わなかった
ほんの今過ぎ去った敵機の後続の標的になった
三人は伏せた

秋田　高敏（あきた　たかとし）
１９３１年、熊本県生まれ。詩集『寄せ鍋』、『痴人の呟き』。詩誌「玄」、「ゆすりか」。千葉県富里市に暮らす。

ダダダダッダダダダッ土煙りを上げた
見上げた機上の米兵は笑っていた
僕は何年も何年も米国民を好きになれなかった
何年も何年もかかって日本の非も分った

あれから七〇年平和は戻ったかのように見える
米国と日本の間はそうかも知れない
世界のあちらこちらで紛争や戦争は今だに続いている
明日でもいや今日でも今にも日本でも
平和をこわし人殺しを勲章とする
争いの煙りは無数にくすぶっている

人命や人権尊重を基盤とする
国連の精神や日本国憲法はどうなっているのだろう
空文化では宝の持ち腐れ
今の今の時宜であればこそ
持続可能な平和構築のため
僕達私達一人ひとりが声を腰を上げねば
ダダダダッダダダダッあの機銃音をまた聞くに違いない
世界平和の大輪の花を咲かせるためにも

冬の日溜《だ》まりで

児玉　正子（こだま　まさこ）
１９３２年、熊本県生まれ。大分県大分市に暮らす。

冬の日溜まりであの頃を思う

12歳だった
「今夜は来るぞ」ポツリと言って職場に戻る父
とっておきの非常米で黙々とおにぎりを作る母
ウーウーウー　「空襲警報発令」
とうとうその時が来た
幾筋もの照空灯　その中にボーイングB29爆撃機
ドガンバーン　ドガンバーン　ドガンバーン
ヒューパサッ　ヒュウパサッ　破片が落ちる
ドガンバァン　壕が揺れる
次はわたしの頭の上か　このまま死ぬのか
歯がガチガチ鳴り　震えが止まらない
明け方やっと爆音は去った
あゝ生きている　生きている

こんな空襲が幾たび続いたか
機関銃は執拗に人を狙い
焼夷弾は町を火の海に
東京　大阪・・・次々に都市は消えた
大分も学校も・・・
最も非人道的原子爆弾
広島、長崎は地獄さながらの死の町に
サイパン　沖縄は「玉砕」と報じられた
次は九州か

昭和20年8月15日
ついに神風は吹かなかった
三百数十万の犠牲者
廃墟となった日本列島
わたしの姉二人は女学校から挺身隊　19歳で病死した
戦後のドン底で母は51歳　その2年後に父も
7人家族があっという間に3人に
戦争がなかったら
戦争さえなかったら
ああもできた　こうもしてあげられたのに
物資不足　食糧難　それにインフレ　金融封鎖・・・
食べられる物は何でも食べた
米糠　粉かす　大豆かす　お芋はもちろん茎までも
下駄はすり切れて　真っ二つに割れた

でも、そんなことは何でもない
死と背中合わせの戦争は終わったのだ
もう空爆に怯えることはない
明日も生きられる
命いっぱい生きられる
焼け跡の片隅に教室ができた
みんなで瓦を葺《ふ》いた教室が
学校に行ける　友達にも会える
希望は大きな力
夢に向かって一歩一歩前へ前へ
焼け跡に咲いたコスモスの花は風に揺れていた

あれから70年
戦争をしない国「平和国日本」は続いている
憲法は重い
9条は犠牲者の苦しみ悲しみ怒りの象徴
日本の宝だ
武器で平和は作れない
戦争で平和は守れない
国民は誰も戦争を望まない
戦争回避は為政者の知恵と責任
他国に挑発されず　他国に追従せず
日本は日本の道を進もう
戦争の遺品は語っている

戦争ほど愚かなものはない
平和はよきもの　平和は真実　真実は不易
日本には美しい自然があるじゃないか
すばらしい文化があるじゃないか
日本は日本独自の道を進もう
70年続いた「平和」を誇りとして
世界に胸を張って生きていこう

冬の日溜まりは今日も暖かい

中桐　美和子（なかぎり　みわこ）

1931年、岡山県生まれ。詩集『燦・さんと』、エッセイ集『そして、愛』。
詩誌「火片」、日本現代詩人会所属。岡山県倉敷市に暮らす。

抱いたまま

警戒警報も空襲警報も出なかった
昭和二十年六月二十九日未明
「玉葱が落ちたあ」
兄の一声でとび起きた
父は軍属で出張中
窓を開けると街は炎上　爆発音と熱風が走る
大通りをドドッと人が走る
「母さん空襲！」
母は一歳の妹を前掛けにくるんで走る
肋膜《ろくまく》を患った母が走る
母の背を押して十四歳の私が走る
人に追われ　火に追われて走る
麦の株を踏んで走る
雨の中を走る
防弾帽ももんぺもずた靴もぐっしょぐしょ
妹を抱いたまま　振り返り振り返り走る母
土堤でうずくまった時
烏城が焼け崩れた
あがいているようで　泣いているようで
つつうと雨が降ってきて　汗と涙で濡れて

「マンマがほちい」
妹のおちょうだいの手に何をあげよう
きのうの残りのドンツクパン
一きれがつないだいのち

六月がくるたびにめくる分厚い日記
生きていることの残酷　混沌
生きていることの愉悦
六十三年戦災を抱いたまま母の腕に血脈がうねる
百歳すぎても抱きつづけている母の宇宙

空襲の夜

大西　光子（おおにし　みつこ）
1933年、東京都生まれ。エッセイ集『庭の出来事』、『ああ エレベーター』。
東京都小平市に暮らす。

四歳の弟が、真暗な防空壕の中で、一人で震えていた
母と姉は防火活動にかり出されていた
B29の東京空襲
弟は私の疎開先に移ってきた

「B29が東京襲来」ラジオの放送がはいると
弟はガバッと起きる
弟はいつも枕元に防空頭巾と洋服を用意している

おばさんも私も寝たままなのに
空襲を知っている弟は正座して東京にいる母と姉を心配
　する
「だいじょうぶかな」「だいじょうぶかな」

昭和二十年四月十三日
我が家の一帯はB29の空襲を受けた
何日間も母と姉の消息は　わからなかった
ある日の夕方　外に人の吐く息の音が聞えた

母と姉二人
三人とも空襲の夜着ていた服のまま
我が家の焼け跡から掘り出した
お釜一つを持っていた

バケツリレーの消火活動では対抗しようもない
焼夷弾の空襲の夜

真赤になって焼けている人のそばを通ってきた
焼けて黒くなっている人のそばを通ってきた

忘れてはいけない

安永　圭子（やすなが　けいこ）
1935～2014年、埼玉県生まれ。詩集『七月六日の赤い空』、『音を聴く皮膚』。詩誌「櫟」、「コールサック（石炭袋）」。日本現代詩人会、詩人会議所属。東京都府中市などに暮らした。

滅茶苦茶ノ爛レタ顔ノ
ムクンダ唇カラ洩レテ来タ声ハ
「助ケテ下サイ」
静カナ言葉　コレガ人間ナノデス
人間ノ顔ナノデス
（広島原爆記念館掲示パネル・原民喜『夏の花』より）

あの日から五十年以上の歳月が過ぎた
広島の原爆記念館でその詩を
思わず声を出して読みあげた瞬間
小さなパネルの中から
血濡れた手がぬっと突き出て来た
うめき声も聞こえて来る

忘れたい
思い出したくない
日常は時の地底に鎮まっていて
起きあがってくることはないのに
悪夢のような光景がまざまざと呼び醒まされた
鉄の雨で破壊され火にあぶられた
恐ろしい顔　火中からの断末魔の悲鳴

十歳だった
郷里甲府で
空襲の真っ只中を線路づたいに逃げた
棒切れのような黒いかたまりに躓《つまず》く
老婆が焼け爛《ただ》れた顔をあげ
どろどろの手をのばして
モンペの足首をつかんだ
「助けて！　水を　水を！」
その手を声を
払い捨て父の後を追って走った

昭和二十年七月六日
B29爆撃機一三九機甲府盆地空襲
投下焼夷弾約九七〇トン
焼き殺された非戦闘市民一、一二七人

風船灯籠を作る夜
――宇和島に建つ平和祈念碑

偶然な出逢いだった
駅構内の古書イベントで
風船爆弾と表紙に大書した本を見つけた
終戦直後　放球されなかった風船爆弾も書類も焼却
闇にほおむってしまったあれから六十年も経ち
ぼつぼつ出始めた資料だった

風船爆弾製造に動員された女子挺身隊一覧表
日本全国に及んでいた
私もその一人だったと自分の手を広げる
薄くなり再生しない指紋
風船紙張りに血をにじませた手
四国方面宇和島高女の文字に
熱い想いをこみあげる

風船爆弾同期生と文字の上で再会した
うつむいたまま作業していた乙女たちの
顔も名前もしらない
白い影の静かな声を聞く

川内　久栄（かわうち　ひさえ）
1931年、大阪府生まれ。詩集『葉蠟石考』、『木箱の底から―今も「ふ」号風船爆弾が飛び続ける 増補新版』。詩誌「ネビューラ」、日本現代詩人会所属。岡山県和気郡に暮らす。

現在の名称　宇和島南高校へ委細を懇願
丁重に三冊とどく
女と太平洋戦争　女子挺身隊の手記
一冊は絶版　コピー許可　返本のこと
一冊は本代千円送金
一冊は謹呈

それからの私の日日は風船づくりに励む
風船爆弾の爆弾を外した
「ふ」号は付けた和紙で風船を折る
一枚一枚に一人一人の手記を写す
昭和の語りべ百人登場させ　完成したら
宇和島に建つ平和祈念碑にお参りしようと
あの時のように手を糊だらけにして
作りつづける風船を
灯籠のように天井に吊る

灯と火の物語

遠くに見える夜の鶴ヶ峰
その山肌をちらちら　ちらちら
灯の列が左から右の方へ動いていく
処女狐を嫁入り先へ送る一族の
提灯の列だ

あの幻想的な戦争の美しい映像
横浜港辺りの夜空から一列縦隊で現われるＢ29
その腹から降る焼夷弾の雨を浴びて沸き立つ町
地上の高射機関砲から連射される幾筋もの曳光弾の列

小学生だったおれと弟と年の離れた姉に
母は　自分が小学生だった明治時代に
よく見たという夢のように華麗な灯の列の夜景を
縁側に腰掛け　夏の夜風に吹かれながら
語って聞かせた

おれが立っている丘の上の横穴防空壕の入り口まで
火の粉が飛んできそうな眼下の巨大な炎の海
熱風に煽られていた森

母も弟も人々も防空壕の中に蹲っていた

夜の山肌に果てしなくつづく狐の嫁入りは
今やおれの中でひとつの伝説となり
花嫁姿の母や　敗戦の翌年熱病に侵され
十九歳までの記憶だけをここに残して
逝ってしまった人とともにある秘話である

夜が明けると　風景ははるかに遠のき
黒々とした焼け跡のあちこちで　小さな火が踊り
上星川駅のすぐ側にあった銭湯の煙突だけが
真っ赤な柱となって夢のように立っていた

細野　豊（ほその　ゆたか）
１９３６年、神奈川県生まれ。詩集『女乗り自転車と黒い診察鞄』。訳書『ペドロ・シモセ著―ぼくは書きたいのに、出てくるのは泡ばかり』。日本未来派、ＥＲＡ所属。神奈川県横浜市に暮らす。

銀杏が散っていた

藤原　菜穂子（ふじわら　なほこ）
1933年、岡山県生まれ。詩集『いま私の岸辺を』、『行きなさい　行って水を汲みなさい』。詩誌「アンブロシア」、日本ペンクラブ所属。福島県白河市に暮らす。

朝食のパンを食べながら夫がいった
夢を見たんだ。
「石垣りん
　それでよい」
二行だけ　くり返しあらわれた、と。

それはきのう『さよならの会』のはじまる前
ホテルの談話室の窓辺に来て
冬芽をついばんでいた鳥の声かも。
それはりんさんの電話の声だったかも。
おととし　春が来たばかりの朝だった
じゃ、またね、お元気で。

いいえもっと　むかし
六本木のお綱寿司で　並んで
おいなりさんを食べたとき
　幼稚園の遠足のお弁当に
　母がこの店のおいなりさんを
　バスケットに入れてくれたの。
四歳のとき母は亡くなって、しばらくして
　新しい母が……、私には四人の母がいたの。
おいなりさんを食べ　りんさんは微笑んだ。
失われた時間もいっしょに。

それから三人は歩いた　りんさん　夫と私
坂道を下ったり上ったり　氷川神社へ。
　東京大空襲のとき
　火のなか　まずここへ逃げてきたの
　バケツ一杯の水を片手に父と手をつないで。
　黒焦げの死者がねぇ……
境内には年輪を重ねた銀杏が
とめどなく黄葉をこぼしていた。
りんさんはその幹に掌をあて　耳をあてた
年輪の奥のかすかな声にかさねるように。

ゆっくりと左へ廻りながら
樹のかげに隠れてしまった。
二人でも三人でも抱えきれない　その樹
落葉を踏む音はきこえるのに
もう　もどって来ないのね　りんさん。

機銃掃射

終戦間近な頃だったか
小学校の帰り道
空襲警報が鳴り響いた
四年生だった私は
栄養不良で細かった
背丈もクラスの中ほどだったので
今の子どもの二年生ぐらいの体格だった
急いで帰ろうとするが
学校を出て間もない時
電車の線路に沿った道
電車は斜面の上を走っている
学校の指導だったか定かでないが
その斜面にうつぶせになった
頭のすぐ上で
米軍の機銃掃射があった
でもあまりにも小さな子どもと思ったのか
撃たれることもなく
飛行機は飛び去った
何度かそんな目に遭った
考えてみれば恐ろしいことだった
今頃になって七十年近く前のことを思い出す

阿形　蓉子（あがた　ようこ）
1935年、宮城県生まれ。詩集『旅のスケッチ』、エッセイ集『ブリテン島めぐり』。「文芸すいた」、関西詩人協会所属。大阪府吹田市に暮らす。

最後の爆撃

秋山　美代子（あきやま　みよこ）
1933年、大阪府生まれ。大阪府大阪市に暮らす。
一九四五年八月一四日　午後一時一六分
「第二次世界大戦での爆撃作戦の最終シリーズ」
目標は
大阪陸軍造兵廠
光海軍工廠
麻里布鉄道操車場
土崎の日本石油
熊谷市
伊勢崎市
同時の爆撃であった

大阪陸軍造兵廠の近くの防空壕の中
ぐら　ぐら　ぐら　ぐら……
「ザー　ー　ー　ー　ー　ー　ッ」
何度も　何度も繰返す揺れと落下物の音
「なむあみだぶつ、なむあみだぶつ……」
思わず口をついてでてきた念仏
私は、女学校一年生、寺の子
こわい、こわい、こわい……
いつまで続くんだろう
やがて
静かになった

外へ出た
中央大通が道いっぱいの人　人　人
人の波が
西から東へ、東へと流れている
逃げろ
逃げろ
逃げろ
早く逃げろ
父　母　妹二人　弟二人
人の波の中にいた
生駒山の方に向かって

途中　第二編隊の空爆
疎開道路の防空壕
我れ先にとなだれ込む
どこも満員

やっと入れた壕の中
ぐら　ぐら　ぐら……
「ザ――――――――ッ」
何度も　何度も繰返す

やっと
静かになった

外へ出た
父母達にやっと会えた

八月一四日　午後一四時一分

更に
逃げろ
逃げろ
逃げろ
早く逃げろ

再び人の波の中にいた
八月の暑い太陽を背に浴びながら
逃げた

途中
空襲警報解除のサイレン
続いて
警戒警報解除のサイレン
二時間が経っていた

咽喉が乾き
疲れきって
とぼとぼと
家の近くまで帰ってきた

寺も庫裏《くり》も瓦礫と化していた

夜、
燃えさかる炎の中
省線「森之宮駅」の高架が
黒いシルエットになってうき出ていた
何日も燃え続いた

翌八月一五日
敗戦

住むところがない
食べるものもない

着るものもない

どうなるんだろう

毎晩、月を見上げて泣いた

弟二人が　栄養失調で死んだ

夾竹桃の花が燃えるように咲いていた

大阪は
五〇回の空爆を受けた
一万五千人の尊い命を失った

私達が味わったこの苦痛
戦争は
二十八か所のアジアの国々にこの苦痛を与えた

この歴史に
学び
伝え
生かし
心の中に
平和の砦を

遠花火

山崎　夏代（やまざき　なつよ）
1938年、埼玉県生まれ。詩誌「詩的現代」。埼玉県ふじみ野市に暮らす。

〈1〉

耳慣れない炸裂音
遠い　けれど　爆発？
窓を開けて　外を眺める
生臭いぬるりとした夜風　八月十五日
ビルのシルエットの間から
ひょろりと　火の玉が飛び出してきて
炸裂
花火だ　線香花火ほどの大きさもない　遠花火
散り消えていくころ　音が地を這うように伝わる
音と光の落差の大きさ

わたしと周囲の事実と事実
わたしのいまと歴史の進行
現実と現実とのあいだに潜む　ずれ
真実と真実のはざまに
時間によって引き裂かれた空間がある

亀裂の奥に　ブラックホールが潜んでいるか
まっさかさまに　落ちて　落ちて
祈るかたちにのばした両手の指先から
フェードアウトしていく　わたしの姿が夜空に浮かぶ
折り合えない現実に抗い続ければ
時間の仕掛けた罠に捕らわれる

〈2〉

二つ　三つ四つ　連続打ち上げ
三つ目が消えるころ　音の連続
この遠い花火を
あなたは今日も
雨戸を締め切った部屋で息をひそめているのだろうか

　いやなのよ　いやなのよ
　なんで八月十五日に花火をあげるの
あの日　あなたは　花火を見ようと誘ったわたしを
咎める目付きで見据えていった
旧盆だもの　死者への供養　と　いいかけて
老いた肩の震えに気づく

八月十五日未明　あなたは走り回ったのだ

瓦礫と化した中山道《なかせんどう》の町を
火の消えやらない黒い町を　弟を探して
死体で埋め尽くされた星川に男の子がいたと聞けばそこへ
そのあとの　数年を　あなたは
けっして語らない
言葉にはならないものの重みを噛みしめることにより
その同じ日の真昼間に迎えた敗戦を
骨の髄に刻み込んでいったのだ

八月の花火
その炸裂音は　空爆となって
あなたを誘い込む
ねじれた現実と現実のはざまの穴に
時間の仕掛けた陥穽《かんせい》に

　こうなのよ
花火の日は耳に栓をして雨戸を閉めて
　耐える　耐えるのよ
耐えている姿から
時間はどのように退いていくのか
あなたの弟や数多の死者たちがどのように立ち去るのか

〈3〉
夜空に　遠花火

人々の歓声は届かない
人の姿も届かない
光が天空を駆けると
遅れに遅れて
音が地を這う
光の真実　音の真実
わたしのみているもの　きいているものは　何か

真実？
遠花火

待つ

あれから心は亀の甲羅返しのまま
暗い小部屋でまだもがいている

爆撃を恐れた人々で金沢駅の疎開列車は200％の乗車
小学五年の一をきいて十を知る兄と
小学三年の無口な姉とは
素早く群衆の脇をすり抜け乗車
もつれる足の小学一年の私は母の手で
実家のある富山行列車の窓から放りこまれた
あの空《くう》を掻くような感覚は
凍りついたまま今も心に染みついている
子供達だけ三人の疎開生活　招かれざる客
白い視線の中　土蔵の片隅　兄は虫喰い米を調達し
虫喰い大豆を入れ水っぽいお粥を毎日たいてくれた
幼い私は下痢をくり返した　元気をつけるために兄は
小川で泥鰌《どじょう》をとってきてくれた　その味噌汁は湯気まで
美味に見えた　神が大地から無償で生やす草だって
食用となるものもいくつかあった　探しさえすれば
食用になるものは大地のあちこちにあった
何という神の愛の深さ　が　いつも私はひもじかった

いつも身も心もひもじかった　日なが一日何かしら
食べることに奥眼を光らせていた

夕暮れになると決まって土蔵の入口に佇んだ
遥かまで続く土埃りの立つ田舎道
その地平線に目を凝らし　息をつめるようにして弟を背
負った母の姿を待った　母さえ来れば世界は変わる
B29は姿を消し　食卓は豊かに
腋《わき》臭《が》の匂いのする体温を感じ　このひもじさから
脱けられる　人生76年　忘我の祈りと共に
あれほど人を待ったことはなかった
呪文のような　溢れるほどの独白
〈お母ちゃん　早よう迎えに来て　お母ちゃーん〉

あれからまだ心はひっくり返ったままだが
頭上には　今は平和を見下ろす青空
故郷《ふるさと》の風が青々として吹き渡り
わたしの青空がキッパリと瞳を見開いている

徳沢　愛子（とくざわ　あいこ）
1939年、石川県生まれ。詩集『みんみん日日』、『加賀友禅流し』。
詩誌「笛」、童詩誌「こだま」。石川県金沢市に暮らす。

私は五歳だった

佐々木　道子（ささき　みちこ）
1939年、島根県生まれ。詩集『花柄の子供服』、『小さな日常から』。詩誌「山陰詩人」。島根県松江市に暮らす。

昭和二十年
私は五歳だった
日本海の平和な隠岐の島にも
飛行機の爆音が聞こえ
警戒警報　空襲警報のサイレンが
島に鳴り響いた
防空頭巾をかぶって
警戒警報発令　空襲警報発令と
大声で叫びながら
母や弟と防空壕へ避難した

八月十五日
五歳の女の子は考えた
日本は負けてよかったよ
これからは誰もが同じように
暮らしていける時代がくる
このまま日本が勝っていたら
軍人が世の中を動かす時代になって
弱い立場の者やお金のない家の子は
言いたいことも言えない
生活をしていたに違いない

終戦の明くる年小学校へ入学した
学校から修身が消え
何年かして道徳が課されるようになったが
私は修身も道徳もない峡間の世代を過ごし
統一した思想を押しつけられることなく
言いたいことを自由に言って
今日まで暮らしてきた

五歳の女の子は七十四歳になった
六十八年前負けてよかったと考えた
あの時の五歳に私は話しかける
時代はあの時からだんだん逆もどりしているよ
集団的自衛権の行使を認め
憲法九条を変えようとする動き

孫やひ孫たちが
戦争に巻き込まれる時代がくるかもしれない

B-29

ニューヨークから　一人で訪れたワシントンD．C．で
　の午後
スミソニアン博物館で　飛行機の種類を前に過去のかす
　かな記憶が重なっていく
天空を行き来した機体は　轟《とどろき》を次第に強め——
「どこに　あるのか　　B-29の模型は」
〈無い！〉
設計はボーイング社　幼い日の頁の上に
B-29の姿を確認したかったのに

二〇一一年一月
「世界一　不運な男」と英国のテレビの娯楽番組でとり
　あげられた日本の被爆者
広島と長崎で　二度被爆した日本人男性を
〝世界一不幸な男〟とする番組に
敗戦後の惨状は渦を巻いて　炎となっていく

「運という言葉を　どう解釈しているのか
　悪意は無かったと弁明しても
　当事者の心理を知れ」
と　黒煙と共に舞い上がる火の粉と並び
私は叫ぶ

今　B-29は目の前にずしりと機体を表し
懺悔の背筋をひきづっているであろう爆撃の苦は
永劫の風の中で　慎み深く朝を迎えた
聞こえるのは機体の霊の声
戦争を避けることはできなかった無念のつらなり

地底の死者達は　テレビ番組での言葉を解剖し
機体の霊の沈痛と　冷静に向き合っている

安森　ソノ子（やすもり　そのこ）
１９４０年、京都府生まれ。詩集『地上の時刻』、エッセイ集『京都 歴史の紡ぎ糸』
詩誌「呼吸」、日本現代詩人会所属。京都府京都市に暮らす。

真夜中の夕焼け

悠木　一政（ゆうき　かずまさ）
1942年、秋田県生まれ。詩集『シンフォニー雄物川』、『凍土のじいじ』。日本海詩人所属。東京都武蔵野市に暮らす。

戦争は明日終わるよ――
父は声をひそめてそう言った。
敗戦を予想していたから
少しほほ笑んでいたかもしれない。

蒸し暑い夜だったという。
それでも　もう空襲はない。
人目をしのんでの久しぶりの一家団欒。
生ネギと味噌を肴にわずかばかりの酒を楽しむ父を
嬉しそうに見上げる三歳の僕がいた。

母の乳房をまさぐって甘える弟。
目を細めた祖母が
今日ダバ　ミンナシテ　ユックリ寝ラレルベ
と得心のあいづちを打つ。

蚊帳のなかに　やすらぎのときがながれ
しずかにおとずれる　あすを待つ眠り――

昭和二十年八月十四日午後十時四十分頃

突然の空襲警報発令

夜の闇が切り裂かれ　轟音とともに激しくもだえる大地。
彼方の街は炎上し　真っ赤に染め上げられる空。
家族は　近隣の人々と一緒に
夢中で旭川の橋の下まで逃げた。
固い祖母の背に揺られ続けて
僕は泣きわめいていたらしい。

日本への最後の空襲　米軍機のべ一三〇機
秋田市土崎港・日石製油所及び周辺を爆撃
十五日払暁《ふつぎょう》まで続く　死者一一〇余名*

――記憶の淵に沈んでいる僕の終戦記念日は
爆音も地響きもなく
美しい夕焼け空が沈黙している。
深夜の夕焼け空が。

*死者数は花岡泰順編著『土崎空襲の記録』（一九八三年秋田文化出版社刊）によった。

まんなか

まんなかは　むずかしい
まんなかは　なかなかきまらない

いつも　どちらかが　おおきいと
ほんとうは　まんなかでも

そして
すこしずつ　まんなかにしようと
なおしていくと
しまいには
なにも　なくなってしまう

みんな　まんなかをほしいとおもっても
いつも　たいせつなものを
うしなっていく

そうして　あらそいがおこる

いちばんたいせつな
いのちがうしなわれていく

谷口　典子（たにぐち　のりこ）
1943年、東京都生まれ。詩集『あなたの声』、『悼心の供え花』。
詩誌「青い花」、「いのちの籠」。東京都西東京市に暮らす。

そんなことが

そんなことが

三月十日　東京大空襲

その夜　突然
B29爆撃機三四四機による焼夷弾爆撃

火　火
せまりくる業火と
捲れあがる炎のなか
路上で死んだ　一塊の家族

ただ　黒い塊として

だれにも知られず
なにも残さず
葬られることもなく
生きた証もなく
塊のまま

父よ
母よ
兄よ
妹よ

ひとりひとりが　いたではないか
ひとりひとりに　名前があったではないか

そんなことが
誰かがその名前を聞いてあげなければ

十万人　そんなことが

吉村　伊紅美（よしむら　いくみ）
１９４４年、京都府生まれ。詩集『夕陽のしずく』、『日本人のための英語ハイク入門』。英語ハイクの会 EVERGREEN 代表、「饗宴」同人。岐阜県岐阜市に暮らす。

人参の花

戦争が終結する少し前のことだ
京都の街なかにも爆弾が落ちた
街の人はパイロットがうっかり間違えて
落としたのだとうわさをした
大和大路から東にはいった馬町の
道路に面した角家に爆弾は直撃した

戦争が終わっても壊れた家は
怪物のような姿をさらしていた
夕方になるとそのお化けのような廃屋から
こうもりが飛び出した

その廃屋の前を通り過ぎなければ
わたしは幼稚園の鉄扉にたどり着けない
ねえやのおもな仕事は
幼稚園の送り迎えだった
いつものようにねえやの迎えが遅いので
泣き出しそうな気分を堪えて
わたしは一人ブランコに乗っていた

陽気な人柄のねえやは
その廃屋に咲いていた人参の花を渡しながら
「いくちゃん　おそうなってかんにんえ」と
半ばすまなそうに　半ば楽しげにあやまった
白いレース状の小花をつけた人参花が
まるで着物を着た女の
広げた扇子のように
風になびいていた

ねえやと彼女の新しい男友達とわたしは
いつものように廃屋の前を
陽気に駆け抜けた

昭和二十四年　初夏のあの時間
それからずーっと今もなお
落とされた爆弾は
ブランコに載っている

碧い海

うおずみ　千尋（うおずみ　ちひろ）
1944年、福島県生まれ。詩集『牡丹雪幻想』、『白詰草序奏』。詩誌「衣」、「コールサック（石炭袋）」。石川県金沢市に暮らす。

海岸線に沿った丘陵地
山道は　ゆるやかな上りの勾配だ
県境の〈勿来《なこそ》の関〉は　近いようだが遠い
どんどん歩く
ふうふう歩く
何度も歩いた道なのに
やっぱり遠い
だが　もう直ぐ絶景が望める場所が有る
生い繁った樹林の切れ間から
突然　眼を射る
紺碧の空間

「わぁ　海だっ！」
誰もが奇声を発し
銀色に反り返る波頭に吸い込まれて
息を呑む

一九四四年
第二次世界大戦の最中　私が生まれたその年
故郷福島のあの海と
あの空に
巨大な紙風船爆弾を浮上させた　と云う
真っ白に拡がる砂丘を
ギシギシ　軍靴が踏み崩し
偏西気流に乗せ　アメリカを狙った　と云う

『大空襲三一〇人詩集』の
作品中　三詩に
何と懐かしき我が故郷の地名
風船爆弾の記述
今の今まで知らずにいた
今日の今日まで想像もしなかった
絵のように脳裏に焼き付いている目映《まばゆ》い景色
碧い海　白い砂丘　広い広い空

そこに
その記憶の真っ直中に
引き攣《つ》れた戦争史実と
あまりに陳腐な風船の亡霊が浮かんで
貼りついたまま　剝がれない

父の記憶

軍用トラックに積み込まれた焼死体
死体の上であぐらをかく
一日目は飯を食えなかった

乱雑に積み込まれた焼死体
死者の数　氏名　男女の検分もない
二日目は死体の上で飯を食った

掘り込んだ土の中に死体を投げ入れる
異臭を放つ焼死体を素手で扱っても
吐き気はしなくなっていた

大正十年生まれの父が他界して十年
みぞおちに汗の吹きたまるお盆の墓参り
寡黙な人だった　と
父の記憶が固まってゆく
茶色くやけた写真の隊友を語らず
駐屯地も言わず　所属部隊も黙したまま

死の近づいたころ　父は

酒井　一吉（さかい　かずよし）
1947年、石川県生まれ。詩集『皮を剝ぐ』、『鬼の舞』。
「私鉄文学」、詩誌「コールサック（石炭袋）」。石川県羽咋郡に暮らす。

　あの仏さんたちはどうなっただろうか
と　俯いてつぶやいた

父が軍隊時代のことを口にしたのは
東京大空襲　眼前の地獄
焼死体処理の一言　一度だけだった

平和へのこころ

平和を遠ざけるもの　それは　無意識の差別
一九四五年三月十日の　東京大空襲で
空襲孤児となった子らが　背負った
孤独と不安　ひもじさと　言われなき差別

六歳の少女は　孤独と不安　ひもじさの中で
夜間高校に通い　人生にチャレンジを続けていた
彼女が三十四歳のとき　再婚相手にときた縁談話
残された二歳の男の子に　幼い日の自分を重ね見
私の命を　この子にあげようと　決意した結婚

平和を遠ざけるもの　それは　事実からの逃避

終戦後七十年を向えようとする　二〇一五年六月
国会前では連日　政府への違憲集会が行われている
多くの血と涙　無念の魂の上に　持ち得た平和憲法

人類共通の理想の憲法を　守らねばとする国民の信念
国民に選出され議員の心は　国民の意思とは反対方向

浅見　洋子（あさみ　ようこ）
１９４９年、東京都生まれ。詩集『水俣のこころ』、『独りぼっちの人生《せいかつ》』。
詩誌「焔」。東京都大田区に暮らす。

戦後七〇年の国民生活から　目を背け続けた　政府
戦後の日本の実態と実相を　無視し続ける　政府
政府は　利益主義に伴う競争と戦いの社会にと舵を切る

願いは一つ
人であるために忘れてはならない　涙するこころ
人が育てなければならない　想像力と客観性
人が求めなければならない　良心と信念

祈りは一つ
理想が現実となる奇跡と　平和実現への祈り
人が人として誇りを持って　生きていける社会
人が人への思いやりを　失わぬよう教育する社会

無意識の差別を意識し　いましめ遠ざけ
真実から実態から　目を背けぬ勇気をもち
人が生きるのに　真に必要なもの　大切なことを見極め
慎ましい日常生活への感謝と　祈りを持って生きようと

機銃掃射を受けた母

石川　啓（いしかわ　けい）
1957年、北海道生まれ。北海道詩人協会所属。北海道北見市に暮らす。

昭和二十年七月中旬、成川幸子《なりかわゆきこ》は十三歳だった
釧路市の南大通りにある廉売（中央市場）に住んでいた
親の「成川商店」という惣菜屋は繁盛していた
釧路に空襲はなかったが、東京大空襲は耳に入っていた
十四日の朝五時に警戒警報が鳴り、防空壕に飛び込んだ
夕方の五時に解除されたが、防空壕から出て驚いた
大空襲で街の様相はすっかり変っていた
避難の為にすぐ荷造りをしたが、七時近くまでかかった
業務用のリヤカーに、布団とお米や調味料を満載した
幣舞橋《ぬさまいばし》は残っていたが周辺や駅にかけては火の海だった
それを見ながら、畑を作っている雪裡《せつり》という地に逃げた
父の武男だけは自警団の為、一人で倉庫に残った
夜も更け、東釧路の野原に布団二組を敷いて六人で寝た
夜明けと同時にまた歩き、早朝にようやく到着した
農作業用に住む小屋に荷物を解き一息ついた
幸子は鍋にお米を入れ釧路川で磨ぐのに外へ出た
その時二機の戦闘機が飛んで来て一機は通過した
残る一機が広い野原に見るまに低空飛行して正面に来た
幸子は呆然として、足が竦んだまま戦闘機を見ていた
卵大のパイロットの眼鏡の顔を無言で見つめ続けた
嫌らしいニヤラァ～とした笑いを浮かべた顔だった
ババババババッ!!　と足元に機銃掃射された
朦朧と砂塵が立ち上がったが幸子に恐怖感は湧かない
人間を殺すつもりの人が笑っているのが不思議だった
百メートル近く離れた向かいの小屋にいる母のキヨが
扉を開け「幸子っ!!　早くこっちに来ぉいっ！」と叫ぶ
しかし小屋に入るのが見つかると爆弾で一網打尽だ
幸子は周りを見渡し、川縁に横倒しの伝馬船を見つけた
戦闘機がUターンする前にその中に鍋ごと走り込んだ
戻ってきたパイロットは誰もいないので諦めて去った
キヨは死んだと思った娘が船から出た瞬間、駆け寄った
残された子供達を思い助けに出られなかった事を侘びた

兵士の中には人を殺すのを楽しんでいる者もいると聞く
「戦争」に乗じて心奥の残忍な欲望を開け放す
そのような者には慙愧の念など無縁だろう
「人間ほど共食いをする生き物はいない」という
嘆きの言葉を吐き出したのは生物学者だっただろうか
万物の霊長との傲りは地球上で愚かな闘いを繰り返す
人間の叡智は戦争の為に使われるものではなかった筈だ

念仏と涙

山田　透（やまだ　とおる）
1954年、東京都生まれ。埼玉県さいたま市に暮らす。

祖母に聞いたことがある
「東京大空襲の時はどんなだったの？」
祖母はくるっと仏壇の方に向きを変えると
突然　念仏を唱え始めた
「南無阿弥陀仏・・・・・・」
いつまでも　いつまでも　唱え続けた
中学生の私は　我慢しきれなくて
「空襲で焼け出されて　ここへ逃げてきたんでしょ？」
祖母は念仏を止め　今度は窓を開けて
いつまでも　いつまでも　空を見上げていた
目にはうっすら涙が光っているように見えた
「そんなに　聞きたいかい？」祖母は言った
私は首を横に何度もふって　その場を逃げ出した
『戦争は　経験しただれにとっても　重く悲しいものだ
それを知らないあんたたちは　幸せ者だ』
そう言われているような気がした
それ以来　私は祖母に戦争について一度も聞いたことは
ない

祖母が亡くなって三十年近く経つ
今　戦争を語る軽い言葉が横行してはいまいか
祖母の念仏と涙が無駄になりませんように・・・・・・

罰則

佐藤　銀猫（さとう　ぎんねこ）
1960年、埼玉県生まれ。詩集『ラベンダー海岸』、詩画集『Zephyr』。
詩誌「反射熱」。神奈川県鎌倉市に暮らす。

先生の言いつけを守らずに
わたくしは生きてしまいました
近頃ではあの女学校の同級のような方々と
ひとつ屋根の下に住まい
リウマチの薬や車椅子などの傍らに寝ております

誕生日が来れば米寿の
枯れた手足になっても
わたくしはまだ
あのとき先生の腕を振り払ったことが
いけないことだったのではないかと
思い出してはびくびくし
ひりひり泣けてなりません

浜松は良い町でした
わたくしの家の庭は
豊かな芝生に覆われ、門被りの松の木があり
両親と姉妹と、仲良く暮らしておりました
日本中に
軍需物資と航空隊を誇った浜松

あれは春でしたか？
晴れた校庭いっぱいに
稲妻のような警報が走り
先生は生徒全員を防空壕に連れ
固い扉のように
背中で守ってくださった
生徒は互いにしがみつきます
悪夢が足踏みする長い時間
その息苦しさに耐えかねて
幾度目かの轟音に怖々と目を細く開けました

（そのとき！）

先生、あなたの肩越しにあった入り口の
光の窓がどんどん小さくなってゆくのが
ここに留まったら死んでしまうのが
今　まさしく　はっきりと見え
思わず壕の外へ　外へ

先生の制止する声と腕を
強く振り切ってしまいました
犬に追われる猫のように校庭を転がって
藪に飛び込んだのです

真っ黒な気配に振り返ると
防空壕はもう誰のかたちも残さず
出入り口も何処であったか分からぬ、
大きな墓の盛り土となり
壕の外に立ち尽くす、
わたくしひとりが居る

土煙が頭のなかを去り
何が起きたか知ったときから
わたくしはずっと
(ひとりだけ助かってしまった)
生きている心地が悪く
(誰かひとりでも腕を掴んで来たら?)
いのちがあったことで幸福な思いをし
(生きて何を叫べば良いの?)
同級の誰も取らなかった歳を取り
(戦争が終わったこと　空襲はもうないこと)
天に召されて再会出来たら、いったい何と言おう?

その答えがどうしても見つかりません

浜松は良い町でした
わたくしたちは
学びに恵まれた女学生でありました
先生に諭され、正しい女学生でありました
けれど
卒業写真の撮影は
ひとりで写真機に向かう罰

戦争について
何も口に出来ぬ
動物時代を過ごし
その後も焼けなかったので
撃たれなかったので
わたくし　生きてしまいました
・・・・・生きてしまいました

太った男

リボン織人よ
コベントリーのため戦争作戦室で
なにを織ったのか？

美しい空の青の織り糸よ
太いハヴァナ葉巻の煙の輪　汚れた黒聖人のための
予言的な括り紐

戦争指導者よ
（ドイツ空軍の）狼どもは牙をむき
伽藍の尖塔には引き裂かれた月がかかった

（死体の）足指につけた名札の列
丸太にしか見えぬ子供は
お前の飲むブランディーより若かった

リボン織人よ
コベントリーの廃墟の石から
ドレスデンのため何を織ろうとするのか？

ナガサキに落ちた原爆を
お前に因んで（ファットマンと）彼らは名づけた
兵士のように口笛を吹きながら

炸裂し咲いたハスの花
お前の黒く炭化した遺産
太った男　火　戦争犯罪人

＊第二次大戦中の英国の首相チャーチルに対する怒りの詩である。葉巻をくわえ、ブランディーを好み、シルクハットにステッキの太った英国紳士チャーチルを思い描きながら読んでほしい。

結城文　訳

アントニー・オーエン

1973年、英国コベントリー市生まれ。詩集『My Farther's Eyes were Blue』、『The Dreaded Boy』。英国コベントリー市に暮らす。

日本国旗の作り方

新しく投下された太陽の頭蓋よ
私はその写真に自分の骨を見
その日の母の顔を見た

私は両手で我が家を探している
両目は手のなかで青白かった
ハスの花のように胸からそれをむしりとったのだ

ヒロシマのキノコ雲
天辺は空で押しひしがれ
リトル・ボーイ*の泣く暗闇が垂れ下がった
　＊ヒロシマに投下された原爆のニック・ネーム

レタス畑で体をよじっている化け物たち
濡れた植物の間は涼しいと
穴を掘りながらついにこの世の死となった

粘土で寺を造っていた母を
釣りあげようとしている若者を見ていた

日よけの麦藁帽子を被っていた母を
そよ風に吹かれる黒髪のように川で動いていたウナギ
第二の太陽の炸裂は
ウナギの体を捉まえることができるように膨張させた

ここに来たら影たちにかつて肉体であったと言ってはならない
橋の手すりに残る手の跡に触れてはならない
それらは咲くことのできなかった魂の命の線なのだから

新しく投下された太陽の頭蓋よ
日本の旗をどう作るか教えてください
そうすれば再建された空の布に私はくずおれるでしょう

結城文 訳

第八章　戻らぬ人びと

蝉と少年

――八月又来たれり　心新たに平和を誓う

蝉の大合唱　誘われて公園に向かう
ふと母の晩年の句が口をつく
　つかの間に空蝉となり樹皮つかむ
戦争中　八人の子育て
空襲での焼け跡を片づける母

夢を破って　黒い礫が胸に当たった
蝉だ　石だたみに　腹をみせて潜《ひそ》まる
踏まれては　と　腰をかがめ
手をのばして拾おうとする　と
その途端　少年がとびこんできた

少年は蝉をつかむや　欅の茂みに投げあげた
蝉はヂヂと鳴き　葉かげに隠れた
ほっとして　ほころびる頬
駆け去ろうとする少年に
――ありがとう　すばやいね　といえば
――セミプロだもの　との返事

公園にもどった少年は　又蝉を投げ上げた
つかの間の生命を　よみがえらせ
少年は意気揚々の姿
見れば同じように活躍する少年三人
涙がこみあげた

大空の戦友よ　自分の身を犠牲に
平和を希求した戦友《とも》らよ
この光景を見たか　会話を聞いたか
この国の平和は　まだ続いている

セミプロ君　たのみます

比留間　一成（ひるま　かずなり）

1924年、東京都生まれ。『比留間一成詩集』、訳書『李賀』。詩誌「POLULA」。東京都練馬区に暮らす。

河邨　文一郎（かわむら　ぶんいちろう）
1917〜2004年、北海道生まれ。詩集『河邨文一郎詩集』『物質の真昼』。日本現代詩人会物故名誉会員。北海道札幌市に暮らした。

無名戦士の墓
――S・に

コレヒドォルの土の底に
ひっそりとかれはいる。
おびただしい砲弾の破片と、ひん曲った銃剣と
白と黄の七人の敵兵にかこまれて
かれの骨格がながながとねそべっている。
戦争のかくれんぼにかくれおおせた、いたずらっぽい笑
　顔は
指をふれれば、かるく灰となって崩れるだろう。
くろい土の底ふかく
透きとおる脆さで《人間》の原型をささえているのだ、
胸のボタンに、ものうげな指をからませて。

土は肥えている。そのくらがりに
毛細管のように絡みあう野バラの根が
破れたヘルメットまぶかな
かれのふたつの眼窩《がんか》を這いまわる。
いつも思いつきのいいかれらしい！　かれは地下からバ
　ラの花を
潜望鏡のように突き出して、のぞく。

地上にはなにがある？

まばゆい昼と、
海の微風にさゆらぐ
まわりのバラたち。
ふき上げる鮮血のバラ、肝臓そのままの青ぐろい、
伸びてゆく爪の色の蒼じろい、それら七つのバラの中心に
かれの脳髄を食った白いバラ、
露出されたかれの重い脳髄そのものが、くっきりと
エメラルドの空に浮かんでいる。

太陽は灼く、
誰もしらない、ここ無名戦士の墓地に、汗ばんで立つ八
　つの
生きているバラを。
また――地平のはてにみえかくれする
王妃や、枯れた老人や、むく犬たちの、無数の墓地を彩る
肉の花々と
そのなかを流れる永遠を灼く。
……どっちみち同じさ、と低くつぶやく
遠雷を、自然そのものを
太陽は灼く。
憎しみをこめて灼く。

弟たち

戦場から
痩せ傷つき
ツバを吐きつけられ
足蹴《あしげ》にされ

ひじりの国の皮をむしりとられて
裸で追いたてられ

彼らは走った
生まれた村へ　生まれた家へ

停車場はあった
竹やぶはあった

家の戸をたたいた
母親はいた
兄や兄嫁
子供たち
みんな泪《なみだ》を流した

だんだん話も消え

破れた軍服
都会は焼け野原

中野　鈴子（なかの　すずこ）
1906〜1958年、福井県生まれ。詩集『ナップ七人詩集』、『花もわたしを知らない』。新日本文学会、ゆきのした文学会所属。東京都や福井県に暮らした。

従兄の写真

日下　新介（くさか　しんすけ）

1929年、福井県生まれ。『日下新介全詩集』、詩集『核兵器廃絶の道』。詩人会議、北海道詩人協会所属。北海道札幌市に暮らす。

颯爽といおうか
凛々しいといおうか
ひとりの青年の写真が
亡き伯母の部屋に掲げられている
色あせることもなく
五十年前の軍服姿のままに

生きているときは会うこともなかった
故郷の街のぼくの従兄である

赤紙が来て
いざ出征という日の朝
彼は逃げようとした
彼は庭の茂みに隠れた
隠れおおせることもかなわぬと知りながら

戦って人を殺せという教えは
彼が大学で学んだ仏典にはなかった

隣組の人々が
のぼりを立てて見送りに来ている
出発の時刻が迫っている
母親が探した
隣組の人々が探した
彼はついに見つけられ
引き出され
列の先頭に立たされ
そして再びわが家に戻ってきたときは
国賊・不忠を免れた代償
石ころのカラカラと鳴る白木の箱だった

庭の茂みは
青年の夢　封じ込めて
今年も濃い緑の陰をよどませている

声なき声

モンペをはいて、ケット着て
長靴はいて、紙もって
雪の山道
四キロ、五キロ
走って、歩いて
山越えて
夜の夜中に、涙声
「先生、せがれが
戦死しました」と
我が家の玄関
倒れこむ
母一人、子一人、男の子
泣いても泣けない
母親を
ジット見つめる父の顔
歓喜の声で予科練《よかれん》に
十六歳の少年を
送った父の声なき声
うなだれ悲しむ母親に
かける言葉を失って
ただただ、だまって
うつむいて
炉端《ろばた》の灰をつついてる
外はしんしん雪の音
赤々もえる火を見つめ
二人はだまって
夜明け待つ

たに　ともこ
1934年、山形県生まれ。埼玉県所沢市に暮らす。

護国神社の蛇

結城　文（ゆうき　あや）
1934年、東京都生まれ。詩集『紙霊』、『花鎮め歌』。詩誌「竜骨」、「漪」。東京都港区に暮らす。

街道沿いの護国神社の大鳥居はなんの疑念ももたぬものの強さで雲ひとつない青空にそびえたつ　鳥居をくぐってすこしゆくと小さな白い道　その向こうには川が流れていてコンクリートの橋　橋は真っ白に初夏の強い陽射しのなかで輝いている　橋を渡れば護国神社の境内
弟と二人護国神社にむかっていた私は　橋の左側になにか黒い細長いものを見つけた
近づいてみると小さな蛇——
蛇は私たちが近づいても逃げようとしない
おそるおそる見つめていた私たちは
やがて石を拾ってはそれを目がけて投げ出した
蛇はそれでもそこから動かなかった
石はあたるのもありあたらないのもあった
石があたった時蛇が身じろいだのか
それともだんだん動けなくなったのかは覚えていない
蛇のまわりにいくつもの小石がちらばった
蛇がいつまでも動かないので
私たちはやがてその遊びに飽きた
弟がどこからか小枝を拾ってきて
黒い紐のような蛇をすくいあげて川に投げ込んだ
蛇はたちまち流されたのかそれきり見えなくなった
夕方祖母に話すと
「蛇は七生というからきっと生き返ったよ」といった
その後のことだったろうか
それともその前のことであったか定かではない——
夜中にふいに「お父さんが死んじゃった——」と私は泣き出した　その頃祖父は東京から「父が大菩薩峠付近で飛行機事故にため戦死した」という情報をもってきた
その後も長く私は「飛行機事故だったから父は即死した」と思いこんでいた　けれどもあるとき
「父は大怪我をして死ぬまでに時間があったのかもしれなかった」と不意に閃く——
護国神社の蛇が急によみがえる——父は巳年の生まれ
四十二歳の死だった
私と弟が石を投げて殺してしまった白い橋の上の蛇——
瀕死の父の魂の化身だったかもしれない護国神社の小さな黒い蛇——
幼い子供の心にもある残酷さが　人の心にある限り
この世の諍いや戦争はなくならないのであろうか

わたしは幸せな男だ

父の記憶のない
わたしは幸せな男だ
三歳で父と別れて
わたしは幸せな男だ
戦争で父を失って
わたしは幸せな男だ
抵抗する遺伝子をもらって
わたしは幸せな男だ

わたしの中にはいつも戦争があり
わたしの中にはいつも死者がいるから
わたしはいつも忙しい
こうしている間にも私の爪の先から羽虫が湧き出し
わたしの中の死者が目覚めようとしているから
戦争を語り継ぐ暇はない
不機嫌な記憶の実りのない物語についてなら語ろうか
途中経過の報告になってしまうが

わたしの中ではいまも蛹《さなぎ》のまま亡骸が蠢《うごめ》いている
わたしの中の戦争は終わらない

柏木　勇一（かしわぎ　ゆういち）
１９４１年、岩手県生まれ。詩集『擬態』、『たとえば苦悶する牡蠣のように』。詩誌「青い花」、「へにあすま」。日本現代詩人会所属。千葉県柏市に暮らす。

まだ眠りにつかない死者と戯れることができるから
私は幸せな男だ
死者が排泄した沈殿物をすべて吐き出さなければいけないから
わたしはいつも忙しい
記憶が来歴と結末を探している
最終報告はまだできない

私には父の記憶がない

飯高　日出夫（いいたか　ひでお）
1942年、東京都生まれ。千葉県松戸市に暮らす。

古いアルバムをめくると
　母に抱《だ》かれた幼子の私と
穏やかな笑みをたたえた
　和服姿の父がいる
セピア色した別の写真は
　中腰の父がそこにいる
草原《くさはら》で遊ぶ私の後ろから
　支えるように手を伸ばす
数枚の写真を目で追うが
　私には父の記憶がない

家族のために戦地に赴《おもむ》き
　銃弾に倒れたと母から聞く
戦地からのハガキに残る
　幼子の私を気遣う内容《なかみ》
予想に反した戦の状況
　行間を読み解く今の私
母子《おやこ》が身を寄せる祖父母には
　帰還後の孝行を誓う父
そんな人柄を感じつつ
　私には父の記憶がない

物心がつき始めた私の
　小学生から中学のころ
父は洒落《しゃれ》た趣味人だったと
　周囲《まわり》の人から聞かされる
書道や茶道にいそしむ父に
　母も教えられたひとりらしい
当時は珍しいカメラを持って
　家族や草花を撮っていた
父の撮った写真は残るが
　私には父の記憶がない

庭先に立ちポーズを取る父の
　セーター姿がまぶしく映る
いつしか知らぬ間《あいだ》にも
　父の姿を追い求め
子供や孫に囲まれて
　父の倍以上生きてきた私
グレそうになった若き日も
　イメージの中の父が道を諭《さと》す
父への思いは募《つの》れども
　私には父の記憶がない

秋空の詩

山本　亮（やまもと　りょう）
1943年、茨城県生まれ。茨城県つくば市に暮らす。

万歳　万歳
昭和十八年十月二十一日
神宮外苑の森に祖国の美学
天より慟哭の雨　地は歓喜の嵐
学徒たちは銃剣を熱く握り締め
小旗をふる母の涙を振り払う
万華鏡に映る童顔の隊列は
髑髏《どくろ》の仮面をたたき割る
「いざ　いざ参ります」
純白の御魂が秋空を行進する

ある日　枕元に義兄が現れ
僕の喉仏に銃剣を突きつけた
「神ノクニ日本ノクルシミハ
　私タチダケニシテクダサイ
　殺シアイハホントウノ
　祖国愛デアリマセン……」

不思議な夢を見た午後
筑波の里山にひとり棲む母から
玄関口に義兄供養の手紙が届く

何年ぶりの墓参りになろう
ふるさとの夕空に浄土があった
この世の夢まぼろしの緞帳《どんちょう》が開き
野辺のあぜ道に彼岸花が咲き乱れ
沖縄洋上に散った二十一歳の学徒が
人の世に溢れでる涙を掬い
ひとつぶ　ひとつぶ
銀河宇宙の星空に撒く

命令だ

森　清（もり　きよし）
1936年、北朝鮮生まれ。詩誌「竜骨」、「セコイア」。兵庫県宝塚市に暮らす。

上官の命令に従って
一人の白人捕虜を
銃殺した
上官の命令は　その上司の厳命
さらに
その上司の命令は　そのずーっと上の意志

逆らえぬ〝正義〟だ
長かった戦争が終わり
捕虜を処刑した兵士は
B級戦犯として銃殺刑になった
これは　ルールなき報復だ

上官の命令で
投下のボタンを押した乗組員たちは
その下での大量殺戮を意識したか
基地に帰投後
彼らは祝杯をあげ
勲章を胸にぶら下げ
家族たちのもとに帰った

英雄たちは殺人罪に問われず
最後の一人は二〇一四年まで生きた
七〇年前　命令に従ったことを誇りに
天寿を全うした

――一人を殺すのは殺人者で
　百万人を殺す者は英雄なのか*

命令だよ　命令だぞ　命令だっ
無視する勇気のない
ナメクジより劣る　人類

*映画「チャップリンの殺人狂時代」より

極限の人びと

児玉　智江（こだま　ちえ）

１９４１年、横須賀市生まれ、岩手県で育つ。詩集『青い空』、『空洞のはな』。
岩手県詩人クラブ、北上詩の会所属。岩手県北上市に暮らす。

姉ちゃんには父が居た
夜中　泣いた時
甘いお菓子をくれ
抱きしめてくれた父が居た

私には3歳の時戦死した幻の父だ
頭を撫でてくれ
抱上げてもらった記憶はあるが
手の感触がはっきりしない

妹の父は写真の顔だけ
産まれた年に戦死している
戦争は早く終わるようにと祈る母
私は逃げて帰ればいいのにと言った
他人には言わないようにと
口止めをしていた母

兄は10歳の時
天真爛漫な兄
戦後の状況が把握できない私達

父がいない家族の心の葛藤

加害者の子供であるから
謝罪するように言われたのは10年前の事
その場で謝って平和が来るなら
言葉だけで平和が続くなら
私如きの謝罪で済むなら大声で叫びます

槍突きの練習をしていたあなたに
バケツリレーに出なかった弱い身体の母へ
非国民と言ったあなたに
軍人の父に敬礼をしていたあなたに
敬礼の真似をし　戦争ごっこをして遊んでいたあなたに
他人のものを奪う手助けをしていたあなたの謝罪命令に
加害者の娘と言われても
私は謝らない

加害者　被害者の親　子供　孫にならないように
再び　みんなが兵隊にならないように
私は願うのです

稜線

秋空を背に
濃い青の山が連なる
稜線がうつくしい

稜線を　眼でたどる
こころも　ひろがっていくよう

無い……

稜線の無い山　を思う

画学生は
帰省するたびに
ふるさとの山や川や家々を
一心に描いた

けれど　あるときから
あんなに好きだった風景画を
描くのをやめた

「山の稜線と地平線を描いてはいけない」
命令が出たのだ

海軍燃料廠や油槽所のある　ふるさと

彼は　戦死した

あれから七十余年

空に
山の稜線のくっきりとうつくしい日

秘密保護法案が
閣議で　決定された

——二〇一三年一〇月二五日

＊参考　野見山暁治・窪島誠一郎著『戦争が生んだ絵、奪った絵』

瀬野　とし（せの　とし）
１９４３年、中国東北部生まれ。詩集『なみだみち』、『菜の花畑』。日本現代詩人会、詩人会議所属。大阪府堺市に暮らす。

戦後のまま

定刻に、カーブの道をミニバスが来た。

「今日はどちらへ」交わす挨拶。

七人掛けの五人まで、携帯を指ではじいている京王線の車内。

川にかかると、窓から富士山を確かめる。今日の姿は、うっすら。

武蔵野線のホーム。タンクローリーの通過を見送る。全部で十九。

東日本大震災の何日か後、川崎方面から来たその連なりを見て、「なんだ、日本は孤立してしまったわけじゃないんだ」と、思ったことがよみがえる。

用が済んで、帰りにパン屋に寄る。最近、夫が甘い物を食べるようになった。クリームコロネを一つ追加。

道端に、おおいぬのふぐりの青い小花が群れていた。

晴れていたのに、取り込んだ洗濯物がヒンヤリしていた。

図書館のジョアン・ハリスのミステリー。読みごたえあり。

光の量が増えてきた。日の入りが、昨日より今日、遅くなる。

桜井　道子（さくらい　みちこ）

1944年、旧朝鮮咸鏡北道生まれ。東京都日野市に暮らす。


一日一日が、あなたからの贈物。

お父さん、あなたが、いつ・どこで・どのように死を迎えたのか、私たちは知らない。本当のことは。

呼び出されて、「白木の箱」を渡された日のことを覚えている。母と私につき添ってくれた伯父が、首から白い布で下げて、ホラッとゆすると、カラカラと音がした。

母がお墓を建てた。

九十六才で母が亡くなって、家の近くのお寺に、父の遺骨を合葬することにした。

父のお墓の整理を頼んだ業者さんが、紙コップ一つ、渡してくれた。

「ほこりのような物ありましたので、集めておきました。」

お坊さんが厳かにお経を唱えてくれたけれど、なんだか可笑しかった。

あのカランという音は、木箱の中の木片だったのね。石コロですらなくて。

長い年月を思った。

オマエが生きているのは、父さんの「先見の明」のおかげ、と幼い私に母が教えた。

植民地・朝鮮半島で教員だった両親。

父は娘の一才の誕生日を祝うと、母と私を郷里に帰した。本土より、ここの方が安全なのに、と母は不服だったという。

「親が病気で看護が必要」と強引に妻子を船に乗せた。

母が遺した父からのハガキ。

「もう歩いているだろう。気候が違うから、栄養にも十分注意して欲しい。船の中で手を挙げて別れた時の顔をいつも思い出している。」

間もなく父は現地召集を受け、二ヶ月しないで戦争は終った。

母は同僚・隣人の消息を探し尋ねたという。一人にも連絡はかなわなかった。

あの時、父さんの決断がなければ、母から何度も聞かされた。


与えられた「未来」が、今年七十年になる。

毎日をありがとう。

贈られた時間を生きてきて、だから、「戦後」を戦後のままで、子供へ孫へ引き継いでいく。

「とわに」と小さくつぶやいている。

父からの古い手紙

前田　一恵（まえだ　かずえ）
1945年、栃木県生まれ。詩誌「阿由多」。栃木県小山市に暮らす。

七十年前に戦争は終わった
でも、本当にそうだろうか
消す事の出来ない記憶を抱え
戦後を生きた人の心の中では
死ぬまで戦争は続いていた事を
私は知っている

戦争で生き残り
九十二歳まで生きた父は
長生きをした事を恥じた
仲間に申し訳ないと言った
その時の私は父の言葉を
深く知ろうとしなかった
その事を今、強く後悔している

父からの古い手紙が残っている
東京に住んでいた父は
反戦運動をしていた為に
最も過酷な戦場へ送られ
多くの無残な死を見てしまったと
日本の愚かな戦争を嘆いていた

今でも仲間の遺骨は
海底に置き去りにされたまま・・・
いずれ自分も其処へ行くのだから
延命　戒名　墓も無用と遺言し
最後まで国も政治も信用する事無く
五十七年の戦後を生きて
戦友達の待つ
トラック島へ還って行った

アル

昭和四十三年　泥沼のベトナム戦争
この年　姉の弥生はアルと結婚した
アルは　座間ホスピタルに勤務するアメリカ兵
母は　二人の結婚を頑なに拒んでいた
アルの両親の来日が　母の心を溶かす

長男が生まれ三人になった姉家族
帰国前　月島の狭い実家で母としばらく暮らした
ガラス越しの柔らかな日差しの中
初孫と戯れる母の笑顔
二人の結婚を母は素直に認めた

母には三人の妹弟がいた
最後の初年兵だと嘆いて　戦場から帰還した弟
戦争で夫を亡くし　家を守るために義弟と再婚した妹
満州開拓団に参加し　やはり夫を亡くし再婚した妹
姉家族は母の故郷を訪れた時　温かく迎えられた

二人目の甥の誕生に　家族を代表して私は渡米した
アルの両親の家で暮らし　フルーツスタンドを手伝った

小駒　正人（こごま　まさひと）
1950年、東京都生まれ。東京都墨田区に暮す。

海兵隊員として日本軍との凄惨な激戦を体験したこと
今でも心の病いに苦しんでいる事を聞いた
多くの人たちが　戦争のために傷つき人生を狂わされた

孫の結婚式の後 母はアルのボートの上
大西洋の夕陽を浴びながらポツリと呟いた
「新潟の山奥で育った私が
アメリカの海でのんびりと漂っている
こんな日が来るなんて・・・」

平和の今　涙する

熊谷　喜世（くまがい　きせ）
1948年、宮城県生まれ。宮城県栗原市に暮らす。

平和
戦争のない　平和
涙が出るほど　幸せ
涙が出るほど　うれしい

義母を　思う
師範学校を出て　教壇に立って六ヶ月の
召集された長男を　送り出した時
その長男が軽巡洋艦多摩でレイテ海戦に出撃し
アメリカ軍の潜水艦に撃沈されたと知らせを受けた時
義母はどんな思いだったのか
涙が枯れるほど泣いたのだろう

息子二人を育て
男孫三人の世話をしながら
私は
あーっ、戦争のない平和
なんて　幸せ　と涙する

叔父の肖像

岡田　忠昭（おかだ　ただあき）
1947年、愛知県生まれ。詩集『忘れない』―原発詩篇増補三版。
愛知詩人会議、中日詩人会所属。愛知県名古屋市に暮らす。

先日押入れの奥から一枚の写真が出てきた。色白で丸顔、軍服姿のその人は何だかきょとんとした顔でこちらを見ていた。

小学校を出るとすぐ瑞穂区の商家に養子に行き、北支で戦病死した叔父がいると祖母からよく聞かされていた。写真を見て、ああこの人がそうなんだとすぐに分かった。

その叔父の戦友会の知らせが、戦後三十年もたってから我が家に届いたことがあった。養家の跡が絶え、連絡が取れなくなったので実家の我が家に知らせが来たのだ。

遺族として戦友会に参加した父は、消息を知る人たちと会った喜びは語ったが、病死の様子は語らなかった。叔父の死の詳細がどんなものであったにしろ、無残な死であったことは間違いない。

出征の時、私の父は新婚の母を置いてゆくというのに、まるで遠足にでも行くように元気に出て行った。それに対して叔父は、いかにもつらそうな顔をして汽車に乗って行ったという。

――あんな顔で行ったから帰ってこなかったんだ。

――こんなことになるんだったら、養子になんかやるんじゃなかった。

そんなことを、祖母はくり返し話していた。

その祖母の五十年の法事を数年前に済まし、今年は父の二十七年。その準備の時、先祖代々の法名が納められているくりだしに、一枚の杉板を見つけた。

昭和二十年　七月　六日
散　岳　耀　金　居　士　位
俗名　荒川金一　享年二十三才　支那ニテ病死

一枚の写真と、一枚の杉板だけになった叔父。今となっては、遠い昔の話であるが。

＊この詩を法事の時に、耳が遠くなった叔母の横で大声で読んだ。うなずきながら聞いていた叔母は「このとおりだったよ。駅の柱をバシバシとたたいてなあ、もうこれが最後だ、これが最後だと、何べんも言っとった」と涙ぐんだ。

戦時のルネサンス

宮川　達二（みやかわ　たつじ）

1951年、北海道生まれ。評論集『海を越える翼―詩人小熊秀雄論―』。詩誌「コールサック」（石炭袋）。北海道旭川市に暮らす。

鹿島灘の潮騒の聞こえる静かな冬の夜。宮川禎は兵舎の中隊長室の薄暗い電灯の下で将校試験の勉強をしていた。深夜、澤田中隊長が戸を開けて部屋に入り、椅子に腰掛けた。「宮川、イタリアで十二世紀から始まったルネサンスを知っているだろう。芸術家たちが目指したギリシャ、ローマ時代への再生、復興運動を意味している。俺達の生きる今の日本は、権力者によって引き起こされた戦争で人々が苦しみ続けている。戦争は悪だ。いつか俺達は日本のルネサンスを目指して立ちあがるべきだ」と語った。宮川は、中隊長が危険を承知の上で自分に彼の思想を語っている事がわかった。

太平洋戦争中、宮川は茨城県日立の陸軍高射砲部隊に配属された。この部隊は、米軍の激しくなった空襲から日立の軍需工場を守る任務がある。将校試験が迫りつつあった時、札幌出身の澤田誠一中隊長が「夜は、俺の部屋を使っていい」と中隊長室の使用を許可してくれた。軍事訓練の続く日々、大部屋での限られた時間と勉強では、将校試験の合格は見込めない。中隊長は、札幌商業学校を経て陸軍高射砲学校を卒業した行動的で頭脳明晰な将校だった。「軍隊でどんなに辛くとも、本だけは自分の成長のためにたくさん読んでおけ」この夜、澤田中隊長はこの言葉を残して立ち去った。ルネサンスと将校試験、そして軍隊。直面する大きな矛盾が宮川の心を切り裂く。

その後、宮川は将校試験に合格し陸軍少尉となった。太平洋戦争末期、軍需工場のある日立への米軍の空襲は激しさを増した。将校は、巨体を持つ爆撃機や戦闘機からの銃弾が飛び交う中を、塹壕から立ち上がって高射砲部隊の兵士たちを指揮する義務があった。いつ死が訪れても不思議のない戦い。だが生き延びて、宮川は戦後、北海道で教師としての人生を送る。彼に、将校試験の勉強の便宜を図り、イタリアのルネサンスの印象的な話をした澤田誠一は戦後、彼の故郷札幌に住み作家となった。二人はすでに同時期にこの世を去った。私は、父宮川禎が軍隊の記憶として、繰り返し語った澤田誠一の書き残した著作を読んでいる。戦時のルネサンスを語り、高潔な思想を貫き、今では遠くへと去った青年澤田誠一の魂を受け継ぐために。

宙《そら》で

あるとき　わたしは乗るだろうか
銀河鉄道の最終便に
地上を遥かに離れた宙で
向い側の席に　深く睡っている
汚れた軍服姿の青褪めたひとりの若い兵隊
「叔父さんですね」
彼は無言でうなづくと吐息をちいさくひとつつく
セピア色の小判の写真に在りし日の姿を残し
昭和十九年に戦死した二十一歳の叔父
そのたった一人の妹が　わたしの母

出征のとき兄は泣いたという
泣いたら生きて帰れなくなる　と
十八の妹は不安に　怯《おび》えた
うつくしい文字を書く気の優しい兄の形見は何もなく
戦地から何通かの手紙が届いたが
彼がほんとうに伝えたかったことは何だったのか

地上で一度も逢うことのなかった叔父は
遂に一言も発せず
銀河鉄道の車輛は右に左にと揺れながら
銀河の涯をめざしていた

淺山　泰美（あさやま　ひろみ）
1954年、京都府生まれ。エッセイ集『京都 銀月アパートの桜』、詩集『ミセスエリザベスグリーンの庭に』。日本文芸家協会、日本現代詩人会所属。京都府京都市に暮らす。

水の星に住む奇跡の命たちなのだから

鈴木　悦子（すずき　えつこ）
1949年、茨城県生まれ。アンソロジー詩集『生きぬくための詩68人集』、『水・空気・食物300人詩集』。詩誌「覇気」。千葉県習志野市に暮らす。

小学校の通学路の途中にいくつもの洞穴があった
戦争の時に近くの皆で掘って中に隠れた防空壕だという
当時小さかった姉も中に入れられ息苦しかったという
どんなに恐ろしくても泣いたりすることは禁じられたと
薄暗くて湿った洞穴…。戦争とは人間の感情を封じ込め
抑圧し人間らしさを失わせるものだと思った
母は竹槍訓練やバケツリレーの訓練をしていたというし
おじさんは松脂を集めたという
戦争は悲しいまでに滑稽なものだと思った
父は復員後間もなく病気になり私が6歳の時亡くなった
父の死後　納屋から父が使用していたという
防毒マスクや歪んだ水筒　毒入りの瓶が出てきた
戦争とは奇っ怪で恐ろしいものだと思った
父の死の原因が戦争にあったと知り　戦争を心底憎んだ
戦争で片足を失った人が杖をついて一軒ずつ回って来た
白い着物姿で白い袋を下げお金やお米を恵んでもらう
奥に病気で寝ている父のことは知らないが犠牲者同士だ
誰もが怒りを向けるところも知らず…嫉妬や疑心暗疑も
隣の家のおじさんは南方で戦死しそのまま帰らなかった
三軒向こうでは当時「赤紙」を逃れるため病気を装い
現在は九十余歳だが元気で過ごしている人も
隣町のお爺さんは軍人手当てで御殿や工場を建てたとも
戦争に負けて終わってみればみんなばらばら…
それぞれが固く口を閉ざして心に蓋をしていたみたいだ
子供の頃の私には身近なところからの認識しかなかった
やがて知ることになった戦争の全貌
戦地で犠牲となった人たち　東京や各地への空襲
沖縄の人たちの悲劇　長崎　広島に落とされた核爆弾…
被害者の数三百万人（民間人八十万人）世界全体では五
千万から八千万人(民間人三千八百万から五千五百万人)
正確な数字ははっきりしない　でも一人ひとりが尊い命
前途ある若者が犠牲になってしまったのが痛ましい
聡明なはずの学生までもがなぜ？
一つの宗教やイデオロギーで正義の旗印に戦争を正当化
沖縄の平和記念資料館に掲げてあった言葉
「戦争は突然やってこない。教育が大事です」
「私たちは真相を知らずに戦争へ出て行きました。
戦争は命あるものを殺すむごいものです」
きけわだつみの声の手記「時代と教養が自分に行かせた」
自分の命を粗末にすることを教養と思わせた教育とは！

「ある日突然顔の見えない大きなものが来るのではない」
既成事実を作り上げ一つにまとめようとするもの
強行採決してまでも通そうとする法案
「昭和十二年憲法法案が採択され気づいたらもう時遅し」
「空襲から逃れるため逃げた家族を軍は呼び戻した
町に戻ったら数日後空襲で全員亡くなった」
証言により　酷い事実が明らかになってきている
子供心に疑問だった爆弾による火災を消すバケツリレー
軍は無意味さを承知で国民の戦闘意識を高めるのが目的
惨禍を招くに至った検証　そして回避の道筋を考えよう
武器　戦争を経済活動に組み入れる愚かさ
「テロとの戦い」という言葉に巻き込まれてはいないか
「平時から有事まで切れ目のない日米協力を確立する。
このガイドラインを次のステージ、次の時代に進めてい
かなければならない」そう強調する政治家の背後では
自衛隊員の訓練の様子が映し出される
国際平和の名の下で武力行使をしようとはしてないか？
武力で平和は作れない　憎悪を一層増加させる
「国民の平和と安全」に正しくスイッチが入っているか
同時にメディアの役割も重要になってくる
謝った方向へ舵を切ってはいないか
間違った航路と気づいたなら修正は可能
『二度と戦争はしません』《平和の誓い》の星を見失わず
人間とは何かというところからの出直し

憎しみと復讐心にとり絡まれるな
他国の利害に巻き込まれるな
平和憲法を持つ日本が果たすべき役割があるはず
その国の背景と人間の持つさまざまな感情を受け入れ
どうすれば互いが心地よくいられるのかを考える外交
戦後七十年（歳）の今なら対等な　それ以上の外交が可能
戦争の犠牲者の方々のご冥福を祈り
二度と戦争はしないという誓いをたてる
それがかれらにとっての望みでもあり　鎮魂となる

本当の意味での《大国》とは戦争をしない国
《憲法九条》を持つ日本が一番それに相応しいと思える
宇宙飛行士の言葉「青く浮かぶ地球は美しく　愛おしい」
若者たちは過去の戦争の事実を学び　現状を看過せず
平和の感性を研ぎ澄ませて未来を心豊かに生きてほしい

布切の行方

子供の頃正月になると父は大事そうにその布切を見せた
黄染みのついた日ノ丸に父の名前
お世辞でも上手とは言えない文字が並ぶ
武運長久、大和魂、日本国万歳…
日頃は鍬しか持たない村人の一所懸命の字が励ます

荒涼たる中国大陸を彷徨し、沼地を這いつくばり
鼻に馬糞をつけた痩せ小男達が徘徊した
「この大陸を日本人はどうせ持ち帰れない」と言われ
その当たり前を意味なく突き進んだ
そんな父の旗は青春の印、ある意味誇りも感じた

七十年代学生だった私
父の青春時代を生きた中国に興味を持った
言葉を学び、文化にふれ、彼の国の友人もできた
学ぶことは時として残酷、見たくないものもみえた

妊婦の腹を切り裂き軍刀で嬰児を掲げ
不敵な笑みを浮かべる軍人の写真
その周りには無表情な痩せこけた人々

大友　光司（おおとも　こうじ）
1953年、秋田県生まれ。神奈川県相模原市に暮らす。

父の青春はまぎれもなく侵略そのものだった……
日本鬼子、小日本と罵声を浴びた

ただ鋤や鍬を持つだけの農夫や魚売の男達
どこにも悪い人間なんていやしない
しかし……ある日軍服を着て銃刀を持つと……
まじめで良い人、立派といわれる人達が突然変わる
変えさせられる　それが　——戦争——

父は何の手柄もなく一人も殺めることなく敗戦を迎えた
齢九十を越え、認知症を患い息子の私など眼中にない
いやな思い出も今はない　ただ平穏な日々
戦中、戦後と駆け抜けてきた人生
戦後鉄砲を消防団のホースに変え父は勲章まで手にした
布切はふるさとの片隅に眠る
時の流れを忘れたように
青春を奪われし者達の想いを残し
生きた証のそれは子や孫に伝える
忘れてはならないメッセージ

私はいつも蓋をした

手塚　央子（てづか　ようこ）
1954年、北海道生まれ。東京都北区に暮らす。

今なら103歳のパパへ
毎日毎日、戦争の話でした。
ハレの日もハレの日も、
ひたすらしゃべっていたね。
友達の前でも、子供にも、
新しく家族になる人々にも、孫にも、
私は悲惨すぎていつも話半分。
勝手に耳栓してたこともあった。
だから、戦争のことは忘れたい。
戦争の話は忘れたい、ってずっと思ってきた。
でも、学校で受け持った子達には、
いつも、戦争はいけないよと話してた。
なぜ？
なぜなら、私はあなたの娘で、
私の身体の心棒にいつもパパが居たんだね。
パパの言葉が落ちて、
沈んで、溜まっていたって訳。
私の心にあるもの、
私が生きるかぎり子供達に伝えます。
パパの歳、ずっと数えていくよ。

祭りの夜の哀しみ

林　裕二（はやし　ゆうじ）
1957年、福岡県生まれ。『Haiku & 詩 2001-2013』。福岡県福岡市に暮す。

幼かった日の祭りの夜
ぽっかりとそこだけが明るい神社に
一人では歩けないところがありました

それは境内から門前町に出たところ
それは祭りの人いきれが途絶えるところ
露店の裸電球の明かりが届かないところ
物悲しいアコーディオンが聞えてくるところ

ふだん夜の街に出られない子供たちは
祭りの夜は、親の手を離れて大手を振って歩き
友だちと会っては、白い顔ではしゃぐのです

ところが、その一角が近寄ると
あのアコーディオンが聞こえてくると
走って親をさがすのです
親の手をぎゅっと握るのです

そこには
白衣の傷痍《しょうい》軍人さんたち
手や足を失った兵隊さん
目の見えない兵隊さん
じっと動かない兵隊さん

そこでは、誰もが静かになるのです
誰もまっすぐに兵隊さんを見ないのです

そして
アコーディオンの響きが届かなくなるところで
手を離すのです
じっくりと脂汗をかいているのです

戦場からやっと生きて帰った父が
いつも無口になった　祭りの夜のひと時

第九章　戦争と子供たち

12歳の戦死者たち

われわれは
われわれ自身がしなかった
戦争からの帰還者である
V・D・ボッシュ

ぼくの中に12歳の少年が立っている。

ヒロシマの朝の路上で
駆け出している姿のまま被爆した12歳の少年
オキナワの夕暮れの洞窟で
火焔放射器の炎に焼かれた12歳の少年
月明のBanzai Clif《バンザイ　クリフ》に
身をおどらせて落下していった12歳の少年
北満の高粱《コウリャン》畑の真昼
母や幼い弟妹と自決して果てた12歳の少年。

そして　まさしく
12歳であった　ぼく　自身

南　邦和（みなみ　くにかず）
1933年、朝鮮・江原道生まれ。詩集『ゲルニカ』、『神話』。詩誌「柵」、「千年樹」。宮崎県宮崎市に暮らす。

アジアで
アフリカで
ヨーロッパで
硝煙のけむる瓦礫の街で
重油の漂う暗い海で
雪に埋もれた広野の果てで
だれにも看とられずに死んでいった
幾百　幾千　幾万の
健気な　12歳の少年たち。

12歳は　大人ではない……しかし
12歳は　単純に子供ではない
12歳は　性の秘密を覗くに十分な年ごろ
12歳は　他人の傷口をかばうのに十分な年ごろ
12歳は　ユニホームの似合う年ごろ
12歳は　動物を愛する年ごろ
12歳は　好奇心と行動力がかけっこをする年ごろ

紀元二千六百年
サイタ　サイタ　桜に胸ふくらませて

〈大東亜共栄圏ごっこ〉のなかで
ぼくらの東条は　いつも主役で登場した
一九四五年八月十五日
むせかえる炎熱の　正午
神の声でも　人の声でもない
〈詔勅〉をぼくらは聞いた

ぼくらは　まぎれもなく
「ボクラ少国民」であった
「御民ワレ」であった
「撃チテシ止マム」であった
「欲シガリマセン勝ツマデハ」であった
「勝利ノ日マデ」であった
ぼくらは〈神州不滅〉の熱に浮かされた
頑是《がんぜ》ない小児患者の群れであり
悲壮な　12歳の戦士であった

ぼくの12歳は
国境を示す鮮やかなラインのように
有刺鉄線の痛みをともなって
ぼくの肉体に刻印されている
機銃から逃れてコスモスの繁みに身を伏せたとき
ぼくは　はり裂ける12歳の鼓動を聞いた
大八車に積まれた死体とともに共同墓地への道を辿った
とき
12歳の　ぼくの涙は車軸を濡らした

すでに　初老と呼ばれる世代の
ぼくの身体の内側で
12歳の少年たちの歌が聞こえる
八月の炎天をゆくぼくの背後から
12歳の少年たちのおびただしい列がついてくる
ケロイドの頬をもつ　12歳の少年
髪の毛を毟られた　12歳の少女
一点を見つめ　ものいわぬ群像となって。

12歳の不幸は
その年齢につながる
すべての世代の不幸だった
だが　12歳の悲惨は
12歳しか生きられなかったものの悲惨だった
ふたたび　12歳の少年たちが
12歳の　愛すべき姿かたちのままで
この世から消えてゆくことがあってはならぬ

空洞

埋田　昇二（うめた　しょうじ）
1933年、静岡県生まれ。詩集『富嶽百景』、『気まぐれな神』。
詩誌「鹿」、「青い花」。静岡県浜松市に暮らす。

敗戦の年の八月から間もなく
東京都浅草区の育英小学校から
蔵王山のふもとにある宮城県遠刈田温泉の旅館に疎開し
　ていた
集団疎開が解散した
とはいっても
子どもたちの家は東京大空襲で残らず焼けていたから
親戚のどこかを探さなければならなかった
ぼくは父に連れられて
伯母の実家である
栃木県宇都宮在の大谷というところに疎開した
大谷は大谷石の産地で有名なところであったが
戦時中は大谷石を削った跡は
秘密の戦闘機の格納庫がつくられていた
しかし石を削ったところに
恐ろしい空洞ができていてその上に建っていた家が
丸ごと陥落するのを目の当たりに目撃した
そして
ぼくはその村の小学校に転校したが
その小学校に怖い教師がいた

彼は戦前には誰もがそうであったように
天皇陛下の名前を口にする時は
直立不動の姿勢をとらなければならないという決まりを
戦後の今でも頑なに守っていた
生徒の一人一人を回って手が真っ直ぐに降りていない生
　徒をみつけると
鞭が割れるほど叩いた
彼の心にはどす黒い穴の透明な断崖が開いていて
陥落した大谷石のように空洞になっていたに違いない

戦火を逃れて

一枚の変色した写真がある
昭和十九年九月の終わり頃
集団疎開先となった高松市内
古高松寺境内での集合写真
何かの記念だったのだろうか

ほかの写真は
大阪の空襲で焼けてしまった
幼時の自分の姿も形もない
父の顔すら記憶にない
父は戦災の前に没し
粗末な葬式だったと伝え聞いた

同級の子どもばかり二十三人
引率教師と　お寺の人たち
寮母《りょうぼ》に　手伝いの人
笑顔はないが悲壮感も見えない
空襲を逃れる意味も感じなかったか
おれたちはみんな　藁草履《わらぞうり》

杉本　一男（すぎもと　かずお）
1933年、大阪府生まれ。詩集『消せない坑への道』、『坑の中から鼓動が』。詩人会議、熊本詩人会所属。熊本県荒尾市に暮らす。

くん　くん　くん　くん
男の子ばかり
何となく名前を覚えている児は
遅れて加わった　河野くん
その日に着いたばかりだった
前列の左端
白い靴下にズック靴を履いている
両膝を抱え縮こまっている
縁故疎開がだめだったのかな

やがて
戦争が　終わり
空きっ腹をこらえ
どうなるのかも分からず
勉強をするでもなく
肉親が迎えに来るのを
ひたすら待ち続ける　長い日
あつい　あつい　夏を過ぎ
秋へ向かう

二〇一四　夏の蝶

この年の夏は忘れがたいものになった
台風や記録的な長雨のことではない
それもあるが　わたしが奇蹟の蝶を見たからだ
天候不順のせいか病気か　大切にしていた鉢植の
マユミの木が一日で葉を落として枯れ
これも鉢植のサルスベリが七月になっても
花を着けなかった　マンション一階の小さい小さい
わが家の庭はすっかりさびしくなった

それでも嵐が止むと　モンシロチョウの大群が
やってきて　地植えのバラや　やっと
咲き始めたサルスベリに群れて番《つが》いになったりした
驚いたのは　手のひらほどの巨大なアゲハチョウが
濃紫　臙脂　焦茶　黒まだらなど色とりどりに
何匹もとんできたことだ
これも環境変化のため　蝶の天敵が減ったのだろうか
わたしは子供のように興奮して奇跡だと叫んだ

以前に読んだ昆虫の本*で知ったのだが　チョウも
セミのように脱皮する　それも一回だけではなく
イモムシ状態で成長してきつくなった服を
脱ぎ捨てるように何度も　モンシロチョウは四回
アゲハは五回とほぼきまっているらしい
この回数まで生きると体が最大になり　サナギ化する

それだけなら驚くこともないが　百個のモンシロチョウ
の卵のうち　脱皮を繰り返してサナギから羽化するのは
たったの二匹　つまり九十八%が鳥やカマキリ　クモな
どに食べられて死滅する　アゲハの羽化率はわずか一%
未満　どっちも全滅状態だ

東京や都市部の調査だから　地方ならもっと生存率が上
がるかもしれない　それからのわたしは花をめがけてく
る蝶を　奇跡が飛んできたと叫ぶのが癖になった

変な連想だが　子供のころが戦争年代のわたしは　戦争
が始まると　男の子の出生率が高くなると聞いた記憶が
ある　それにどの家も子供が　あふれるほどたくさん
いた　わたしは次男だが本当は三男だ　四人兄弟のうち
二人が死産したから

菊池　柚二（きくち　ゆうじ）
1932年、宮城県生まれ。詩集『森へ』、『散歩の理由』。詩誌「青い花」、日本現代詩人会所属。東京都中野区に暮らす。

いま世界で起きている戦争で　爆撃や砲撃で血まみれに
なっても　辛うじて生きて運ばれてくる子供たちを　テ
レビでみていると　わたしはおもわず夏の蝶を連想せず
にはいられない

生きてさえいれば　いつかはこの子たちがおおきくなり
奇跡の蝶のように　美しい花のまわりを番《つが》いになって
思うまま飛び回る日がきっとくる
この子たちはみんな奇跡だ
みんなみんな

＊『蝶を育てるアリ』矢島稔　文春新書

斎藤　明（さいとう　あきら）
1929年、東京都生まれ。詩集『教育』。東京都三鷹市に暮らす。

子供

モスクワの美術館でかわいいりんごをくれた子供
コペンハーゲンの王宮で衛兵にくっついていた子供
ロンドンの朝　ミルク配達をしていた子供
パリの噴水に小さなヨットを浮かべていた子供
ドーバーの草原に凧をあげていた子供
ブラッセルの小便小僧を見ていた子供
ケルンのプールで水しぶきをあげていた子供
アルプスで乾し草の車を力いっぱい押していた子供
ローマの駅でサンドイッチを頬ばっていた子供
ベニスの橋から運河に飛び込んでいた子供
ウィーンの公園でアイスクリームをなめていた子供
ブダペストの中州でテニスの球を追っていた子供

平和

中学生だったぼく

ぼくが十四の時
三八式歩兵銃をかついで
富士の裾野に演習に行った
匍匐《ほふく》前進だとか
着剣して突撃する訓練をした
夜は兵舎で南京虫に刺された

ぼくが十五の時
戦争はたけなわで
工場で飛行機の部品を作らされた
少年飛行兵になった奴もいた
二十四時間の三交代制で
夜中の休み時間に
旋盤の下にもぐって眠ってしまって
職長に木刀でなぐられて
血を流した奴もいた
昼間の空襲で
挺身隊の女学生が
防空壕に逃げこむ寸前
爆弾に吹っとばされて死んだ

僕が十六の時
戦争が終った

皇居前広場に行って
土下座して涙を流した
進駐軍がやって来て
アメリカ兵が子供にチョコレートをくれた
民主主義という言葉を初めて知った
侵略戦争だった
そんなことを一言も教えてくれなかった
学校と教師を憎んだ

だから
本当のことを教えるために
いちばん大切なのは平和と命だと
子供たちに伝えるために

教師になった

つなぐ

おじいさんとおばあさんが
手をつないでいる
障害のある人と健常の人が
手をつないでいる
若い二人が手をつないでいる
お父さんとお母さんが
手をつないでいる
子供たちが手をつないでいる
保母さんと幼児が手をつないでいる

それぞれ手のつなぎ方が違うけれど
手をつなぐっていいな

地獄と極楽

戦争って
人を殺すこと殺されること
夢をうち砕くこと
愛を引き裂くこと
家族の団欒を壊すこと
飢えること

平和とは
人の命を奪わないこと
夢を育くめること
愛を全うできること
家族が揃うこと
食べられること

平和って戦争をしないこと

オアシスに春がきても

砂あらしの日
鉄の塊が火を吹いて
父も母も　姉も弟も
もういない

少年はひとりぽっち

母に甘えた両手は
吹き飛ばされた

オアシスに春がきても
奪われた平和は戻らない
僕の家族と平和を
僕の両手をかえして

三塚　良彦（みつづか　よしひこ）
1931年、宮城県生まれ。宮城県多賀城市に暮らす。

真っ赤なトマト

富田　孝子（とみた　たかこ）
1930年、東京都生まれ。東京都中央区に暮らす。

「おじいちゃん
戦争が終ったんよ」
「ほう、よがんしたのう」
納屋の前にむしろを広げて
ささげを干していた祖父が
振り返りほほえみました
畑のトマトが真っ赤に熟した
夏の日の午後でした

「ばんざい」
戦争が終ったんだ
人間が生きながら焼き殺される
あのいまわしい戦争は
もうどこにもない
再びよみがえった平和を思う時
涙が止めどもなく頬を伝って落ちました
わたしが十五の歳の
夏の日の午後でした

あれから七十年
十五の少女は四人のひ孫の
姿となりました
平和な光に包まれて生を受けた
子供たちよ
再び戦いは許すまじ

祖父はすでに亡く
真っ赤なトマトは
テーブルの上にありました

黒田　えみ（くろだ　えみ）

1935年、大阪府大阪市生まれ。詩画集『小さな庭で』、詩集『わたしと瀬戸内海』。日本詩人クラブ、日本現代詩人会所属。岡山県岡山市に暮らす。

傘寿の証言

国民学校へ入学しました
国民学校を卒業しました

習字の時間には　撃て　米英　と何回も書きました
体操の時間には　竹を切って作った竹槍を握って
走って行って
藁人形のアメリカ兵とイギリス兵を突き刺しました
離れている人と通信できる手旗信号を習いました

兵隊服を着た男の先生は敬礼して
戦争には必ず勝ちます　と言って出征しました
わたしたちは　登校前に　神社へ行き
必勝祈願の朝参りをしました

学童疎開となり　山の上の寺院が学校になりました

アメリカの飛行機が爆弾を落としました
工場の建物がふっ飛ばされ　多くの人が死にました
アメリカの飛行機は焼夷弾をばらまきました
燃えやすい日本の家屋のための開発弾です

家は燃え　家具も　衣服も　人間も　燃え
逃げた人は川へ飛び込み　川の水は赤く染まりました

ラジオ放送がありました　玉音《ぎょくいん》放送です
初めて聴く天皇陛下のお言葉でした
雑音が多くて聞き取れません
戦争に勝つために頑張って下さいという意味だと
大人たちは言っていました

進駐軍がやってきました
国民学校へも来ました
英語で説明をする先生がいました
敵の言葉だから隠していたけれど
ほんとは英語が得意なのだと言いました
先生は豹変します

人間は嘘をつく
人間を信頼してはいけない
国民学校で学びました

神風ぁ吹がねぇがった

国民学校の頃　戦争の最中《さなが》だった。
校庭では
♪勝ってくるぞと勇ましく
　誓って国を出たからにゃ
　　手柄たてずに死なりょうか・・・・・、
歌って、
「万歳！　万歳・・・・・・！」
生徒だぢの声に送られで
男《おどこ》先生は敬礼をして　勇ましぐ出征してった。

神の国、日本。神風が吹いで必ず勝づ！
早ぐ大っきぐなって、
戦で傷ついだ兵隊さんの敵《かたき》を討《う》ってやる！
子供だぢは勇ましがった。

校庭では、竹筒《たけづっ》ぽうを手に、

「やぁ！　やぁ！」

って、年寄《としょ》ったお父《ど》っつぁんや爺《じ》っちゃんが
本土決戦に備えで突撃訓練だ。

号令をかげる在郷軍人のおじさんが
気合の入《へぇ》った大《お》っきな声で怒鳴って、
年寄《としょ》りだぢの尻《けづ》を引《ひ》っ叩《ぱだ》く。

「前へ！　前へ！　突げ・・・・・！」

緊張のあまり足並みが揃わねぇ。

年寄《としょ》りだぢが、ささやぐ。

「俺ぁだぢまで駆り出されるんだば、もうはぁお終《すめ》ぇだな。」

「おい、おい、滅多なごどぁ言わねぇもんだ！

　憲兵に引っ張られっど・・・・・！」

「じゃじゃじゃじゃ、くわばら　くわばら・・・・・。」

一九四五年八月十五日、日本は戦争に負げた。

本音が言えねぇ時代が、戦争の終わるまで続いだのだ。

「やっぱす神風ぁ吹がねぇがったな。」
教科書の墨塗りをやらされだ
国民学校生徒の　未だに消えねぇ胸の内《うぢ》。

冨田　祐一（とみた　ゆういち）
１９３６年、岩手県生まれ。青年劇場所属。ドラマの方言を考える会世話人。東京都大田区に暮らす。

水たまり

細田　傳造《ほそだ　でんぞう》
1943年、東京都生まれ。詩集『ぴーたーらびっと』、『水たまり』。
詩誌「歴程」。埼玉県さいたま市に暮らす。

雨あがりの
どろみちを帰る
かつとしが兵隊の話をしている
校門を出て
ずうーと兵隊の話をしている
かつとしがお父さんの話をしている
おまえの父ちゃんは戦争に行ったのか
かつとしがきく
首をふる
ばかもーんさんごくじん
たたんだ唐傘でかつとしが突いてくる
おれは頭突き
そのまま組みついて
ぬかるみにたおれ
おおきな水たまりで戦った
どろんこになって首をしめあう
ちょうせんじんのこどもがふたりけんかをしている
まわりでおとなたちの声がした
かつとしの力がぬける
おれの力がぬける

かつとしがすすりなく
あしたの二部授業は遅番で
またかつとしといっしょだ

安井　義典（やすい　よしのり）

1943年、静岡県生まれ。詩集『失踪へのウォーミングアップ』。詩誌「鹿」の会、詩誌「舟」レアリテの会所属。静岡県浜松市に暮らす。

風景

ふきだまりをひとつ越えると
そこはふきっさらしの野原
野犬がほえている
冬の夕暮れのひととき
一本の長い影がのびて
野原を暗くしている
影は人のものに違いないが
それ以外
ぼくの記憶は欠落する

そのころ
ぼくらは運動靴でなくて
下駄や草履であったし
おいしいすいとんでもあったし
日暮れになれば
そこだけが温もりのあかり
竈の煙になみだがにじむ
ぼくのまわりのみんな
やさしい静かさがあるのに
やせた影のように
沈んでいる影のように
野原にふせたままいつまでも
眼ばかりが見開いている
不毛の野原に遭ったもの

知らない絵が一枚
立ち去りかねたぼくは
その風景の中に見入っている

古希を迎えた終戦生まれ

染矢　美智子（そめや　みちこ）
1945年、宮崎県生まれ。宮崎県延岡市に暮らす。

第二次大戦が終わる直前
疎開した田舎の母の実家で少女は生まれた
戦後食糧難の飢餓の波をかぶることなく
田舎での幼少時を過ごした
戦争を知らない　飢えを覚えていない　終戦っ子
田舎の居候生活から立ち上がり　家族は町に出た
戦争の悲惨な落し物は　容赦なく突きつけられた
町には行きかう物乞い　蹲る傷痍軍人の痛々しい姿
田舎では見ることの無かった光景に　小さな胸は震えた
小学校に入学すると　貧しくて　弁当を持ってこれない
学用品をそろえられない生徒たちが　目を伏せ佇んでいた
精神的戦争後遺症で立ち上がれぬ父親をもつ級友
家庭生活破壊で家族はバラバラ　級友は孤児院へ去った
父親を戦争で失くし　食うや食わずで
祖母と二人暮らしだった級友
医者にかかることもできず病死した祖母の枕もとで
やせ細って見つかった
戦争を知らない少女は　目の当たりの現実にふれ
戦争孤児の物語を読み　大人たちの話を聞きながら
戦争の恐ろしさ　理不尽に　触れていった
中学校ではクラスに朝鮮からきた生徒がいた
朝鮮人だと　悪がきたちにからかわれ　しょんぼり
生まれた国が違っても　人間に変わりがあるもんかと
少女は本気で怒り　棒切れをふりあげた
修学旅行の長崎　原爆資料館で足がすくみ
永井博士の平和への祈りは少女の胸に刻み込まれた
大人たちの必死の働きで
日本の国はどんどん復興発展していった
日本は悲惨な体験を通して
二度と戦争はしないことを誓った
少女は　戦争のない平和のなかで　大人になった
少女は大人になり　良き伴侶に出会い結婚
四人の子供に恵まれた
しかし子育ての間　手が離れても
世界の紛争に無関心ではいられなかった
立ち上がる術のない一主婦
国連に威力があればと　ウロウロ　イライラ
ある日　友人から　戦争反対の集会へ誘われた
世界の紛争から子供を守ろうと

小さな祈りをこめた集会に出向く
老若の主婦　お勤めの人　仕事をリタイヤした　年配の人
なんにもしないよりか　小さな声でもいいから
戦争反対をと
平和のバッジをつくり　知り合いから知り合いに
声をかけてまわった
自己満足といわれようが　平和を願う思いは
心から心へとつながれた

全世界をまき込みそうだったアフガニスタン紛争
テロも軍事報復もいやだ
子供たちの生命を散らしてはならない
理性ある法による解決を　その思いは膨れ上がり
カンパによって　新聞紙上で意見広告をだそう！
３００円のカンパ集め　理解する人ばかりではなかった
それでもこれ以上の戦争にはならないでというみんなの
　気持が　十日ほどの間に七百名ちかく集まり
戦争反対の意見広告となった
またある時は
絵を描く先輩のピカソのゲルニカ制作に協力した
戦場から離れた日本で　ピカソの心情をかみ締めながら
一筆一筆　戦争反対の気持をこめて
汗を滴らせながら　作業に熱中
どうなることでもないが　なにもしないより

熱い心が　つぶやいていた
あれからも戦争の負の連鎖は繰り返される
紛争は終わることなく世界のどこかで火種は燃え続ける
何も知らなかった少女は　右往左往しながら年を重ね
古希を迎えた
戦争を放棄した日本人だからこそ　老後の夢が見られる
我々のあのむごたらしい敗戦の実情こそ
後世に残すべき教訓
古希のわが身にも　まだまだやらねばならないことが
　いっぱい残っている！！

武装勢力の脅威にさらされながらも
（子供たちに教育を受ける権利を！）と叫ぶ
パキスタンのマララユスフザイさんの訴えこそ
体験者の悲惨で切実なる声だ
どこの国の子供たちにも
輝く未来が与えられんことを！！

ある国民学校生徒の体験

森　勝敬（もり　かつたか）
1934年、大阪府生まれ。大阪府吹田市に暮らす。

国民学校
昭和十五年迄は尋常小学校との名称

昭和十六年十二月八日
国民学校一年生
朝
巡査が二人
警戒警報解除　警戒警報解除
メガホン連呼　自転車で走り去った
ある予感

昭和十七年一月
講談社絵本　どうぶつの国
兎の一家が　早朝　餅を搗《つ》き捏《こ》ねていた
画中の　平和平穏は
僕からはもう失われたと　悟った

昭和十八年
開業医の母が
怪我処置のため訪れた捕虜に
タバコをプレゼントしようと
だが　附添人は
先生　それはやめて下さい　と留めた
それから旬日を経ず
朝礼での訓話
ある高貴の女性が捕虜をみて　お可哀想にと
お前達は　間違ってはいけない
あれは人間ではない
鬼だ
鬼だ
壇上で　教頭は顔を紅くして
怒鳴った

昭和十九年七月
四年生一学期の終り
学童疎開
幼稚園時代からの一貫校を去った
通学方面一緒の三人
連絡先を教え合う知恵なく
消息は途絶え
O君　S君　面影は残った

昭和十九年秋
関行男大尉　初めて神風特攻隊を率いて散華

特攻を目指して　空転訓練に励む息子に
母は
特攻でなければ　何度でも出撃可能と
その心知らず
その心　一考だにせず
少国民*

昭和二十年三月
縁故疎開として移った自宅近くの学校から
更に疎開の為　転校を余儀なくされた

縁故疎開

昭和二十年の六月のある日
家に帰りたくなって
いても立ってもいられなくなった
疎開先の香里園　家の徳庵迄約二十キロ
戦災の大阪方面へは　切符を発売しない
歩いてでも帰るとゴネた

叔父が附添って呉れた

暑い日
田圃と田圃の

あっけらかんの陽射し
敵艦載機の機銃掃射に怯びえ乍ら歩いた

ようやく徳庵迄　後何キロ
戦火から逃れる何組かに出会った

始めの組は
徳庵方面は大丈夫

次の組は
徳庵の森医院迄焼けた　と

やっと
見渡せる場所にたどり着くと
我家の
切り妻屋根が大きくこわれていた

昭和二十年八月十五日
終戦
国民学校五年生夏
それから小学校卒業迄　更に二度転校し
戦渦の及んだ　四年生半ばから二年余りに
計　五回の転校を課せられた

*戦時中、軍国主義教育に影響を受けた少年少女。

化石の時間

當麻　啓介（とおま　けいすけ）
1943年、奈良県生まれ。詩集『化石の時間』『ひさめ』。奈良県奈良市に暮らす。

学童疎開

堂に寝る児らがさいなむ蚤虱
爪剥いで芋乞う子らの夜泣きかな
秋夜長飢えし児ら同じ貘《ばく》の夢
虱這う袖みてる子の日向ぼこ
凍空や何の仏か添い寝の児

買い出し

手を握り山越ゆ下陰星の空
満月を憎みてひた走る夜の畦
きょうも又帯が化けしよ吊し柿
落葉踏み罪人の如く逃れ来し
夜の駅マントの下の芋と吾

空襲

雲の峰残像かなし火炎の空
入道雲日輪消えし怨嗟晨《あした》

原爆投下

油照り天を捩る蚯蚓捻転
百日紅聖母も灼けし天主堂
子なきを口にはださず原爆忌
ダイイン広島知らぬ子供たち

終戦

雲の峰直立不動で聴くラジオ

敗戦

脚斬れし踏み越え踏み越え駅の鳩
白日の蟻の蒼氓《そうぼう》故国の土

遺骨採集

洞窟の友に遺した手榴弾
洞窟に蛇《じゃ》皮《み》線をきく兵白骨
海ゆかば猶終戦なき洞窟
有刺鉄線眼窩の中の鵙の贄《にえ》

薪運び

ぼくらは幼かったけれどよく担った
けわしい山道を（近回りだったから）
岩と泥の路　小石と赤土の路を
「赤トンボ」と「七つボタンに桜と錨」を合唱しながら
馴れない肩に薪を背負って歩いた
毎日毎日　来る日も来る日もぼくらは歩いた

道程二里　往復四里の山道を
空腹と寒さに泣きながら
ぼくらは唄うことを止めて　黙って歩いた
薪は重かった　それに凍りついていた
ぼくらはオイコを背負って歩いた
雨の日は油紙を頭に被って歩いた

雪の日も休まされなかった
（その日は一メートルも積もったので）
ぼくらは二キロも遠回りをして　薪を担った
ぼくらは　はぐれないように手を繋いで歩いた
雪はあとからあとから　降り積もった
その日　ぼくらはちゃんちゃんこを着て出掛けた

木は伐られて緑はなく　雪と雨を遮るものとてなく
足は凍った　そして霜焼けがして靴が履けなかった
それでも　ぼくらは弁当のおにぎりを食べるまで頑張った
おにぎりは冷たくばらばらだった
そのうえ　お腹が一杯になるほど多くはなかった
お茶も無かった　日の丸弁当―

お弁当を食べると　ぼくらは又歩いた
ぼくらはみんな藁草履を履いていた
雪が解けると路は泥んこだった
草履の尻が切れて　半分しか履けなかった
跳ねが頭のうえまであがった　裸足の子もいた
この鞭打たれる者の行列をみて　お母さんたちは泣いた

ぼくらは一日二回　山へ行かねばならなかった
だから誰もが一日八里も　歩かねばならなかった
氷りで滑って頭を傷つけて　笑いの止まらない子
転んで爪を剥がした子もいた
笑った子は　明日から行かずにすんだけれど
爪を剥がした子は　今日も転んで雪を赤く染めた

町を行くとき　転ぶと起こしてくれる人もいたけれど

山の中では　泣きながら起きて行かねばならなかった
駅に着いて　薪が汽車に積み込まれるのを見て
ぼくらは「万歳！」と掌をひろげて叫んだ　そして
ぼくらは　肩と肩を寄せ合って泣いた
学校に帰ると　選ばれた者が講堂に集まった

めいめい布袋を手にして　米の配給を受けた
ぼくらは袋に　一人一合とスプーンに
三杯のお米をもらって　家に持って帰った
お母さんが　そのお米に麦と豆を入れて
二倍にしたお弁当を持って　明くる日も
明くる日も　又の明くる日も出かけた

そうでしたね　お父さん！

くつのない子
―戦場の子どもたち―

小さな願いを　ひとつだけ
くつを買ってください　黄色いくつを
両足のない　わたしに　黄色いくつを
この世の広場を　わたしは　走りたい

小さな願いを　ひとつだけ
かさを買ってください　ピンクのかさを
両腕のない　わたしに　ピンクのかさを
この世の小雨と　わたしは　あそびたい

小さな願いを　ひとつだけ
くつのない子に　黄色いくつを
小さな願いを　ひとつだけ
かさのない子に　ピンクのかさを

松尾　静明（まつお　せいめい）
1940年、広島県生まれ。詩集『丘』、『都会の畑』。日本詩人クラブ、日本現代詩人会所属。広島県広島市に暮らす。

十一歳で

君は　銃というものの重さを考える
十一歳で
君は　国というものの重さを考える
十一歳で
君は　食事というものの重さを考える
十一歳で
君は　ひとりぼっちというものの重さを考える
十一歳で
君は　咲いている花を　靴で踏みつぶす
きれいなものは　かなしい
きれいなものは　続くことがない
十一歳で

父の死

父が死んだ
心臓病で、八十三歳だった
葬儀や、戒名に必要なので
大急ぎで、父の略歴を調べた

父の戸籍を見ると、東京生まれだった
戦火を避けるため、疎開して栃木県に移り
戦争が終わって、帰らずに、学び、働き
母と出会い、私が此処にいる

遺影を眺めて思う
私は疎開も、避難もしたくない
私の家族も疎開させたくないし
避難させたくない
テレビのニュースで、避難している人を見たくない

遺影を眺めて思う
今が幸せなのだと・・・・

和眞　好希（かずま　よしき）
1959年、栃木県生まれ。栃木県小山市に暮らす。

嘆き

神原　良（かんばら　りょう）
1950年、愛媛県生まれ。詩集『X（イクス）』、『ある兄妹へのレクイエム』。日本現代詩人会所属。埼玉県朝霞市に暮らす。

私の父は貝殻
青い雲が垂れ込め
砂丘は緑
湖底の砂、水晶は夕焼け…
接骨木《にわとこ》の花は　白い
あれは　夭折者《ようせっしゃ》の白い葬礼
…貝殻の立てる波の音

風は泣き濡れ…

あめりかひこうきビラの舞い
ぶえとなむでこどもがしんだ
ひらひら　ひらひら　子供がしんだ！

夕餉のおかずは生魚！
口開《あ》けて　しんでいた
冷たい顎に歯はろっぽん
耳はちぎれて、飛び散った

砂丘は嵐

そうそうと　そうそうと
風が渡る——平野は雨！
砂丘の影が平たくなる
雲は垂れ込め
地平線で
誰かが母の名まえを呼ぶ
——その向こうで　日が、暮れる

私の父は貝殻
往古の浜に打ち上がり
いつのまに　時は、たそがれ
《ぶえとなむでこどもがしんだ！》
地平線で、
誰かが母の名まえを呼ぶ
あれは…
子供にはぐれた母親が
また　その母を呼んでいる声？

＊初出はベトナム戦争時代。

黒の記憶

藪本　泰子（やぶもと　やすこ）
1953年、岡山県生まれ。山口県宇部市に在住。

幼稚園のそばに　真っ黒な二階建て
りっぱで　大きくて　石造りの風格
それは　中学の校舎で
戦争中
敵に見つからないよう
そんな色にしたという

小学校にあがってから
いつのまにか
その校舎はピンク色に
ぬりかえられた
もう　見つかることなど
気にしなくてもよくなったのだ
そして　子供たちにとって
そんな黒い大きな建物は
心の衝撃になるから　と

わたしが　生まれる少し前に
ここ
幼稚園や　小学校　中学校が　ならんだ一角

たくさんの　園児や　わたしのような小学生
中学のお姉さんお兄さんたちも
空からの的になったのだろうか

でも
それは　もう　すんだことだから
いまはピンクにして
黒だったことは
忘れてしまったほうが　いいのだろうか

でも　いったん見てしまったものが
突然ピンクになると
あいまいなイメージしかなかった　かつての
黒にしなければならなかった時代の声が
ピンクの下から叫んでいるように　おもわれる

平和なピンクの下の
巨大な黒を見たものは
その「心の衝撃」をわすれてはなるまい

その　黒は
きちんと埋葬してやらねば

ピンクの下に　押しこめたままでは
今や　ピンクのはげ落ちようとする時に
黒は　また息を吹きかえし
巨大な姿をあらわして
子供たちを飲みこんでしまうだろう

＊昭和三十三年当時、岡山市中区東山に岡山大学教育学部附属幼稚園・小学校・中学校が一つの敷地に同居していた。師範学校の木造平屋が幼稚園舎にあてられていた。小学校は木造二階建て。中学は石造りに見えたが、鉄筋だったかもしれない。昭和二〇年の岡山大空襲によって師範学校の校舎は大半を焼失している。焼け残った「黒色」の校舎は焼かれた「黒さ」でもあるとこのたび思い至った。

小さな足跡

若宮　明彦（わかみや　あきひこ）
1959年、岐阜県生まれ。詩集『掌の中の小石』、『貝殻幻想』。詩誌「極光」、「かおす」。北海道札幌市に暮らす。

タンガニーカ湖のほとり
ヒトともサルともいえない親子が
火山灰の湿地を横切っていった・・・
五〇〇万年前の風をまとって
地層に残された小さな足跡

一九四五年八月九日・・・
きのこ雲立ち上がる原子野に
影シャドーとして残された小さな足跡
瓦礫の中からみつかったのは
焼けたロザリオと子どもの踵の骨

大森浜を海峡が洗う
啄木の座像を背景に
はだしの娘が波打ち際に駆けてゆく
白いラミナに残された足跡は
十八センチの陽気なステップ

五百万年前
人類はアフリカの大地に
はじめて足跡を刻んで
サルからヒトへの系統樹を
直立二足歩行で登ったのだ

放射線で焼きつくされた小さな足跡は
どんな願いを伝えたかったのか
平和な時代を生きる小さな足跡には
明日の風が舞っている

子どもたちの足跡が
不安なく大地に残される時代を
創ってゆくのは私たちだ

布団からちょこんとはみでた
娘の小さな足に毛布を掛け直し
世界の子どもたちの足先が
冷えこまないようにと
冥王様にお願いした

学校——わたしの場合

古城　いつも（こじょう　いつも）
1958年、千葉県生まれ。千葉県船橋市に暮らす。

子供のころ、国家とは学校だった
小学校の二年生から給食が出て
食パンは三枚ノルマだった
年二回教科書が配られると一日で読んだ
そう、中国も韓国も
もちろん、北朝鮮も知らなかった
小学校でも中学校でも現代史は習わなかった
教師たちは時間不足と逃げたから
六畳と四畳半の官舎から通う私は
教師からたいがい好かれた
この貧しくて賢い少女というキャラクターは
おそらく昭和のあの頃の
スタンダードだったのだろう
日本は（わたしは）戦争と言う負を以って
顔を上げて前を向いていればよかった
五年生で担任は軍隊帰りの学年主任となった
僕は代用教員、代用教員と
実に謙虚なこの教師は
やはりわたしを贔屓したのだが
わたしは憎んでしまった
彼の戦争の匂いはまずかった
彼の主義は「規律」で
体育の授業の年間半分以上
そのまる一時間、行進の練習だった
軍隊帰りを悪びれなかった
今思うと、わたしの受動的学校時代の
唯一の現代史だった
社会科見学を止めて、理科見学を行った
岩をぶっち割り、ぶっち割り、ぶっち割り
道をぶっ開け、ぶっ開けよ～
この歌を歌って聞かせるのが常だった
ぶっち割られたのは日本の国土だよ
と思ったが
わたしは結局理科系を学んで
大学は建築工学科を卒業した
今思い出してもあの先生は嫌だ
宿直の翌朝は
酒の匂いをぷんぷんさせてやってきた
でも、今この齢になって
酒を飲む男を愛している

たんぽぽのお花畑

野に咲く中国のお花畑で
日本の少年は
泣いている中国の子どもを見つけました

「どうしたの、きみ」
「お父さんとお母さんが
日本の兵隊さんに連れまわされたの」

少年は手に持っていたマシンガンを落としました
野に咲くお花畑でたんぽぽの花を渡しました

「世界中が戦争だとか言って、やって、
何かおかしいと思うから、きみ」
「お父さんとお母さんは戻ってくるかな」

野に咲く中国のお花畑で
日本の少年は中国の子どもと泣き合いました

「どうしようか、きみ」
「世界中の人も、君だって

日本人だってお父さんとかお母さんとか殺されたら
みんな泣くのに」

野に咲く中国のお花畑で

中島　省吾（あたるしま　しょうご）
1981年、大阪府生まれ。『本当にあった児童施設恋愛』、『もっともっと幼児に恋してください』。関西詩人協会所属。大阪府在住。

第十章　鎮魂・祈り・いのち

敵ニ殺サレタ若者ノ祈リ

宗　左近（そう　さこん）
1919〜2005年、福岡県生まれ。詩集『炎える母』、詩論集『宮沢賢治の謎』。
詩誌「海の会」、市川縄文塾主宰。千葉県市川市などに暮らした。

キミヲ殺シタ敵ヲ祈ラナケレバナラナイ
祈リダケガ祈ル本人ヲ美シクスルノダカラ
神サマ　アナタハソウオ教エ下サイマシタ

オ教エ通リニイタシテオリマス　ボク
殺サレテコノ闇ノナカニキテ以来ズット
敵ヨ　ボクヲ殺シタカラニハ幸福デアレ

苦シンデハナラナイト　祈リ続ケテオリマス
スルト不思議ナノデス　ボク自身ガ
ボクヲ殺シタ敵ノヨウニ思エテクルノデス

知リマシタ　祈ルモノヲ吸イコンデシマウ
ソレガ祈リナノデスネ　死ヌモノヲ
吸イコンデシマウ　ソレガ死デアルヨウニ

気ヅキマシタ　敵ノ安ラギヲ祈ルホカニハ
ボクハ何モ祈ルコトガナイノデスネ　ソレナラ
生ハ生キテイラレナカッタ祈リダッタノカ
ソレトモ今ニナッテボク惑乱《ワクラン》シテイルノデスカ
死ハ死ンデイラレナイ祈リノヨウナノデス
神サマ　闇ノナカニキテ心カラ敵ヲ祈リマス

ボクガボクヲ祈ッテモ何モ見エテコナイ　デモ
敵ヲ祈レバボクガ見エテクルノデス
有難ウ神サマ　コノ暗サノナカデボク生キテユケル

ケレド神サマ　ボクヲ殺シタアノ敵ハ
アノオゾマシイ憎イ奴ハ　ヒョットシテ
優シイアナタダッタノデハナイデスカ

いのちの籠

人は水にすぎぬものとしても
水が洩れぬよう
いのちの籠をたんねんに編む

編み糸や葮　ひご　あじろなどの竹類
もので編んでは隙まが洩らす
自身の深い井戸底
暗いおもいが光の芒で籠を編む

遮るオーバー・ハングの壁は
爪で剥がして爪をそぎ
血まみれになって空を捜して
千年　あるいは万年疑って　なお

ピアノ線よりしなやかに弾み
まっすぐ伸びる光の糸で
億年　人はいのちの籠を編みつづける

中　正敏（なか　まさとし）
１９１５〜２０１３年、大阪府生まれ。詩集『中正敏詩集』『いのちの籠』。東京都新宿区などに暮らした。

亀谷　健樹（かめや　けんじゅ）
1929年、秋田県生まれ。詩集『水を聴く』、『杉露庭のほとり』。詩誌「密造者」、日本現代詩人会所属。秋田県北秋田市に暮らす。

水琴窟

心字池で　白い腹をさらし
生を吐ききった　がまがえる
かけいの水で
死なねばならぬ　口をゆすぐ
どれほどのちがいがあろうか

世俗にまみれた　手を清め
柴折戸の　境を越え
飛び石を　丹念につたって
因業をすこしでも　捨てたい

待合にどっかと　腰をおろす
眼前にひろがる　枯山水の妙
露草の　花から花へ飛ぶ
自在な蝶に見とれる
それでも　無為でありたいと
水琴窟にたどりつく

苔むした巌石を伝い
竹の樋から滴り
地中に伏した甕の
内部に反響し
妙音を発しやまぬ
清冽の水

それは
大自然の移り変りを
尽妙に伝えやまぬ
音曲だけであろうか

心耳を澄ますと
地球の向こう側で
殺しあいの末　残された家族の
涙のしたたる　音

大津波にさらわれた
行方不明者の
見はてぬ夢の
こぼれおちる　音

はては
己れ自身の
わずかに残された絵巻を
めくる　音

水のしたたりに秘められた
なんとかぎりない
無残な証言か

放流のとき

小さな堤防があって
乾季には水門をひらき放流する
さわやかなひびきが谺し
立ち枯れた木が流れる
時が荒れて激しく叫び
水を求めて歩き続けた砂漠の疲労
碧く透き通った時は空しく消えて
焼け落ちた形骸の黒い様々な形たち

火も炎も
残された遺言も
恨みも悲しみの跡もない
失われた時には甦る悲しみもなく
大声を上げた嘆きも声もなく
水のような女の石膏の爪の跡もなく
細くたおやかな肌の痙攣も
忍び音も知らぬ若者たちの
人生の永遠の時もなかったではないか

彼等に返せ

大井　康暢（おおい　こうよう）

1929～2012年、静岡県生まれ。『大井康暢全詩集』、評論集『中原中也論』。詩誌「岩礁」主宰。静岡県三島市に暮らした。

返してやれ
凍った記憶のつらい痛み、そして夢
泣き崩れる少女のせぐりあげる
止め処ない悲しみとあきらめと
霧のように散った涙のほとばしり
少女の柔らかい乳房は固く
石のような怒りとなって
高ぶりふたたび泣きくずれる

陽は激しく燃え身を朱に染めて西に沈んだ
おりしも飛行機雲がひとすじ
東から西へ
凍った空に白く長い橋を架ける
そのとき
燃え立つ炎のなかに
一瞬の閃光が走り
機首が新星の爆発のように輝いた
一直線に凍った白い雲の先で十数秒
光りは次第に輝きを失っていった

（若き学徒兵たちに寄せる鎮魂のうた）

水の声

おもえばいつもさみしい
管であるこの身を貫き
金色の娘に流れていった
水よ
その光る生命の流れは
やがて海にそそぎ
遥かな大陸の西海岸
フィヨルドの大地に辿りついた

アラスカの氷河が溶けて流れる水の都は
黒潮が大きく渦巻いて流れ着く涯の国だから
水のドラマは生命のドラマとなり
他民族が入り混じって共生する
豊かな人種のカオスでもある

娘が暖めた小さな受精卵が
初めてうぶ声をあげたその日
わたしは小さなその肉の塊を
抱いて天を仰いだ
遠くとおい生命の源流から

硲　杏子（はざま　きょうこ）
1936年、東京都生まれ。詩集『水の声』、『愛の香辛料』。
詩誌「白亜紀」、日本現代詩人会所属。茨城県石岡市に暮らす。

れんめんと運ばれてきた
小さくて大きな水の泣き声
やわらかくてうすい皮膚の下を流れる川の
その先にはどんな世界が
どんなドラマが待っているのだろう

おもえばいつもさみしい管ではあれ
水を渡してなおも光を見ることのこの悦び
嫋々として果て知れぬ物語を
あきもせずに書いておられる雲上の
いまはまだ午睡から覚めやらぬ
天の筆者よ

それにしても
あの聖戦とはそも何であったのか
教えてほしい
あの大量に流された血の意味を

愛や憎しみ
理性をも押し分けて

るいるい混淆して渦巻く生命の
ほんとうの目的を

永遠にさみしいのは
むしろあなたのほうではないのかと
少し気付きはじめたこの頃
退屈な人生に耐えながら水を運ぶのも
それほど悪くは無いと思えたのは
終の日を目の当たりにした病床の中だった

晴れたり曇ったり　降ったりやんだり
日に幾たびも変容して流れる
雲の浄化作用
真水と塩水の入り混じった湖から
引き潮の海へと
わたしは新しい生命を抱いて渡った

弱さという特性

女は
ほとけを自分の腹に宿す
十月十日かけて彫りあげた
初顔のやわらかさ

無垢で柔軟
弱さの極という形で
赤ん坊は女に　愛を教える

弱者が強者を導くとき
海はゆったりと満ちてきて
地球に光の朝がひろがる

仏は本来何の力も持たない
その弱さの故にやさしく　不動である
仏像に銃を向けると
微笑したまま　倒れて　こわれる

下村　和子（しもむら　かずこ）
1932～2014年、兵庫県生まれ。『下村和子全詩集』、『下村和子短編小説集』。日本文藝家協会、日本現代詩人会所属。大阪府大阪市に暮らした。

八月抒情

果てしもなく拡がる泥土
打ち抜かれた青天
残忍な鍬《くわ》の下に
青空の破片を埋めようとする

野菜は怒りをこめて
るいるいと野を囲む
鋭ぎすまされた鍬の先
その上に流れてやまぬ
八月の言葉の海よ

島田　利夫（しまだ　としお）
1929〜1957年、群馬県生まれ。『島田利夫詩集』。群馬県などに暮らした。

鳩の歌

わたしは鳩だから　どこへでも飛んでゆく
風のように　世界じゅう　飛びまわっている

わたしの巣立った巣は　ヒロシマ　ナガサキ
ゲルニカ　アウシュビッツ　オラドゥール

わたしはそこで焼かれて　灰のなかから
不死鳥のように　また　生まれてきたのだ

そこで焼かれた人たちが血と涙の中から
仰ぎ見た　あの空の虹が　わたしなのだ

わたしは大きな不幸の中から生まれてきたから
わたしのほんとうの名は　幸福《しあわせ》というのだ

わたしの名を呼んでいるところ　どこへでも
わたしは三つ葉の小枝を咬《くわ》えて　飛んでゆく

赤ん坊に乳をふくませている母親の胸のなか
新しい朝を迎えた　若い恋人たちのところへ

ごらんなさい　ボンで　ローマで　ロンドンで
うねっているわたしの波を「人間の鎖」を

地獄の敷居にすっくと立って叫んでる人たちを
白いミサイルも赤いミサイルも　まっぴらだ

この地球がまるごと　ヒロシマのように
焼かれて　殺されて　瓦礫とならぬように

どんな毒矢も　わたしを撃ち落せはしない
わたしは生そのもの　人類そのものだから

どんな絶望もわたしの翼を折ることはできない
わたしは　大きな死と闘うためにやって来た

わたしの　またの名を　希望というのだ
わたしは大きな春と未来のためにやって来たのだから

大島　博光（おおしま　はっこう）
1910〜2006年、長野県生まれ。詩集『冬の歌』、『大島博光全詩集』。翻訳書『アラゴン詩集』、『ネルーダ詩集』。東京都三鷹市に暮らした。

曼珠沙華

岡山　晴彦（おかやま　はるよし）

1933年、熊本県生まれ。詩集『影の眼』。詩誌「衣」、日本現代詩人会所属。神奈川県川崎市に暮らす。

もともとは球根で殖えますが
なぜか　いつのまにか思わぬところで
いのちがさ迷うように花を咲かせるのです

名の由来は　仏典で天上に咲く白い花
彼岸花の別名　なのに苦い想い
散華*2という言葉が　口を衝いて出てきます

赤に憑かれたので　内濠を巡ったら
白い花が立ち群れて咲いていました
九段*3の辺りには　どちらが咲いているのでしょうか

*1　昔西洋は理容師が外科医を兼ねており、血液の徴し。
*2　仏供養に花を撒く、戦時は戦死を美化する語に使用。
*3　無名戦没者を祀る千鳥ヶ淵霊園あり。別名しびと花。

庭に今年も咲きました　赤と白です
戦災にあった九州の家から　移植したのです
母がだいじに育てていました

赤のほうが元気一杯です
白は嫋《たお》やかなのです
いきものとは　大抵こんなのでしょうか

球根は　飢饉の際の非常食のこともあり
大陸から伝わったということですが
すこし毒物を含んでいます

この日理髪店で　三色ポールに眩めいて
赤は血だ*1　そう考えていたら
うっかり包丁で指を切り　思い浮かぶのは

昨日　宮城《きゅうじょう》に曼珠沙華を見にいったら
方々で真っ赤に咲いていたのです
救いと不安と美しいものが　思わず嗚呼《ああ》と

生き残ったものの散歩道

般舟三昧院方丈後有藤原定家塔則石地蔵尊也。伝言斯処定家卿之宅地而時雨亭亦在此地也。前町南号定家辻子。

《雍州府志》

電車道をそれると、
むくの実が落ちてくる。
その下に上品上生の阿弥陀如来像石仏が、
苔むした小石仏にかこまれていた。

――石の仏さま、いつから
　なに見てはんのん。

それはずっと前からなんだよ。
まだ西陣の町もなくて、
機音なんかも聞こえなくて、
応仁という戦争で、
この辺が死人の野原となった、
ずうっと前から仏さまは、
五Mほど先の土を見ているんだよ。
いつもは土が見えなくてね。

秋には枯れて冬は雪の下になり、
土になってまた春に芽を出す、
いろんな草たちだけが見えているんだよ。

――死んだおかあさん、
　こんな顔していてはったん。

いやちがう、娘よ、
この仏さまには眼も鼻も口もみんな、
風や雪にもぎとられて、
なくなってしまっているではないか。

――どうしてむくの実、
　石の仏さまの上に落ちてくるねん。

むくの木は、
何もかも知っているからだよ。
知っているから、
自分がとてもこわいんだよ。

相馬 大（そうま　だい）

1926～2011年、長野県生まれ。詩集『相馬大詩集』『西陣』。詩誌「ゆすりか」。京都府京都市などに暮らした。

——しまいに石のほとけさまも、
　死んでしまうのん。

娘よ、そのとおりなんだよ。
おまえの母が、
おまえを覚えていたように、
仏さまはこの五M四方の土を、
覚えていようとしているんだよ。

祈り

まっ黒こげになった人間を見た事ありますか
四人の息子が四人共　戦死した
母の悲しみを知っていますか
お母さんは大空襲で行方不明
お父さんは戦場から帰って来なかった
子供達を知っていますか
火の海　阿鼻叫喚のさまを見た事ありますか
広島　長崎の地獄絵図を見た事ありますか
八月十五日は終戦記念日ではありません
この国が戦争にむごたらしく負けた日です

平和な時代　に　なりました
私は結婚して三人の息子に恵まれ
平和のお蔭で息子達は立派な男になりました
今わたしは街の片隅でささやかに暮しています
そして愛する者達に平和な日が
いつまでも　いつまでも　いつまでも
続いて行く事を祈らずにいられません
今日この頃のこの国をみていると

五十嵐　順子（いがらし　よりこ）
1936年、東京都生まれ。埼玉県川口市に暮らす。

草の行方

柳生　じゅん子（やぎゅう　じゅんこ）

1942年、東京都生まれ。詩集『ざくろと葡萄』、『水琴窟の記憶』。詩誌「タルタ」、「いのちの籠」。東京都文京区に暮らす。

坂の上で誰かがわたしの名を呼んでいる。行こうとして
少し走るだけで　血はよく巡り　先に駆けていくのは幼
い日のわたしだ。
けれど　やわらかな記憶のように草がのびてきて　足元
を縺れさせる。立ち止まり　どんな時も一歩ずつ探って
いくしかない。
草はらには虫がいる。泣きたい子ども　泣かなかった子
どもたちの魂に代わって　羽を打ち震わせている。

ひとは民草と呼ばれ　いく度も踏まれてきた。風にゆれ
なびくだけで　巨きな足と重い靴が現れた。なぎ倒され
ては　時代という名で塗り潰されていった。一本一本に
名があることなど　容易く忘れられて。

遠く異国の広野を無蓋車がいく。飢餓にムチ打たれ朱い
夕陽に追われている。布切れで結わえた柵の中で　荷物
のように乗っている草の親子。虚無の裂け目へ振り落と
されまいと　母親にしがみついているわたしたちである。
さらに　荒れたコーリャン畑からは　その国の草の子ど
もたちの視線も　突き刺さってくる。

地続きの大地に今日も　小さなテント村から　飢えた子
どもたちの吐息が聞こえてくる。何ひとつ避難できたと
は思えない　骨ばかりの幼い者たちのうつろな目。笑わ
ない子ども　泣く力さえない子どもをかき抱く　草の母
親たちのか細い腕よ。

術もない草はらは　からむ。今も　うねる。よじれた坂
道を案ずる声が　再び渡ってくる。死んだ母生きている
母（生きてもの言わぬ父死んでしまって聞きようのな
い父）世界中の父と母がひとりの母となって手をふっ
ている。理不尽に死なせた子ども　希望となって生き
残ってくれている子どもを　あつく呼ぶ　あれは草の母
親の声だ。

これは夢ではないから　ひとりの子どもに戻って応え
ることができる。お母さーん（お父さーん）お母さーん
（お父さーん）。手をふりながら駆け寄ると　そこには
ドクダミ草の白い花群が祈る言葉になって咲いている。

しあわせ（リトアニアにて）

一本の編み針と
毛糸球さえあったら
特別のものを
望んでいる訳ではありません
子供の頃に遊んだ
楡の木の下のベンチで
様々な出来事を編むだけのこと

ネッカチーフに包んだ顔が
くしゃくしゃになって笑う
老婆が二人

時折風が小枝をゆらして
忘れかけた日々を呼び覚ます
行ったことも無い国の
きな臭い匂いに驚いたりして

ほんの少しの陽だまりと
腰をおろすだけのベンチがあれば
つらい戦争《いくさ》のあったことも
旅立つ日に履く靴下に
編みこんでしまおう

時代が二人を置き去りにしても
笑顔が連れ去られないよう
かたい祈りの糸口を
老婆の糸に結ぶ

渡辺　恵美子（わたなべ　えみこ）
1943年、山梨県生まれ。詩集『万華鏡』、『母の和音』。
詩誌「プリズム」、日本詩人クラブ所属。埼玉県狭山市に暮らす。

草の女

北畑　光男（きたばたけ　みつお）
1946年、岩手県生まれ。詩集『北の蜻蛉』、『救沢まで』。詩誌「歴程」、「撃竹」。埼玉県児玉郡に暮らす。

女が
土にひたいをおしつけていた
それはあまりにも強すぎたために
ひたいどころか顔までも
土のなかに埋まっていた
ながい髪だけが土から生えていた
髪はよわい秋のひかりに美しくのびていた
そばにいくと
長い髪がむせび哭いていた
歴史の秋に在って
絶えることのない戦争を
嘆き悲しんでいた

蝶が
いまにも墜ちそうに野の涯へ飛んでいった
蝶には蝶の道があるのだ
それなら絶えることのない戦争は
人間の道であるか

土から生えた長い髪はむせび哭いていた
木の葉が散り
冬がきてもそのままであった
髪は吹雪で真白になっていたが
それでも女の悲しみは哭きやまなかった
腰や胸はもちろん
女の肩や顔までもすべて
土のなかで腐っていた
絶えることのない戦争を
どうやって人間の手から奪うか
女は
自分のからだが腐りはてて
髪の養分になっているのを知っていた

ほそながい草の葉
それは
戦争のない世界を願った女の
髪そのものであった

母《イヴ》物語

アルタミラの洞窟の絵のことを知ったのは
中学の社会の教科書であった
ラスコーの洞穴の牛の写真も　そこに
載っていた記憶がある　とおいむかし

アフリカの　たったひとりのイヴの遺伝子を
受け継いだものたちが　あちこちに
別れてゆき　不思議な線や　動物の
絵を描いた　それが　ふとした折に

脳裏をかすめることがある　あの絵や
線を描いている自分の幻を見るときが
そして　はるかなイヴの慟哭を聞く一瞬が
頭に石斧を打たれるような声を聞くときが

イヴは泣いている　かつて存在した日
よりもはるかに切なく　はげしく
イヴは病みつかれ　傷ついている　心は
ずたずたに襤褸《らんる》のように千切れている

罪もなく無惨に殺されてゆく親や子
無防備なたましいをおそう権力

崔　龍源（さい　りゅうげん）
1952年、長崎県生まれ。詩集『鳥はうたった』、『人間の種族』。家族誌「サラン橋」、詩誌「禾」。東京都青梅市に暮らす。

という名に憑かれたものたち　たわやすく
いのちを奪う側も　理不尽に奪われる

側にいるものたちも　同じイヴの血を
分け合っているのに　愛のために熱く
燃える赤い血　一方が（しゅろうのかね）*
であるならば　一方は（そのひびき）*である

はずなのに　木と鳥　水と蛍のように
たがいをよりどとなすべきなのに
つねにイヴの血は大きく二つに分かれている
ぼくのなかの朝鮮の血と日本の血は

やがて一つにとけ合い　いのちという
大河を　愛だけを求めて流れようと
しているのに　人類のはじめのイヴが
ひとり　祈っていたものは　家族を

守るこころと　子どもたちのしあわせへの
願い　たぶんイヴが　ともに住んでいた
共同体の平和への希求　そんなささいな
あたりまえの日常への思いだったはずなのに

＊（　）＝新川和江「ふゆのさくら」から

寒い朝の憂い

憎悪と絶望しか与えられなかった
かなしすぎるひとびとよ

胸につきささったことばで
だれかの胸に
その銃をつきつけるのか

自らの正義なら
ひとはひとを
これほど憎むことができるものなのか

あなたが終止符をうったひとにも
あなたと同じだけ
歩いていける遥かな時間があったのです

争いは憎しみを生み
魂の痛みを血でおおいかくす
かなしすぎるひとびとよ

遠く離れた国へ
かけがえのない未来を届けたい
絶望を希望にかえる声が
なぜ
届かないでしょう
竹内　萌（たけうち　もえ）
1949年、愛知県生まれ。詩集『羽根のない天使』、『午後の浴室』。詩誌「ぱぴるす」、中日詩人会所属。愛知県名古屋市に暮らす。

祈り

武西　良和（たけにし　よしかず）
1947年、和歌山県生まれ。詩集『岬』、『てつがくの犬』。
詩誌「ぽとり」、「コールサック（石炭袋）」。和歌山県岩出市に暮らす。

毎朝ぼくは祈る

両手を合わせて祈る
節くれ立った指を揃えて祈る
セミの鳴き始めた朝に祈る

堰《せき》を落ちる水のなかに
急に降り出した雨音のなかで
そして雨をからかう風のなかに

亡くなった人たちに
祈る
そして生きている人たちに活躍を
祈る

水の落ちる白い帯
を背に
生い茂った草むらの
向こうにある
小さな祠《ほこら》に

祈る

砂利道に立って
祈る
生い茂った草に囲まれて
祈る

オシロイバナの
白色が視野に入る
小鳥の鳴き声が視野を横切る
鳶《とんび》が視野から出て行く

祈りが歩く
時には立ち尽くしたあと
空に舞う
そして花開く
白く
赤く

悲願

思い立てば専用機で
イギリスやオランダへは
十数時間で行ける

日本と時差のない
たった四時間三〇分で行ける南の島へ
父親が行くべきあの島へ

息子のあの人は
七〇年も
かかってしまった

榊　次郎（さかき　じろう）
1947年、大阪府生まれ。詩集『20年とはたち』、『新しい記憶の場所へ』。
詩人会議、関西詩人協会所属。大阪府大阪市に暮らす。

桜と櫻

だれもいない
富岡町の桜は満開だ
早く見てくれとばかりに
ぼくらを呼んでいる

南の島では
だれにも看取られず
同期の櫻は
散っていった

今私たちが祈るとすれば

森川　めぐみ（もりかわ　めぐみ）
1955年、山梨県生まれ。東京都町田市に暮らす。

天皇が祈っている
南の島で戦死者のために
その丸い背には見覚えがある
まばゆい白いシャツに感謝しよう
それを見る私たちの誰もが
軍服を着ていないことに

伯父は戦争から帰らなかった
南洋のどこかで眠りについたまま
空っぽだった墓には今
待ちくたびれた祖父と祖母が入っている
家が絶えても国が滅びたら意味がないって
志願のことばは立派すぎて悲しい

写真でしか会えなかった
伯父たちが消えた海の上を飛んでいる
何隻もの船は群青色の海に
やさしい航跡を描いて
私たちは誰からも攻撃されずに
あくびなんかしながら
生きている息子に会いに行ける

数え切れない墓と嘆きと引換えに
ようやく今がある
けれど私たちの眼に平和は見えない
いつもと変わらない日が忘れられ
健康なからだが何も訴えないように
ある日　それが突然失われるまで

けれど今なら
私たちは戦争を想像できる
それはあの三月の津波そのものだから
歴史を忘れた町や村を暮らしごと
一瞬のうちに飲み込み遠くへ運び去ったもの
ひとの叫びも祈りもすべてをさらって
凍てついた姿で岸に打ち上げるもの

戦争を終わらせたのは無数のなきがら
私たちは記憶ではなく後悔を掘らなくては
あの日の恐怖と悲しみの泥のなかから
私たちの今日を洗い出さなくては

二人の神様とたくさんの神様たち

横川　卓史（よこかわ　たかし）
1955年、東京都生まれ。東京都武蔵野市に暮らす。

昔々　神様はたくさんおられた
世界中のいろんなところにいて
小さな村の中にもたくさんおられたんだ
山の中にも　海の中にも
森の中にも　一本の木の中にだって
神様はおられた
そして僕たち人間のことを　守ってくださっていたんだ
神様と人間と自然は
とても気持ちよくいっしょに暮らしていたんだよ

それがある時　一人の強い神様が生まれた
そのしばらくあとには
別のもう一人の強い神様が生まれた
この二人の神様は　とてもわがままで欲が深い
多くの人間たちを　その見方に引き入れようとする
そして仲が悪くて　いつもケンカしている
人間たちも　一人の神様を好きな人たちと
もう一人の神様を好きな人たちに分かれ
ずうっとケンカしている
おかしなことだよね　困ったことだよね

このケンカの他にも　人間たちは
世界のあちこちでいつも争いをしている
そんなことを見かねて昔の神様の一人がやってきて
次のように言った
「神だって人間だって　違いがあるからおもしろいんだよ
その存在と違いを認めて　尊重し合わなくちゃ」
その他の昔の神様たちも　それぞれにおられる場所で
二人の神様が仲直りすることを祈っているはずだ
それから人間たちの争いがなくなることも祈っている

昔の神様たちは祈っている
神様たちだって　祈らずにいられないほどなんだ

母なる地球《テラ》

母よ
あなたのかなしみは
海を縁取る　浜辺の波頭
白く　透き通りながら
しずかな想いは　大地を濡らし
子らへの祈りだけが　砂のように残る

母よ
あなたのかなしみは
大地を縁取る　海の入り江
語られぬ想いは　折り畳まれて
幾重もの　海岸線となり
入り江となって　透き通る

そこは　深い故に　湖のように　永久《とわ》に　凪いでいる

母よ　あなたのかなしみが
大地全体に　沁みわたり
森は生まれ　育まれ　海を囲み　人は育った
海であることさえ忘れ

星乃　真呂夢（ほしの　まろん）
1961年、山梨県生まれ。詩集『劇詩　エーテルの風』。
詩誌「ポエトリー・ワールド」、「英詩朗読会」。山梨県甲府市に暮らす。

あなたは　溢れ続けた

空よりも　遠く光る　母の涙

母は　ただ　かなしむ
還らない子らや　忘れられた約束のことを
それでも　母は　種を蒔く
失われた時間を　地が再び紡ぐために

母は　待ち続ける
すべての子らの　帰還を
命の　美しい発芽を

大地の　すべての記憶を　映して
透き通っていく　母のかなしみが
舟のように　浮かんでいる

遠く　はるかに　光る
母のかなしみが
宇宙《そら》に　浮かんでいる

はだかんぼ

中村　純（なかむら　じゅん）

1970年、東京都生まれ。詩集『はだかんぼ』、エッセイ集『いのちの源流～愛し続ける者たちへ～』。日本現代詩人会、詩人会議所属。京都府京都市に暮らす。

おふろあがりの君
はだかんぼ！　と言って笑い
バスタオルを持つ私の手から逃げる
おしめもしない
お洋服も着たくない
はだかんぼ

部屋にあふれる君のわらいごえ
逃げる君を追うわたし
つかまえても　つかまえても
するりとぬける　はだかんぼ
どこまでもどこまでも
わらって逃げる　はだかんぼ

ちいさなひとがたの天使
からだじゅうでわらう　はだかんぼ
やわらかな　はだかんぼ

わたしのところに降りてきた無垢《むく》ないのち
美しい　はだかんぼ

無防備な　はだかんぼ

やがて君はちいさな服なんか着て
色とりどりの絵本を見て
お話を聞いて
ほやほやと眠る

わたしは傍らで
そのちいさなまぶたを見ている
夜が静かに平和にあたたかい

第十一章　平和をとわに

不在になった私の

ほどなく終ってしまえば
もう何も見なくなり、
何も聞かなくなるというのは
ほんとうだろうか。
不在になった私の感覚の及ばないところで
それでも　秋の光が漿果を照らし
森の近くに住む子どもの小さな指が
それに触れるさまを想い描いてみる。
私はその子どもを知らないし
子どもは私がいたことを知らないだろう。

破壊し尽された瓦礫の上に　いつしか
人が戻って　新しい街には灯が点り、
すさまじい虐殺の記憶の滲み込んだ沙漠に
月明りの下　いつか草原がひろがり
遊牧の民のことばと笑いが砲弾のかわりに
飛び交うさまを想い描いてみる。
私は新しいその街をついに知らないし
草原は私がいたことを知らないだろう。
時が来て、世界からほんの一歩外れれば
私はもう何も見なくなり、
何も聞かなくなるだろう。
いつまでのことかは知らないが
それでも　朝の光のなかには
無数の生き物たちの目醒めがあり、
その裏側の夜の空には　星の群が
さまざまな夢の形象を描きながら
回転しつづけるさまを想い描いてみる。
私の知らない世界のいたるところで
私の知らない子ども、私を知らない
子どもが目醒めてはまた眠る。
清水　茂（しみず　しげる）
1932年、東京都生まれ。詩集『暮れなずむ頃』。詩誌「同時代」、黒の会所属。埼玉県新座市に暮らす。

いつ果てるとも知れぬ

いつ果てるとも知れぬこの争い、
いつ止むとも知れぬこの殺戮、
地表に人がいて　人が土地を奪い合い
村が焼き払われ　子が連れ去られる。

自由のためにと誰かが言い
愛のためにとまた誰かが言う。
ちがう、何のためでもなく
もう村は焼かれないように
子どもは連れ去られないようにと
ひとりの母が歎きをうたう。

ただそれだけのうた、
淋しい海辺でうたわれたそのうたが
どんなふうにか風に乗って
それとも鳥の渡りに誘われて
遠い山間《やまあい》の小さな聚落にひびき
ひとりの母が同じ歎きをうたう。

ただそれだけのうた、

それぞれにべつの言葉で
地表のいたるところの
それぞれの村で　深い夜のなかで
それぞれの辛い仕事を終えた母が
同じひとつのうたをうたう。

もう村は焼かれないように
もう子どもは連れ去られないようにと。

建国

もしもわたしに誰も住んでいない一つの国が与えられたのなら
わたしは迷わず一本の木を植えよう
わたしは木の傍らに佇み木の成長を見続けることだろう
もしもわたしにいま少しの時間が与えられたのなら
わたしの国に一筋の小川を引き入れよう
わたしは木の傍らに佇み静かな水音に心和ませることだろう
もしもわたしにもう少しの時間が与えられたのなら
わたしの国に一羽の小鳥を招聘《しょうへい》しよう
わたしは木の傍らに佇み小鳥の囀《さえず》りを聞き続けることだろう
もしもわたしにさらに少しの時間が与えられたのなら
わたしは掌に刃を握ろう
なぜならわたしは失いたくないから
わたしの小鳥と小川と木と国を
なぜならわたしには守る義務があるから
この国土と国民を
だから近づくものには容赦なく襲いかからねばならぬ
だからわたしは掌に鋭い刃を握るのだ
わたしは雄々しく立ちあがる
するとわたしの国から小鳥が飛び去った
やがて小川は涸《か》れ
木も朽ちた
わたしには誰も住んでいない一つの国が残った
掌の中で
刃だけが
鈍く
光っていた。

苗村　吉昭（なむら　よしあき）
1967年、滋賀県生まれ。詩集『バース』、『半跏思惟』。詩誌「砕氷船」、近江詩人会所属。滋賀県栗東市に暮らす。

戦争を知らない

戦争を知らない世代が
この世にいるだろうか
他人の苦しみを
感じない者はいるとしても

絶えず地球上に起こっている
武器を持ち
利害の対立の人間同士の殺し合い
これは戦争ではないのか

敵と見紛うものに
敵という的をつけて
銃弾を撃ちこむ
若者に武装させて
誉れの言葉を着せて

殺し合いの紛争を
戦争というのだ
他国の出来事には
関心がないのだろうか

銃弾の先には生身の人間が
血を流して悶死していることを
思い描けないのだろうか
死んだ息子を悲しむ
多くの母がいることも

川奈　静（かわな　しずか）
1936年、千葉県生まれ。詩集『花のごはん』、『いのちの重み』。日本児童文芸家協会、日本詩人クラブ所属。千葉県南房総市に暮らす。

小さな機影

音もなく機影が近づく
星のように小さく光って
機内にバラの花をのせ
ジェット音をうしろにつけて

在ると見えるは　遠くなれば差がわかる
数億光年の星もあるという
消えたのに見えているかもしれない

出撃まえの飛行士の写真
あどけない少年のまま
時はすぎて六十年　どこまで飛んでいったろう
まだ帰ってこない

少年兵デイブ・ネビソン君へ
―「この道はいつか来た道」―

村田　辰夫（むらた　たつお）
1928年、滋賀県生まれ。詩集『わたしは鵜です』、『詩賛・大津絵』。日本詩人クラブ、関西詩人協会所属。滋賀県大津市に暮らす。

十七才の少年兵デイブ・ネビソン君
聞こえるか
君の耳は今灼熱の砂漠の砂嵐の音を聞いているのか
夜闇の異様な静けさに響く兵たち鼾を聞いているのか
それとも　号令の向こうの金属音や自分の叫び声か

聞き給え　デイブ君　Can you hear me?
君は勇んで志願した
陸軍少年兵学校に入ったのは十六才とか
君の両親はどんな思いでそれを認められたのか
今はただただ君の無事を願っておられる
君は何のためにそこにいるのか

君は今　隊列のなかにいて
君の名前が呼ばれれば　君は返事している
君は確かに　生きている
だが　君はデイブという名前で
「生きている」と思っているであろうが
君が永遠に「生きた」と認められるのは
赤い丸い花輪などで飾られた石の下だけ
それ以外　君は本当に君として生きていやしない

敵の砲弾であれ　ナパール弾であれ
君が相手とする君の敵は
君を君として撃ってくるのではない
ただ発射角度と弾道があるだけ
そこでは　君は君でない　生きた君でない
標的ですらない
もし君に向かって撃ってくる君の敵の顔をみたら
恐らく君は何故ここで戦争しているのか訝るだろう
なぜなら　君の敵というているその者は
君の故郷エセックスで君が出会う
あの誰かと同じように
頬や目尻に皺をよせて笑う人だと分るから
手をとれば同じ体温の持ち主だと分るから

兵が兵として戦う戦争の時代はすんでいるのだ
名乗りをあげて戦う時代はすんだ
エセックスの古城を背景にした
騎士道の時代はすんだのだ

戦争するのは　国家だ　大統領だ　政治家だ
武器だけだ
彼らの硬骨な言葉に騙されてはならない

デイブ君　君は一生名のなき人で生きろ
生きて帰れ
君の故郷には美しい森がある
君の家が海岸に近いなら　おいしい牡蠣が食べられる
そこで老いればよい
今度の砂漠の戦争に参加したことを
きっと悔いるときがくる
平和な死に方のほうが
どれだけ尊いかが分かるときが来るであろう

デイブ君　聞こえるか
君が君の母者人の胎内から生まれ出たとき
君は戦場で死ぬことを考えていたはずはない
まして人を殺すことを考えていたはずはない
デイブ君
君は死なず　殺さず　生きて帰れ
そして君が年をとったとき
そしてまた　戦争が起こったら
（人間は愚かだから　また　そのうちに始めるだろう）
その時　君はどれほど今の自分の行動が
馬鹿げていたかが分かるだろう
砂漠の砂を噛んだ悔しさが分かるだろう
今　このことを君に言っているこの僕の
この唾の味が分かるだろう
かって少年兵だったこの僕の
この言葉の響きが分かるだろう
国や政治家の煽てに乗ったことも
また別の愚かな少年兵にこの僕の言葉を伝えよ
そのことのために　デイブ君
君は必ず生きて帰れ

詩集『わたしは鵜です』より

片隅の平和

「日が短くなりました」と
コーヒー店の主人に声をかけられた
いつものひと時　片隅で休んでいる
宿題をしている高校生
男の子　女の子　かたまって
二人組は恋人かな

向こうで話している三人
男の子は高校生で　あと二人は小学生
兄妹なのか
仲が良い　家ではない　テーブルを囲んで

母親が仕事から帰るまで
ここで待ち合わせて　休んでいるのだろう
小学生は宿題をしている
お兄さんがそれを見ている

道端の「楠」は　子どもの止まり木
薄利だろう
でも　経営方針が伺える

いつまでいてもいいのだ
思い思いに時を過ごして帰っていく

ミルクを飲みながら
今朝のニュースを思い出す
凶悪犯罪　巻きこまれる子ども
人間は弱い

名古　きよえ（なこ　きよえ）
1935年、京都府生まれ。詩集『目的地』、『水源の日』。個人誌「知井」。日本詩人クラブ所属。京都府京都市に暮らす。

わたし

わたしはわたしで、あなたじゃない。
わたしはあなたになれないし、
　　　あなたもわたしにはなれない。
もっとも、わたしになりたい酔興なヒトが
　　此の世にいるとは思えないけどね。
あなたは自由、わたしは不自由。
あなたは美、わたしは醜。
あなたは幸福、わたしは不幸。
数え上げたらキリがない。

だけど、わたしはあなたが好き。
天馬のようなあなたがいるから、
　わたしは〈希望〉を捨てずにいられる。
あなたが時々投げかけてくれる微笑みで、
　わたしは息を吹き返すことができる。
そして、あなたもわたしがいるからこそ、
　自信に満ちて生きてゆかれるのよ。
つまり、もちつもたれつってとこ。
ボタンを一つかけまちがえれば、
　わたしがあなたで、あなたがわたし。

竹村　陽子（たけむら　ようこ）

1948年、長野県生まれ。詩集『時のウインク』、時代小説『追憶の旅』。短歌結社「橄欖」所属。東京都中野区に暮らす。

そんな間違いはどこにでもあること。
　　世界中に…。
だから、わたしはあなた。
　　　あなたはわたし。
仲良くいっしょに生きてゆこうよ。
ヨロシクね。

バリアフリー

バリアフリー。まずは自宅から。
バリアフリー。次ぎは家族の気持ちを。
バリアフリー。そして、社会の。
バリアフリー。できれば、全世界の。
バリアフリー。最後に、自分自身の心の。

天窓

北に窓がある図書室
風が窓ガラスを叩いていく
雲は大空を足早に流れていく
紅茶は冷えて湯気もなく
落書きだらけのパイン材のテーブルに
開かれているのはゲーテの詩集
子供らのかけ声が聞こえてくる
デーモンという詩につきあたる
――個性
生まれたとたんにその人に決定づけられた
他人から明確に区別されるもの
誰からもいちゃもんをつけられない
存在なのか　われわれひとりひとり

毎日　毎日　人は学校も職場もどこの組織も
ひとつになれと　括られているが
真相はそうではないのだった
何をしても　えらい人だけが許されるのではなかった

白木の椅子は冷え冷えとして
碧空が覗いている天窓を
雲がかげって行く

中原　かな（なかはら　かな）
1950年、東京都生まれ。詩集『ブリキの包』、『愛のかたち』。俳人クラブ、歌人クラブ所属。東京都足立区に暮らす。

今日もまた、ドアを開ける。

羽島　貝（はじま　かい）
1973年、東京都生まれ。詩集『鉛の心臓』。詩誌「コールサック（石炭袋）」。
茨城県北相馬郡に暮らす。

穏やかならぬも
「穏やかな」日常の中で
隣人といとなむ人生を
手放さないという執着心をもってして

（あの血を
流された涙を
僕達はこの目で見ていない

叫ばれた悲鳴を
俯《うつむ》き小さくつぶやかれた拒絶の言葉を
僕達はこの耳で聞いていない

それでも

時代は確かに紡がれてゆく）

そして僕達は

今日もまた
ドアを開ける。

世界を信じて

残骸

松棠　らら（しょうどう　らら）
東京都生まれ。詩集『松棠らら詩集』、『らら、ら-』。
詩誌「卓」、福島県現代詩人会所属。福島県福島市に暮らす。

こんな時代だから
ちっぽけな私の詩心なんて、
萎びて息も絶えだえ、何処かへ吹き飛びそう。
（な　ところに）二次締切の葉書が舞い降り
「心張棒になろうか」と言ってくれる。
ありがたいこと。

朝一番に新聞を拡げ　朝一番に憂鬱になる。
スペースシャトルは空中分解し、
核の恐怖は世界の空を覆い、
春一番さえ沖縄に一か月も早くやってくる。

左の頬を打たれたら右の頬を向けよ・・目には目を。
二十年前の信条は　狭き門より入れ・・今が結果。
十年前は　求めよさらば与えられん・・求めて。
捜せ、そうすれば見出すであろう・・捜している。

戦いは止まず死者と難民は増すばかり。
生けるものの命より大切なものはないと
全世界が認識するのはいつ。

天変地異で苦しむのに、人と人が何故戦う。

「怒りをおそくする者は勇者にまさり
自分の心を治める者は城を攻め取る者にまさる」
旧約聖書　箴言十六・三十二

二〇〇三年福島県現代詩集

毛糸のけんか

毛糸って
なぜ　あたたかいの
毛糸たちにきいてみた

白い毛糸――そりゃあ
白い羊の毛から
うまれたからさ
黒い毛糸――でも
羊は白ばかりじゃないさ
黒もあるぞ
茶色の毛糸――おい
茶色いひつじもいるんだぞ
緑色の毛糸――どっちにしても
緑の牧草を食べて
羊は育っているのさ
赤い毛糸――でも
羊たちは
赤い屋根の小屋に入って
やすむのよ
黄色い毛糸――でも
羊じゃなくて
わたしみたいな
化学せんいだって
すてておけないわよ
青い毛糸――でも
羊のほうがじょうとうだい
白い毛糸――おい
もんだいは　なぜ
あたたかいかなんだぞ
あみぼう――どうせ
わたしがあんであげなきゃ
あなたたち
やくにたたないわよ
黒い毛糸――でも
子どもがあやとりにも・・・
あみぼう――だけどね
あの・・・
緑の毛糸――やい
あみぼうのくせに
つべこべいうな
話のとちゅうから
口だしして

一九八三年二月十四日

堀　明子（ほり　あきこ）
1973～1988年、神奈川県生まれ。詩集『四季の色』、『つぼみたくさん』。
神奈川県藤沢市に暮らした。

地理の授業

宮本　智子（みやもと　ともこ）
1957年、鳥取県生まれ。詩集『しっぽの先まで』、『トランジット』。詩誌「阿由多」、プラットホーム舎所属。東京都世田谷区に暮らす。

地球のうえに見えない線をひいて
わたしたちは
自分の位置を地球にきざみます

ロンドン　本初子午線　経度〇度
日本の標準時子午線
兵庫県明石市　東経百三十五度
経度が　十五度変わると
一時間の
時差が生まれます

世界地図には
見えない色で塗られた
地名が　いくつもあります
戦いで染められた
消すことのできない悲しみの色です

地図とは
銃弾から逃げるためでなく
人人が暮らす町を散歩するために
ひろげるものです
標的に狙いを定めるためでなく
新しい友だちに出会うために
しるしをつけるものです

地球上の　すべての場所に
時差の計算が
得意な子と　苦手な子がいます
（みなさんとおなじようにね）
でも　だいじょうぶ
いつか　国際空港で出会ったら
笑顔をかわし
互いの時計を見せあえばよいのです
計算ができなくても
相手を理解しようと思ったとき
あなたたち自身が
地球という星の　羅針盤になります

この世に、平和は来るだろうか

本田　道子（ほんだ　みちこ）
1941年、三重県生まれ。三重県鈴鹿市に暮らす。
人間は叫ぶ
自由は、我々の権利だ、と
人をさげすむ自由
人をわらう自由
人をおとしめる自由
人間は叫ぶ
天、地球は、我々のものだ、と
山も、海も、火も、土も、
木も、草も、牛も、馬も、
みんな
使って、壊して、捨てて、
人間は叫ぶ
我々が一番正しいのだ、と
この形
この色
この言葉
人間はあきらめる
この世に、平和はない
人間は考える
人をさげすむ自由はいらない
人をわらう自由はいらない
人をおとしめる自由はいらない
人間は考える
天、地は、万物すべてのものだ
山も、海も、火も、土も
木も、草も、牛も、馬も
みんな
使って感謝、壊して涙す
人間は考える
生きとし生けるもの
みんな
共に生きよう
人間は信じる
この世に、平和はきっと来る

語りたい

たけうち　ようこ
1939年、大阪府生まれ。『父 - 杉山親雄の病床日誌―帰る日迄を』。千葉県市川市に暮らす。

平和　へいわ　ヘイワ　と
　ノートに　書いてみる
漢字もひらがなもカタカナも
　シンプルで　解りやすい

平和は嫌という人が
　居たら　いま　すぐにでも
会いたい　顔を見て　向き合い
「どうして?」　と
聞いてみたい

　そして

戦争体験を　語り　聞いてほしい
　「よく解りました」　と
言ってほしい　何度でも
言ってほしい
　「平和がいいです」　と　言ってほしい

どこまでも　出かけて行って
『戦争で失ったもの』の
大きさ　多さ　悲しみ　苦しみ　を
　語り　聞いてほしい

平和にこだわり
　だれとでも
手をつなぎ　心を結び
　「平和っていいよね」と
語り合いたい
語りたい

メール、その意思に

ありがとうの言葉をどう表わせばいいのか
言葉の違うイギリスのあなたに
単語で片言はわかっても
心を伝えたい言葉の深さを
あなたの国の言葉を使って言い表わせない
遠く海を渡って届けたい心を
表わすことが出来ない

日本の私の身近な詩人に共感し
詩人の確かな平和への意思に共感し
はるか海を渡って届けられるメール
あなた自身が持っているもどかしさ
私自身が言い表わせないもどかしさ
互いにあると知っていて交わす心に
しかし何の違いもない

私の身近な詩人中野鈴子の反戦詩を
たがいに理解しあえる友として
たしかに言葉のもどかしさなどありはしないのだと
異国の友よ　胸をひらいて互いに受け止める

稲木　信夫（いなき　のぶお）

1936年、福井県生まれ。評論集『詩人中野鈴子の生涯』、詩集『溶けていく闇』。日本現代詩人会、福井詩人会議・水脈所属。福井県福井市に暮らす。

友よ　ありがとうの言葉を記して
互いに読み取り
互いの国にかためる平和を受けとめる

国境を越えて人は誰でも心を開き
平和という言葉ひとつでも
言い表わすに壁はない
時間というものは共に同じにあるように
場所というものも一つながりであるように

今ありがとうの言葉をどう表わせばいいのか
もちろんピースだけではない
言い表わせないもどかしさと
しかし互いの心が互いをたしかめ
語る喜びと信頼で
平和への心を表わしたいメール

ガイア懐胎詩書

春花はいっぺあっけんじょな
おらの居る会津山あいでは
やっぱかたっぱ
長い冬おわり 陽の雑木林どごに雪融け顔だし
福寿草 水仙と仲良くあっけんじょ
おらの家から桜みえて九本　畑に三本　並木もあるげん
じょ
だげんじょな　なんていってもカタクリがな
かたっぱな すきだべな
平和でねえとみれねえもの
さ、水筒持って行ってみんべ

黒木アン

陽だまりに踊る春のニンフ
やがて消え 次の春を待つ
限りなく透明なグレーのなかで眠っている故郷に
本当の春は いつ訪れるのか

水筒には
祖父が持ち帰った異国の水が
いつだってほんの少し入っています
あちこち陥没して傷だらけの鈍く光る水筒
濁り水で命からがら　家族のもとへの帰還を果たした
祖父の名残り水
路傍の花にそっとふりかけて
春を待つ

絹更ミハル

女はどの時代にも母であり続ける
その確信の延長にある苛立ちのために
なのに男ときたら小さい頃から
サスペンダーにアーミーナイフを挿して
勇ましさに憧れていた

母に渡された戦功の勲章は

黒木　アン（くろき　あん）
1966年、東京都生まれ。埼玉県に暮らす。

絹更　ミハル（きさら　みはる）
1972年、岐阜県生まれ。詩集『ショコラ・オランジュ』。詩誌「楽詩」。
岐阜県岐阜市に暮らす。

天野　行雄（あまの　ゆきお）
1948年、福島県生まれ。詩集『連ねる』。詩誌「文藝風舎」、「ゆすりか」。
福島県いわき市に暮らす。

涙が四方に弾ける形をしている
七宝の赤い色が溶け出すから
飾る場所はない

この次こそ
穏やかな子に育てよう
人を狩らない世界の母になろう

天野行雄

——そんな国になりましたなら
我が国すててしまうでしょう
——そんな国になりましたなら
母はみな我が子をつれて我が国すててしまうでしょう
——母のない子はわたくしが母になり
我が国すててしまうでしょう

我欲に生きる人もあり　人の世の浮き沈み
叶わぬことばかり なれど幸い
非凡も凡も同じく ひとひらの葉も花とあつめて
波頭の筏に千の羽のせて　折り折り

黒木アン

——冷蔵庫の片隅でピースは
——数日前の出汁に浸かって すっかり冷え切って
昨日見つけた

——プランターでピースは
——確かにあるはずの小花を いちめんにつけ

千の羽に
名前を与えても良いですか

絹更ミハル

あたしの背を越したおまえは言うだろう
あたしの知らない論法を駆使して
戦争と戦争の間の疲弊した状態の平和
晴れ渡った空の端にくぐもる

どんなに待っていても
やってくるのは友人の訃報とあたしの誕生日
あたしだけが取り残された証に

こんなに待ち焦がれても
平和だけはやって来ない
平和が封筒サイズじゃないからなの
みんなが切り取って持って行ってしまった

天野行雄

たとえば心の中に

たとえば心の中に
忘れない憎しみがあるとする
十年でも忘れない憎しみがあるとする
君はことあるごとにそれを思い出す
どんな風もその憎しみを
吹き去ってはくれない
君の心の中の小さな火種
見えないところに熱く燃える火種
そんな火種を抱え込みながら
君は平和を言うのか
世界に平和を言うのか

たとえば心の中に
許せない恨みがあるとする
百年でも許せない恨みがあるとする
僕はことあるごとにそれを蒸し返す
どんな雨もその恨みを
流し去ってはくれない
僕の心の中の小さな火種
見えないところに熱く燃える火種

武藤　ゆかり（むとう　ゆかり）

1965年、茨城県生まれ。詩集『虫の声』、『未完の空』。詩を語る会所属。
茨城県那珂郡に暮らす。

そんな火種を抱え込みながら
僕は平和を言うのか
世界に平和を言うのか

口に出すこと

口に出すことが
本当のことになるという
口に出すことが自分の未来を
引き寄せるのだという
不安の中で縮こまりながら
愛や希望や夢や感謝を
どうしたら口にできるだろうか

包み

掌に
載せられた　ちいさな包み
そのハンカチーフのむすびめを解く
と　葡萄が容れてある

あすの
朝はやく
帰国の途につく　わたしの
ところ　へ

蒼い目の
隣人　おばあさまは
捥ぎたての
ひと房を　届けてくれた

すきまのないほどに
繋がる実　の
ひとつぶ　ひと粒
こぼれでる　ふかい　むらさき

「また　こちらへ
　いらしてくださいね
　ぜひ
　きっと　よ　……」

さしのべる
てのひらの　芯に
――のこる　異邦《とつくに》　の
おもみ

越路　美代子（こしじ　みよこ）
1944年、香港生まれ。詩集『ブドウ色の時』、『草上のコンサート』。日本詩人クラブ所属。東京都小平市に暮らす。

平和の声をあげる

山越　敏生（やまこし　としお）
1932年、兵庫県生まれ。詩集『もとのかたち』。詩人会議所属。長野県上田市に暮らす。

後年義母になる人と　初めて会ったころ
私は　繰り返す結核の熱に苦しめられていて　学校では
必修の単位がとれず　長期療養に迫られていた。

同じころ　グラビア誌が広島・長崎の被爆写真を公開し
アメリカによる水爆実験、第五福竜丸の被爆があり
原水爆禁止署名が全国で進められていた。

学習することが第一の任務など言いながら
空腹をかかえ　私は　夜ごとに反戦ビラを作り
ひとりそれを登校時の校門でまくほどに　傾倒していて

学校には　スターリンの死に涙を流す学生がいる時代
友人が『持久戦論』など毛沢東選集を全巻読破し
私は『原爆の子』を読み、新しくできた童研に入会した。

青春時代最大の読書は　まず『奥の細道』で、
『ジャンクリストフ』と『唯物論と経験批判論』の読破
病に倒れた私に友人らは書見器をカンパしてくれた。
昭和三十年の春の日　春の嵐に桜が散り　流れるよう

多くの友人が卒業し　私は卒業できなかった。

満開の桜に散る桜、桜の花に哀しみの風が吹く。
桜は今年四月中旬に満開の日を迎えその花のなか
義母は　近隣諸国との戦争が多かった近現代を生き
明治四十年生まれ享年百七歳の生涯を閉じ
私たちに　がっしりとした体躯のお骨を残した。

眠っていることも多くなった数年前　私が義母の耳元に
「初めて会った日のこと、覚えていますか」と尋ねると
「はいよー、ふたりとも若かったなー」と応えた。
意識混濁の終りのとき　妻が大声で
「かあちゃん！」と言うと　「はあーい」と応えた。

義母は　炊事、洗濯、農事の過酷を繰り返し語ったが
歌を愛し　食糧乏しいころにも大きな体をしていて
野沢菜漬や夫の釣った千曲の魚を噛み砕くことができた。
義母との出会いの日と若かった日の私の一瞬が重なり
「はいよー」の声と時は同じ方角に流れていて
本の虫は健在　これからも平和の声をあげるつもり。

忘れるな　Nよ

N　N人よ
呼吸を退化させる
人間を退化させる
効率を棄てよ
便利を棄てよ
科学を棄てよ

N人よ　don't forget!

目は生き物だ
足は生き物だ
心臓は生き物だ
身体は互いに共存する生き物だ
生き物の主が心だ
そして大地に生きる
生き物だ
海に生きる
生き物だ
空に生きる
生き物だ

照井　良平（てるい　りょうへい）
1946年、岩手県生まれ。詩集『ガレキのことばで語れ』。詩誌「青焔」、日本現代詩人会所属。岩手県花巻市に暮らす。

だから
大地のふるさとに
帰れ
海のふるさとに
帰れ
空のふるさとに
帰れ
帰って
ふるさとの魂を
ありったけの礼儀で敬え
邪念は棄てよ

N人よ　don't forget!

人間はふるさとに生きる
生き物だ
すべてはその認識から始まる
そこから
静かな
平和の呼吸が始まる

此処《ここ》にいる限り

変わる　変わる　変わる
移る　移る　移る
熱　熱　熱

想い　想い　想い
ざわめき　ざわめき　ざわめき
翔ける　翔ける　翔ける

波のようにうねりながら
風のようにうなりながら

叩く　叩く　叩く
壁　壁　壁
争う　争う　争う

遠く　遠く　遠く
ため息　ため息　ため息
嗚咽《おえつ》　嗚咽　嗚咽

闇の中をうごめいて

村山　砂由美（むらやま　さゆみ）
1964年、三重県生まれ。詩集『人間讃歌』、『追尋―言葉を紡いで―』。三重県詩人クラブ、みえ現代詩所属。三重県四日市市に暮らす。

時の中を渦巻いて

光　光　光
包む　包む　包む
激しく　激しく　激しく

止まれ　止まれ　立ち止まれ
モラル　モラル　モラル
願い　願い　願い

何よりも　平らかな　和みを

花のように穏やかに
星のように清らかに

畏れ　祈り　守れ
　畏れ　祈り　守れ
　　畏れ　祈り　守れ

此処にいる限り　永久にずっと

故郷《ふるさと》

奥山　侑司（おくやま　ゆうじ）
1982年、奈良県生まれ。香川県丸亀市に暮す。

定まった場所
変わらない場所
いつも帰りを待っている場所

人間にとって一番大切なもの　存在の保障
自分らしく生きる場所がある
存在が認められる場所がある
それこそが故郷だ

ふと何気なく故郷を思い出してみる
家族の笑顔
近所のおばちゃん、近所のお店
そこから見える太陽、月、空、山、川
食卓に並べられた朝ごはん、昼飯、夕飯

それぞれの人間の原風景が故郷にある
たとえどんなに町並みが様変わりしたとしても

スピード感のある現代社会
毎日を振り返ることなく
前に進むことを求められる社会
原点に戻る時間がない

今　こころの平和がほしい
今日も朝日が昇る
お日様が私たちを照らしてくれている
そのような「当たり前」に感謝したい

私たちが忘れているもの
「当たり前の日常」への感謝
その原点は故郷にある

自分をここまで支えてくれた　大地　人々
その一つ一つのいのちを大切にしたい

平和を語るためには故郷が必要だ
そこには穏やかな心を取り戻す場所がある

第十二章　ぜったいにいけん、戦争は！

骨も帰ってこんかった

ひいじいちゃんの手の甲には
青いすじが　浮き出ている

わしのナ、体の中の地図だよ
この道をたどって行くと
おまえや　おまえの父さんや　若じいちゃん
みんなの　ふるさとがあるんじゃ

サブはのう、かわいそうじゃった
じぶんの弟の話をする時
ずいぶん昔のことなのに
ひいじいちゃんは　なみだぐむ
戦争にとられて
骨も帰ってこんかった

家族ちゅうあったけえもんもつくれず
若い身空《みそら》で　死んでしもうた
南方の海で
輸送船といっしょに沈没させられて
サブは　死んでしもうた

戦争はいけん
ぜったいにいけん！
大きく首をふり　ひいじいちゃんは
ぶるぶる手をふるわせる
青いすじが
いっそう青く　浮きあがる

戦争はいけん
ぜったいにいけん！
ひいじいちゃんの口ぶりをまねて
ぼくも心の中でくり返し叫ぶ
骨も帰ってこんかった
戦争はいけん
ぜったいにいけん、戦争は！

新川　和江（しんかわ　かずえ）
1929年、茨城県生まれ。詩集『土へのオード13』、『記憶する水』。
日本現代詩人会所属。東京都世田谷区に暮らす。

窓硝子

小夜の寒い部屋の中で火もなく
ただ生きている心をしっかりと
支えている肉体だけが坐っている
硝子窓にじっと呪わしい眼をおしつけて
戸外の暮れも押しせまった街をみている
喧騒もなく景品つきの騒ぎもなく装飾もなく
じりじりと新しい歳にくい入ろうとしている
戦争もまだ止まない
避けがたいものは避けてはならない――と
強い声がラジオで吐鳴《どな》っている
やさしい猫が窓際にやってきて
向う側から硝子戸に体をすりよせ
内側の私に媚びたような格好をする
少しも私が嬉しがらないことを知らない
彼女が熱心に笑うそのようにも
尻尾で猫はしきりに硝子を
はたはたといつまでも叩いていたが
急にすべてをさとったように
また柔順な皮をするりと脱いで
野獣のような性格をちょっと見せて
閃めくように窓の下に落ちてみえなくなった
光らない昼のネオンを
裏側からみることのできる
ここの裏街の雑ぜんとした私の二階住居
罵《のの》しる詩を書く自由を自分のものにしていなければ
私は到底こうしたところに住むに堪え難いだろう
自由はいつの場合もとかく塵芥《じんかい》の中で
　眼を光らしている
幾人かの不遇なもののために
生と死との間に自由を与えているだろう
私もまたその間をさまようのだ
冷めたい凍った窓硝子に
顔を寄せ十二月の街を見おろす

小熊　秀雄（おぐま　ひでお）

1901〜1940年、北海道生まれ。『小熊秀雄詩集』、『流民詩集（心の城）』。詩誌「詩精神」、プロレタリア詩人会所属。旧・樺太（サハリン）、北海道旭川、東京などに暮らした。

足跡

彼は雪の中をとんだ兎の足跡を調べていたが
しばらく行くと立止って
あたりの雪を探しはじめた
何を探しているのだというと
彼は黙っていろというように口に指をあて
あれを見ろというように倒れ木の下を指差した
そこは目の暗む雪ばかりで何もないのに
彼が手を叩くとびっくりした野兎が飛び出し
丘の彼方に姿を隠した

その晩焚火のむこうで
昔、鹿は雪の上を走る兎の脚をもっていて
自由に雪の上を走れたから
とても人間に捕れなかった
それを兎がだまして鹿と脚を取換えたので
兎は雪の上をポンポン走れるようになり鹿はぬかって動
　けなくなったのだ
そのとき鹿がおこって木の尻をぶっつけた
それが兎の耳にあたって黒くなったから
どんな雪の中に隠れていても
さっきのように直ぐわかるのだ

そう言ってチャイランはじっと焚火を見た
お婆さんの火の神の赤い着物が
彼の目の中でキラキラ光り
それきり彼は私たちの前から消えた
兵隊になることを嫌って
カラフトに逃げたということだった

更科　源蔵（さらしな　げんぞう）
1904～1985年、北海道生まれ。
詩集『更科源蔵詩集』、著作『コタン生物記』。北海道札幌市などに暮らした。

殺生の教育

福中　都生子（ふくなか　ともこ）
1928～2008年、東京都生まれ。詩集『福中都生子全詩集』、『女はみんな花だから』。詩誌「陽」、関西詩人協会所属。大阪府大阪市に暮らした。

鉄砲で
ひとを撃ってはいけません
とび道具で　人を殺すのは卑怯です
刃物で　ひとを刺してはいけません
手裏剣は古い世紀の忍者の仕事でした
無防備のひとを
一人でも二人でも　殺すのは犯罪です

武器は　なんのために造るのでしょう
戦争をするためですか　それとも――
とびかかってくる人を避けるためですか
金儲けの手段ですか
戦争の相手は　おたがいに見知らぬ人を
何万人も殺しあうゲームではありません
たたかいたいときは　はだかになって
雌を奪いあう獣のように立ちあがるのです
自然のなかのたたかいをよくごらん

どんな事情があっても
たとえ未成年でも
人を殺したいときは
まず　自分を撃ってみることです
自分を刺してみることです
人を殺す前に自分を殺せる勇気がありますか
人を殺したら　必ず自分も死ぬ法律ができたら
たったひとつの命の大切さと
一度きりの自分の人生がみえてくる筈です

母親たちよ　声をたかくして
ころさせない愛のことばを
殺さない教育を息子たちに
仕込む責任がありますね
そのためには
記憶の再生工場が
必要ですね

軍備はいらない

わたしが生まれた年を起点にしてみる
七十年を遡ると一八六五年慶応元年
遠いと意識していた幕末が意外な近さにあった
八十年を遡ると一八五五年安政三年
欧米諸国が艦隊をさしむけ開国をせまっていた
このとき日本には戦争ができる軍備はなかった
そのことが幸いだったと思えてならない

その後の日本は軍拡の道をひたすら突き進んだ
一八七四年明治七年台湾出兵を嚆矢として
七十年のあいだ戦争をし続けてきた
相手国の多くの人びとがその犠牲になった
日本の多くの人びともその犠牲になった

国家という機構がひとをものとして扱った
わたしが生きた時代はいのちの尊厳を否認した
わたしが生まれて二年のちの一九三七年
ドイツの爆撃機がスペインのゲルニカを空爆した
日本軍が中国の南京で一般住民までも殺害した

若松　丈太郎（わかまつ　じょうたろう）

1935年、岩手県生まれ。詩集『いくつもの川があって』、『わが大地よ、ああ』。
福島県南相馬市に暮らす。

無差別大量殺戮の時代がはじまった
銃器は単発銃から機関銃がつくりだされた
弾丸は大口径の砲弾や大型爆弾も使われた
火炎放射器や焼夷弾や毒ガスがひとのいのちを奪った
核爆発さえも大殺戮と大破壊の手段に換えた
国家という機構がひとさえも武器にした
人間爆弾　人間魚雷　特攻機　玉砕

一九四五年から七十年が過ぎたいまも
国家とか思想とか宗教とか
ひとがつくりだしたものが
ひとをさまざまな口実で区分けし差別している
ひとをものとして扱って道具にしている

第一次世界大戦から百年のあいだ
ひとがしてきたことの愚かさを思えば
戦争をしなかった日本の七十年は誇っていい
戦争ができる軍備を持たなかった幸いだった
けれど七十年という時間は記憶を失わせる
戦争ができる軍備を持つ愚かさを忘れさせる

夏の手紙

いだ・むつつぎ
1933年、静岡県生まれ。詩集『ぼくら人間だから』、『よこはま小動物詩集』。詩人会議、日本現代詩人会所属。神奈川県横浜市に暮らす。

会場に集まった沢山の詩人たち
四・五十年前では考えられない光景
男性詩人は少なく圧倒的に女性詩人である
話しの中心は思い出、会の実務……
日本列島に軍国主義の嵐がくると言うのに
心配になり私はみんなの前へ出て発言
私は言論の監視、詩人の自由もなくなると……
その時、できるだけ短く述べる
分かってくれたのは一部のようだ

あれから一年五か月すぎた夏
この国はどんな姿に変わったか
政府は国会で議論一つしようとせず
平和憲法を破壊、アメリカと一緒に戦争
怒った市民は各地で戦争反対の声をあげる
日本のアジア侵略で餓死など二千万人が死ぬ
その死者の霊がさ迷うなか戦争とは仰天《ぎょうてん》
安倍首相の頭は戦争、人々の平和は見えない
彼はテレビで日本は平和尊重……ぬけぬけとウソ
私は新聞紙でテレビ画面を引っぱ叩いた

戦争は決まって詩を不毛にさせた
世論も日増しに戦争反対がふえているのに
蓬々《ほうほう》とした詩人たちはいないか
田舎生まれの私は先輩詩人から
詩人は常に批判的精神を持つのだと言われた
妻の病気で私はあまり外出できない
私は下手な筆字で知人に手紙を書く
戦争は大人や子ども犬だって自由がなくなる
わが家の近く山の頂上に郵便ポストがある
そこへ麦藁帽《むぎわらぼう》の私は手紙を持って行く

（二〇一四年八月）

誰だ

原子　修（はらこ　おさむ）
1932年、北海道生まれ。詩集『受苦の木』、叙事詩『原郷創造』。詩誌「極光」。北海道小樽市に暮らす。

誰だ

一人の戦死者もださなかった奇蹟の七〇年に
ペッ！　と　唾を吐き
——早《はよ》　そんな下手物《げてもの》
　悪臭糞糞《ふんぷん》星恪式《スターリン》粛清Do《ド》tsu《ッ》pun《プン》便所《トイレ》に
　ウンチ脱糞Do《ド》tsu《ッ》pun《プン》捨ててぞたもれ
と　嘯《うそぶ》く　人類絶滅企《たくら》む魔の大妖怪の
へらぺら二枚舌巧弁に　煽られ　騙され
ジパング国終末Do《ド》tsu《ッ》pun《プン》便所《トイレ》に走ったのは

誰だ

一人も戦《いくさ》で人殺ししなかった黄金の七〇年に
GATT《ガット》　葡留陰的《ポルポト》牙をむき
——胃の消化に悪い理想主義《アイディアリズム》なんぞ
　腐臭濛濛《モーモー》酷酔酒《コクスイシュ》偽《ギ》反吐《ヘド》反吐《ヘド》泡泡《アワアワ》溝溝《ドブドブ》に
　Gero《ゲ》Gero《ロ》Gee《ゲー》　嘔吐《げろ》しちまえー！
と　侠《キャンキャン》Can玩具《ガング》gang《ギャング》　吠えたける
魔の大妖怪愛玩の醜弾敵痔影犬《シューダンテキジエイケン》に
脅され　追ったてられ
ジパング国消滅Gero《ゲロ》Gero《ゲロ》溝《どぶ》に走ったのは

誰だ

空襲警報の不吉なサイレンが泣きやんだ
この七〇年の　美しい静寂を
——殺せ！　殺せ！
の　声の刃《やいば》でずたずたに切り裂き
艦砲射撃の禍禍《まがまが》しい轟音がぴたりと止んだ
この七〇年の　価値ある平静を
——殺されろ！　殺されろ！
の　呪いの爪で破りすてるのは

誰だ

人という　かけがえのないいのちの花を
文明の荒野に芽吹かせ
——殺すなかれ

と　涙ながらに諭《さと》されたまいし
母の口に
火褌反古砲《ヒミツホゴホウ》の呆弾《ホウダン》　撃ちこみ

万民の魂の耳に
――殺すなかれ
――愛《いと》しい末孫よ
　一万年間不戦を守ったわれらの声を聴け
と　囁き続ける縄文の祖霊たちに叛くのは

誰だ

明治以後七〇年ジパング国戦争戦争戦争で
やみくもにいのちの花を踏みにじられた
三五〇万日本人二千万異国人《びと》に
――この罪科《つみとが》の償《つぐな》い　永久《とわ》に！
と　誓ったはずの
戦後の不戦の七〇年を　かなぐり捨て
――大殺戮戦争戦争七〇年を呼び戻せ！
と　絶叫し

――殺せ！　殺せ！
と　なおも煽る魔の大妖怪の僕《しもべ》となって
――殺せ！　殺せ！

と　雄叫び

――殺されろ！　殺されろ！
と吠える醜弾敵痔影犬《シュウダンテキジエイケン》の尻尾《しっぽ》にしがみついて
――殺されろ！　殺されろ！
と　怒号し

極東アジアの大切な隣人たちにむかって
遠吠えする

おまえとは

誰なのだ

平和な国へと

根本　昌幸（ねもと　まさゆき）
1946年、福島県生まれ。詩集『昆虫物語』、『荒野に立ちて』。日本ペンクラブ、日本詩人クラブ所属。福島県相馬市に暮らす。

一枚の赤紙がきて
そして若者たちは
戦場へと向かった。
兵士となって。

なぜ　戦争をしなければならなかったのか。
なぜ　人と人とが殺し合いをしなければならなかったのか。

おおくの若者は死んで帰ってきた。
なかには生きて帰ってきた者もいたが。
生きて帰ってきても
腕を無くしたり
足を無くしたり
義手や義足を着けていた。
頭が変になってしまった人もいた。

子どもの頃　私は
そういった人たちをたくさん見た。

人間は人間から人間として
生まれてきたのだ。
たった一つの命だ。

〈りっぱに死んで帰ってこい〉とは
なにごとか。
死んだ人は再び
生きてはこないのだ。

如何なることがあろうとも
悲惨な戦争だけは
してはならぬ。
絶対にしてはならぬ。
平和な国へと向かって
行かなければならない。

ひと

地球を破壊し、生き物を痛めつけている動物は
「ひと」だけ

地球の悲鳴と、生き物の悲しみを感じ取れるのも
「ひと」だけ

正義を声高に叫び、他者を悪魔とののしる動物は
「ひと」だけ

正義を疑い、他者の思いに身を寄せることができるのも
「ひと」だけ

自衛といい、国民を守るといいながら、
戦争をしかける動物は「ひと」だけ

戦争の怖さ、悲しさ、むなしさ、絶望を知っているのも
「ひと」だけ

この地球で、愚かな戦争をし、
互いに殺し合っている動物は「ひと」だけ

戦争をするのが「ひと」という動物なら、
戦争をやめさせることができるのも「ひと」だけ

地獄のようなドロドロとした闇をかかえている動物は
「ひと」だけ

闇を照らす美しい物語を紡ぐことができるのも
「ひと」だけ

百瀬　隆（ももせ　たかし）
1947年、長野県生まれ。長野県松本市に暮らす。

刺青

殺すな。
殺されるな。

小6の私は、追いかけて来るものが
何か判らずに、ただ怖かった。
だれに憎まれ、恨まれて、
火の中に投げだされているのか
判らなかった。
逃げて、逃げて、
水の中をかき分け、
稲を踏んで
走って、走って、
うずくまって、
石になって
私は助かった。

あれから70年。
あの夜明け前の真赤な火の色と、
やけ死んだともだちの黒い爪の色が、
私の中の11歳には
鮮やかに刻印されている。
私はもうすぐ消えるだろう。
そして11歳の刻印も。

だから、
今、言う。
殺すな。
殺されるな。

金光　久子（かなみつ　ひさこ）
1934年、岡山県生まれ。大阪府枚方市に暮らす。

正しい日本語で

モウシモシ　オネイチャン……
受話器からのたどたどしい声は
スイスで生まれ育つ二歳の野笑《のえみ》の日本語
野笑の語彙にはまだババが存在しない
だからわたしは嬉しいオネイチャンでいる

一人っきりの孫に逢いたいと思う
逢いに行こうと思う
飛行機に乗って海こえ山こえ
チューリヒ湖畔のアパルトマンの四階へ

わたしはたちまちオネイチャンではなく
オバアチャンだと正体を見破られるだろう
いっしょにお絵描きをして折り紙をして
おまえの知っているフランス語を習おう
おまえの小さな身体を抱いて眠ろう
わたしは途方もなくババ馬鹿でいよう

たとえ平和ボケと言われようと
いいではないか

せっかく人間に生まれたわたしの
たった一つのいのちが
娘から孫へと繋がったのだから
大切に生きる幸せを伝えたい

おまえの未来に不安が兆さないように
ガイドライン関連法は戦争マニュアルだと
後方支援は参戦協力だと
あいまいでない言葉を知っていよう
からくりや誤魔化しのない
わたしにできるだけの
正しい日本語で語ってゆこう

わたしもおまえも
戦争よりも平和ボケでいる方が
幸せに決まっているのだもの

門田　照子（かどた　てるこ）
1935年、福岡県生まれ。詩集『ロスタイム』、エッセイ集『ローランサンの橋』。詩誌「花筏」、「東京四季」。福岡県福岡市に暮らす。

Sの死

有馬　敲（ありま　たかし）
1931年、京都府生まれ。詩集『紙の森』、『古都新生』。関西詩人協会、日本現代詩人会所属。京都府京都市に暮らす。

明けましておめでとうございます
あいさつ文が印刷された葉書に
魔よけのひつじ土鈴がカラーで描かれ
その余白に〈Sの死はショックでした〉
と大学同窓の友人が手書きしている

博多出身のSは朝鮮戦争のころ
大学近くの相国寺の塔頭に下宿していた
「アバジティポポロ　アラリスコッサ…」
映画で覚えたイタリア語の歌を口ずさみ
平和に生きる会というサークルで活動していた
気がついたときSは大学から姿を消し
四国の山村に住んで炭を焼き
反戦運動の工作をしていると聞いた
数年後　街でSとぱったり会ったとき
同志だった女性と結婚し
大阪の鶴橋で居酒屋をしていると話した

中年になったとき
Sは背広ネクタイのサラリーマン姿で
平和に生きる会の記念パーティに現れ
いまは池袋で平凡な日常を送っている
とおだやかな笑顔を作った
二、三年前　久しぶりに
Sが呼びかけた大学ゼミのOB会では
近く神戸の病院で前立腺がんの手術をする
と元気な声で話しながら
イタリア映画「平和に生きる」を褒めた

Sはひつじ年の七回めの年男になる前に
この世から姿を消してしまった
〈へ、い、わ、に……
　歌うような口で息を引き取ったよ〉
と大学同窓の友人の涙声が電話の奥から聞こえてくる

戦争を知る一人として

外村　文象（とのむら　ぶんしょう）
1934年、滋賀県生まれ。詩集『影が消えた日』、『秋の旅』。詩誌「東国」、「滋賀詩人」。大阪府高槻市に暮らす。

戦後七十年の今年
隣国の中国や韓国は
戦勝国として鼻息が荒い
反省しなければならない
多くの人達から幸せを奪った
戦争は罪悪である

平和をみんな願っているが
そうならない現実がある
人間の欲望とおろかさ
パリの街中で発生した
イスラム過激派による
新聞社襲撃のテロ事件

日本は過去におろかな戦争をした
私はまだ小学生だったが
戦争の悲惨さを知った
鬼畜米英と教えられ
聖戦の名のもとに
相手の強大さを見誤っていた

欲しがりません勝つまではのかけ声
ひもじさに耐える日々
若者達は駆り出されて行った
銃後は婦人と子供達ばかり
本土空襲におびえ逃げまどう日々
神風は最後まで吹かずに

敗戦の詔勅をラジオで聞き
これからどうなるのか　不安の日々
大人達は途方に暮れた
東京　大阪への大空襲
広島　長崎への原爆投下
多くの人の犠牲の上に

二度と立ち上がれぬように
たたきのめされて
平和への願望が芽生えた

人の命を奪わない権利

鈴木　比佐雄（すずき　ひさお）

1954年、東京都生まれ。詩集『鈴木比佐雄詩選集一三三篇』、詩論集『詩人の深層探求』。詩誌「コールサック（石炭袋）」、日本現代詩人会所属。千葉県柏市に暮らす。

桜の咲く季節になると
宗左近さんが主宰した市川縄文塾の仲間たちとした
弘法寺の枝垂れ桜の花見を思い出す
晩年の宗左近さんは
桜は弥生人が持ち込んだ花だと言いつつも
自らを「桜狂い」と語っていた
桜の咲く季節になると
顔がほころんでいた
私もこの寺には高校時代から通っていて
死んだ弟や父母や恩師を偲んでいると
宗左近さんはその気持ちを汲んで
「さようならは　ない」
という言葉を自筆で与えてくれた
その言葉は私の胸に今も刻まれている

宗左近さんが二十歳代の頃
日本では良心的兵役拒否はありえなかった
徴兵制から逃れるために食事を取らず
身体を酷使して身体を壊し
自らを狂人にして兵役を逃れたという
戦争を拒否しても
一九四五年五月の繰り返された東京大空襲で
宗左近さんと母は炎から逃れるために走ったが
母の手は離れてしまい
戻ってみると母は炎えていた

桜の咲く季節になると
宗左近さんは仲間と花見をして
桜並木が眼下に見える小さなレストランで
小さな句会を開いた
句でも一行詩でも短詩でも何でもありだった
その作品の愛情あふれる解説の後に
特選だった数名にワインをプレゼントされた
宗左近さんの笑顔は桜が咲いたようだった
東京大空襲で死亡した母や親友達を偲んでいたのだろう
桜の花見が続く平和な時間が続くように
胸にはイラク空爆反対のバッジを付けていた

一九四三年十月に明治神宮外苑競技場で
数万人の学生が銃を担いだ学徒出陣式があった

「生等《せいら》もとより生還を期せず」という答辞が読まれ
その一月後に入隊前の国民学校教師だった寺尾薫治《のぶじ》さんは
「僕は軍隊の行進の音が嫌い」と語り自死した
フランス語の本やロシアの演劇の本を読み
イタリア民謡を口ずさんでいたという
子を亡くした母は「戦争が憎い」と死ぬまで語っていたと
四男の絢彦《あやひこ》さんが長兄の薫治さんに関する資料を
冊子にまとめたという記事を読んだ
（朝日新聞２０１４／10／23）

宗左近さんだけでなく学徒出陣を促された数多くの学生が
薫治さんのような思いに駆られただろう
絢彦さんもまた兄を偲んで桜を眺め続けているのだろうか

二十歳を過ぎた韓国人青年の李《い》イェダさんは入隊前に
６００ドルと片道切符を手にパリへ向かった
（朝日新聞２０１４／10／25）
自らを「１匹の蚊も殺せない性格」だといい
中学生の頃に手塚治虫の漫画『ブッダ』に感動し
「人の命を奪う権利はなく、殺人の訓練は受けられない」と
国を捨ててフランスへ難民申請をして認められたという
李イェダさんを日本へ招待した作家の雨宮処凛《かりん》さんの前で
「正しいと思うことをするためには外国にいくか、
刑に服すしかない。
こんな社会にしてならない」といい
本当は日本に難民申請をしたかった
しかし日本では難しかったと語った
きっと宗左近が生きていたら
この若者に共感し自らを重ね合わせただろう

もうすぐ桜の咲く季節になり
イスラエルの良心的徴兵拒否の若者の詩を書きたいと
亡くなる前に語っていた浜田知章さんと
縄文の愛の精神を生きた宗左近さんたち父の世代から
また呼び掛けられるだろう
「人の命を奪わない権利」を日本は残しているのかと

教え子を戦場に送らないで

集団的自衛権の行使を閣議決定した
二〇一四年七月一日
国会前は抗議の人垣
そのニュース　三重にも届いた

その翌日　三重の高校の校門前で
迷彩服姿の若い自衛官がチラシを撒いた
　知れば知るほど誇れる仕事　と

銃を手にする自衛官の写真
沢山の武器も載っている
県教育委員会の名前で撒かれた

山田さんの孫　チラシに心ひかれ
夏休み　自衛隊に職業体験に行った
　戦車に載った　楽しかった
　死ぬことは怖くない
　国の役に立ちたい
山田さん　福祉志望だった孫の変化に驚く

山田さん　孫を誘い　元自衛官に会った
　自衛隊は　もう
　災害救助だけではない
　海外に他人の喧嘩をかいに行き
　逆恨みされ　殺される
　人殺しになるのです
　あなたも　殺されます

人殺しをする為に　育てたのではない
戦場で殺されるために　育てたのではない
祖父の言葉に　孫は立ち止まる

教え子を戦場に送らない　と
誓った教師は　もういないのか
山田さんは　怒り　嘆く

梅津　弘子（うめづ　ひろこ）

1941年、山形県生まれ。詩集『五十年たった』。横浜詩人会議、詩人会議所属。
神奈川県横浜市に暮らす。

夏の匂い

夕立の後の銀色の風
空に青の復活
秋のリハーサルのようなふいの時間だ
半袖の乗客が降りては乗って
夏休みのこどもたちが親を質問攻めにして
駅前通りを見渡す八月の夕暮れ
ぼくはホームに立ち止まる

お盆、終戦、うちわ、花火、すいか、入道雲
過ぎていく季節の匂いは濃厚だ

西の空の地平線の向こうにまた旅をしたくなる

ニュースは隣国との外交対立を伝える
この善良そうな通行人たちの心にも
戦闘機が飛んでいるのだろうか

銀色の風が夜空ににじんでいくまちで
ぼくは改札を出る

佐相　憲一（さそう　けんいち）

1968年、神奈川県生まれ。詩集『愛、ゴマフアザラ詩』、エッセイ集『バラードの時間―この世界には詩がある』。詩誌「コールサック（石炭袋）」、詩人会議所属。東京都新宿区に暮らす。

こないだ恋人と隣の国の料理を食べた
彼女はおいしいと言った
その前は別の隣国の料理を食べた
西方からの七百万年の血液の旅が
たまたまぼくを日本人にして
たまたま彼女を日本人にした
真っ赤に朝焼ける豆腐チゲに銀のスプーン
真っ赤に夕焼けるエビチリにジャスミン茶
こんなおいしいものをつくる人たちと戦争は嫌だ

彼女とぼくは昆虫や動物の話をする
セミ、アゲハ、バッタ、クワガタ、カブトムシ
蛙、アヒル、鳩、カモメ、猫、アザラシ
国籍をもたないものばかりだ

かなしみばかりの世の中に
風鈴が揺れて
願いが秋へと回転していく

デスネ

国のため
にデスネ
いのちを捧げた方々
のデスネ
御霊
にデスネ
哀悼の意を表する
ためにデスネ
あの戦争が侵略戦争
であったか否かはデスネ
将来の歴史家の研究に
委ねるべきデスネ
従軍慰安婦
についてはデスネ、国の関与を認める
証拠はありませんネ
友好国の安全が
脅かされるおそれがある
場合においてはデスネ
完全にブロックする
ためにデスネ、しっかりと
スピード感をもって
わが軍を
デスネ

空耳だろうか
大地の深いところから
響いてくるのは
驕れるものよ
しばらく驕るがよい

松田　研之（まつだ　けんし）
1932年、岡山県生まれ。詩集『ねぶかの花』、『夕陽のスポット』。
詩誌「道標」、詩人会議所属。岡山県笠岡市に暮らす。

小沼　さよ子（こぬま　さよこ）
1949年、福井県生まれ。詩誌「ガイア」。京都府舞鶴市に暮らす。

祈り

立春　立冬
真紅の薔薇を凍らせ
純白の薔薇を散らせた
砂漠の黒曜石に
祈るしかない
命が
ふたつ
また散った
東洋の祈りの折鶴を
千羽　万羽　はばたかせても
あまりある
永遠の命を　暴力と云う
悲しみのなかで
迎えるとは　思いもよらなかった
何をしていたのか
この悲しみに戦争は何をしたのか
あの黒い　瞳に　それを伝えてくれた人さえ
銃弾に消えた
人間というのは
何万年も戦争をしてきたのか

歴史は語らず
黙してやまず　なお戦乱が未来を新しい芽を
おしつぶしてしまうのか
立春　立冬
こごえる
日本列島の
鴎よ　千羽　万羽の鶴よ
この悲しみの　蒼い空にむかって
飛びつづけよ
戦争は　もうイヤ　だと
飛びつづけよ――。

アンネの夢

『アンネの日記』を読んだので
私も日記を書き始めた
時空を超えて　二つの青春が出会った
あの遠い日から
心に沈んだ戦争の影は消えない

戦争が終わる日を
自由に外を歩く日を
未来にはばたく日を
夢見てやまない　隠れ家のアンネ
いつまでも十五歳のまま
死んでも　なお生きつづけて
安らかな眠りを知らない

どれほどの想像力もたどり着けない
ホロコースト*の深い闇
人の心に生きつづけて
アンネの頁を　無残に引き裂く
アンネのバラを　踏み荒らす

森田　和美（もりた　かずみ）
1948年、奈良県生まれ。詩集『二冊のアルバム』、『リヴィエール・心の河』。
詩人会議、戦争と平和を考える詩の会所属。埼玉県川口市に暮らす。

どうして安らかに眠れるだろう
八月一日の　ひそやかな今宵
アンネの夢がうかんでくる
運河の畔の隠れ家で
その日もアンネは綴っている
生命と同じほど大切な日記帳
最後になるとも知らないで
闇の手が迫っているとも知らないで
夢見てやまない

*ユダヤ人大虐殺

温かいごはんと平和

片山　ふく子（かたやま　ふくこ）
1959年、岡山県生まれ。詩集『カナリアワイン』、『自鳴鐘』。詩誌「火片」。岡山県倉敷市に暮らす。

保育園の頃
アルマイトのお弁当箱に
しろいご飯をつめて　持って行った
冬になると　先生が
ストーブの上の蒸し器で　温めてくれた
ふたをとると
ゆげが出て　あたたかかった

自分の子どもが　幼稚園にお弁当を持って行くように
　なったとき
　　あたためてもらえますか
と聞いてみた
　　戦争があっても　災害があっても
　　冷たいごはんが　食べれる為の備えです　と
《戦争を放棄したこの国に？》

あれから二十年あまり
戦の長い影が　届いてきそうに思え
不安になると
あのときの言葉が　頭をよぎる

破壊された街
冷たい食事をとっている　子供らや
戦争にとられた息子たち
想像すると　ぞっとする

戦争を知らない　私にとって
平和とは
温かいごはんを
食べられること

海原からの声
敗戦後七十年を迎えて

酒井　力（さかい　つとむ）
1946年、長野県生まれ。詩集『虚無の空域』、『白い記憶』。日本現代詩人会、日本詩人クラブ所属。長野県佐久市に暮らす。

日本という島国が
かつて大東亜共栄圏と銘うって
大陸を侵略し
南方の島々に覇権を領有しようとした時代
「この道しかなかった」
という理由で容赦なくいのちを奪った
戦争という大罪

「日本国憲法」がいうとおり
戦争を放棄したのだから
日本は戦えない国
いや戦ってはいけない国なのだ

「太平洋のスイスにしたい」
というマッカーサーの願いも
日本をスイスに続く
世界の赤十字国家に
と訴えた小林多津衛の信念さえ
うしなって
いま「積極的平和主義」という
野望のもとに
ますます軍備を増強し
世界に対峙しようとする

――古いアルバムを開くと
黄ばんだ写真の「むこう」に
軍服姿でほほえむ人がたっている
男は輸送船で台湾に送られる途中
敵の潜水艦の魚雷攻撃で
海のもくずと消えた

いまも海原の「むこう」から
つぎつぎに這い上がる
人という亡霊
目にみえない存在の
断末魔のさけびを
あなたは聞いているだろうか

そしていま

その場所から抜け出し
天空を駆けている男よ

宇宙から眺める
この水色の天体は美しいか

わたしたちにとって
地上でくりかえされている
戦争とは
残酷で
醜いものだろうか

目の前で
銃口を突きつけられたとしたら
そのとき
あなたはどうする？

暗雲ただよう
「平和」という一頁に
それでもなお
わたしは
気持ちを新たに
「不戦」という文字を刻む

知らせ鳥

（五月三日）

きまってトランペットの響
消えゆく汽笛の音

振り返ってみるがいい
さながら蜥蜴《とかげ》を追う蛇のよう
うねった小道は続き
後を尾行《つけ》る魔ものがいるぞ

あまりにも遠くなってしまった物語か
が　みなさい
馴染の顔が列になり
全力をふりしぼり
走り出てくる　走り出てくる
神隠しに合った子どものよう
戦闘帽片手の美少年たち
墓穴の暗い瞳
芳香に満ちた五月の森は
イズサの花が溢れ
顔や肩をなでる

富永　たか子（とみなが　たかこ）
1934年、福岡県生まれ。詩集『シルクハットをかぶった河童』、『月が歩く』。詩誌「しもん」、「ひばり野」。神奈川県相模原市に暮らす。

七十年の物音は気配を連れて
わたしの側を行ったり来たり

途方にくれるわたしに
知らせ鳥は声高く啼くのだ
ピース
ピース
と

切なる望み

戦争をするということは　人殺しをすることだ
人をたくさん殺して　国からほめられるなんて　おかしい
そんな国にまたなるのは　ぜったいに　だめだ

自国民をひとりでも殺せば
たいへんな罪になるじゃないか
相手が敵だと　どうして違うのか　おかしい
敵ひとりひとりにだって
親がいる　幼い子がいる　愛する人がいる
わたしたちと　まったく同じじゃないか

そういう敵を　たくさん殺すことが
どうして　ほめられることなのか

そして　敵はほんとうに　わたしたちの敵なのか

わたしたちは　鬼畜米英が
鬼畜でなかったことを　敗戦して知った
チャンコロ　Jap も　その言葉を使う者の
こころ模様を表わしているだけ　なのを知った
敵を軽蔑させればさせるほど　民衆の戦意が高まる

高沢　三歩（たかざわ　さんぽ）
１９３４年、東京都生まれ。東京都杉並区に暮らす。

ベトナム戦争もイラク戦争も　アフガニスタン侵攻も
侵略に　民衆が狩りだされただけではなかったか
そういう戦争は　指導者が民衆を戦うように強いている
民衆がやむにやまれず　みずから戦っているのではない

今や　兵器もぐんぐん進化し
使われれば　深刻甚大な被害をもたらし
人びとから　おだやかな生活を大きく奪う

その最たるものが　核兵器だ

もうわたしたち人間は　動物界にみられる
陣取り合戦を　はやく卒業しよう

そのために　わたしたちは
核兵器の廃絶を　まず
どうしても　どうしても　実現させなければならない

たがいに　狭い地球の住人なのだから

他の天体から見れば
美しく見える星の住人なのだから

命

吉田　ゆり（よしだ　ゆり）
1953年、東京都生まれ。東京都羽村市に暮らす。

命よ
命は　誰のものか
誰が　武器を作り　武器を持たせ
子等を　戦場に送るのか
女は命を懸け　子を生む
その命は　人を殺す為ではない
その命は　人に殺される為ではない
その命は　兵士となり　死ぬ為ではない
その命は
女が生みし命は
全て　この美しい地球に
活き活きと　生かされる為の命だ
母よ　語れ
子等を　戦場に送らないと
妻よ　語れ
夫に　銃を握らせないと
恋人よ　語れ
愛する人を　殺させないと

海の向こうで　老婆が泣いた
若者が次々と死んでいく
「平和」以外　何もいらないと

誰が　人の子に　武器を持たせ
誰が　人の子に　命の奪い合いをさせるのか
誰が　それを許すのか　人よ問え　自らに

誰も　武器を持って　踏みにじるな
母の生みし　子等の命を
全《すべ》ての命育《はぐく》む　母なる大地を
女達の願い　女達の祈り　それは　唯一つ
「平和」だ　世界の「平和」だ

生《うま》れし命は　全て死にいく運命《さだめ》
生きて百年　悠久の時の中で　それは一瞬の時
ならばこそ　人よ　共に生きよ　共に生きる
「平和」を築け　愚かなる過《あやま》ちより学び
武力ではない　勇気と　人の叡智をもって
全ての命が　活き活きと　生きる「平和」を築け

戦争はいやだ。

糸川　草一郎（いとかわ　そういちろう）
1961年、静岡県生まれ。アンソロジー詩集『SNSの詩の風41』。静岡県富士宮市に暮らす。

戦争はいやだ。人々はいま平和について真剣に語り合っている。世の中を良くすることについて語り合っている。国や民族同士の争いにおいて、哀しむべきは相手への無理解と無関心、および誤解であって、断じて主義の違いではないし、宗教の違いでもない。信ずるものが違っていても対話はできる。何故ならぼくたちは言葉を理解し、人と和する能力のある生きものだからだ。人の立場を想像力というものをもって知り、過ちを赦すことができる。良識は法律よりもまさるし、それはどこの国の人も例外なく持っている。戦争はいやだ。

ある人に出逢い、以来ぼくは切ない恋をしている。恋しいひとの為にならぼくは焔の中へ飛び込むことを厭わないし、空を翔ぼうとさえするだろう。彼女への愛は日々のはざまに脈々と生まれ、育まれてゆく。戦争はいやだ。

今日ぼくは挽肉と玉葱を買った。ハンバーグを作る為だ。そして世界のとある国ではいま祭りの真っ盛り。人々が街へ繰り出し生命の讃歌を謳っている。戦争はいやだ。

地球の片隅のアパートのキッチンでぼくは挽肉を練り、ハンバーグをこしらえている。何故ならもうすぐ恋しいひとが来て、手料理をふるまってくれるから、ぼくもそのお手伝いに、自分の手料理を食べてもらおうというのだ。たったいまメールがあった。駅に着いたところだと言う。間もなく逢えるあのひとの為にぼくは挽肉を練っている。戦争はいやだ。

いままさに戦争が起きようとしているどこかの国でも、ぼくのように恋びとを待っているひとがいるだろう。涙するほどの恋をしているひとがきっといるはず。戦争はいやだ。

今日はきっといいことがある。何故なら恋しいひとがトマト料理をふるまってくれるから。彼女の好きな食べものはトマトなのだ。ぼくはわくわくしている。戦争なんかまっぴらだ。

どこかの国で恋びとを待っているひとは、恋しいひととの愛を実らせることができただろうか。恋しいひとが危うい時、守ってあげられているだろうか。戦争はいやだ。戦争なんてぜったいにいやだ。

仮にたったひとりのひとが死ぬことを想像しただけでも哀しいというのに、ぼくの大切なひとたちが戦争によって次々に死んでゆかねばならないとしたら、もしそんなことになったなら、ぼくは気が狂ってしまうだろう。

中井　由実（なかい　ゆみ）
1961年、島根県生まれ。詩集『小網代森・人・海の未来』、『小網代を訪ねて』。詩誌「潮流詩派」。東京都杉並区に暮らす。

ゆくな

君死にたまふことなかれ
晶子の祈りが人々の魂をゆさぶったときから
もう百と十年がすぎた
私たちはまた
同じ言葉を唱えなければならないのか

誰かを殺すかもしれない心配
もしかしたら殺されるかもしれない恐怖
日本中の男たちはひとりのこらず
七十年前に　そんな恐れから解放されたはずだった

大切な男が
生きては帰ってこないかもしれないという不安
人を殺してしまうかもしれないおののき
日本中の女たちはひとりのこらず
そんな悪夢から解放されたはずだった　七十年前から

わたしは嫌だ
そんな日本を失うのは

殺さない
殺させない
現代《いま》の日本に生きる誉れを
ここで放棄することは

顔も名前も知らなくとも　死にたもうことなかれ
この国のひとであろうと
かの国のひとであろうと

また戦争したいですか

鈴木　悠斎（すずき　ゆうさい）
1944年、大阪府生まれ。書画集『おもろうてためになる河内マサヤンの花札作品集』。大阪府寝屋川市に暮らす。

日本のみな様
また戦争したいですか
また負けたいですか
またお国のために死にたいですか
また靖国神社にまつられたいですか
また外国に攻めこみたいですか
また他国を植民地にしたいですか
また沢山外国人を殺したいですか
また大勢の日本人を殺されたいですか
また原爆落とされたいですか
また無差別爆撃を受けたいですか
またアジアの国々から嫌われたいですか
また世界中からつまはじきにされたいですか
また孫や子を戦場に送りたいですか
また恋人を死地にやりたいですか
日本のみな様
また戦争したいですか
こんどは勝ちますか

戦争をしない勇気

——戦後七〇年の節目に

酒木　裕次郎（さかき　ゆうじろう）
１９４１年、鹿児島県生まれ。詩集『筑波山』、『浜泉』。詩誌「衣」、「いのちの籠」。茨城県取手市に暮らす。

戦争をしないための勇気　生きている自分は熟知しているか　そのための勇気はあるのか　太古からこの星の生き物は　奪い合いで生命をつないできた　幼少期の兄妹喧嘩が　そもそも人間の本性を曝け出している

防空壕を広辞苑で引いたら　空襲の際に待避するため地を掘って作った土穴　とある　戦争とは勝ったり負けたりするものではあるが　防空壕は負け戦の象徴である　本土にまで上陸して攻めて来た敵兵を　竹槍で突き刺して殺す　冷静に思考してこれは負け戦だ　と小学生の賢い孫でもわかることだ　戦争責任が自分の身に振り掛かるのが怖ろしいので　竹槍作戦で急場を凌ごうと逃げたのか　座けるな

特攻隊を飛ばして敵機を撃破しようと大真面目に行動したが　無残な敗北と人的物的大損失　どうしたらいいんだ　好かれていない東アジアの国々だけでなく　自国民に対する戦争責任は　いかにして償っていくのか　何百万人の曲がってしまった人生を　戦争責任で償えるのか

自国の領土が空襲に晒されていて　敗戦が目に見えて居るのに　何が今さら竹槍だ　防空壕だ　何が欲しがりません勝つまではだ　戦争を終わらせる勇気　戦争をしない勇気　してしまった戦争を早期に止める勇気が今後も問われ続けるだろう　真の勇気

伝書鳩のように

刻む。
詩作の鑿で彫り込むように。
平和を刻む。五七五の基調に乗せて。
わたしは日々折々に、俳句を詠む。
戦争と人間、国家や社会の危うさを、考える。
良心を間違わないように。
隣人を。世界を。
愛するがために、
悩む。
いつも　揺れる。
　きさらぎの殺しもありのさよなら教
　人間殺しますいわんやサンゴなんて
　手拍子いっしょに一億玉砕の桜だ
こんな句を作るとき、
白々と悲しくなる。
本心はテロの恐怖や紛争の悲惨など、
想像するのも嫌いなのだ。けれど、
リアルな映像は、人工衛星に運ばれ、
ひもじい世界の隅々まで、届けられる。
だから、茶の間は、空疎な悲劇に充ちている。
鯉のぼり　奇形に泳がせ再稼働とか
なんで戦争するのと　鯉のぼり仰ぐ
憲法記念日笑うが仕事赤ん坊
そんなとき、救いは子ども。
新生のいのち。希望をつなぐ未知のスマイル。
俳句に登場する少年少女は、
わたしの人生をかけて守るべき、
この世の　救世主となる。
瞳の奥の吹雪くシリアの少年兵
風花の螺旋を巻いてビキニデー
もの言えば鼻先凍る鉄格子
ひまわりの笑い上戸の種をまく
「戦闘状態に入れり」ラジオが未だ直らない
刻む。
もっと深く。
刻まねば。さらに広く。
伝えねば。伝書鳩のように。
残さねば。未来へ。
希望を。
いのちを。

中村　花木（なかむら　かぼく）

1949年、群馬県生まれ。詩集『奇跡』、『ぶらんこ』。詩誌「夜明け」、詩人会議所属。群馬県前橋市に暮らす。

戦争のあった日に

ひおき　としこ
1947年、群馬県生まれ。詩抄『やさしくうたえない第3集』一九八〇・春より。
東京都三鷹市に暮らす。

八月
地面に下りてゆく
濃い影と
汗のいくつか

あの日
わたしは生きていなかった
と
誰に告げることができようか
産褥室《さんじょくしつ》の窓にある
もえる　炎
陣痛に耐える
母の
おんなの
血と業と
冷えきった性

母にあった哀しみを
わたしに重ね
わたしにあった哀しみは
もう
重ねない

遠く雷鳴に消えた
ひとりの想いの
苛酷さ
と
やさしさ
枯渇した
感動のうずまき
無慈悲な　子どもらの
呼び声

今
閉ざされた　闇の彷徨を
出発しなければならない

母の風景

人間、裸になれば同じ人間
完成された人間なんて
何処にもいない
だから、木の葉は美しい

特攻の狙い定めて降下する
海また空の優しからずや

今、母は特別養護老人ホームにいる
毎日私が来るのを待っている
母親より先に死ぬことはできない
でも、それはわからない
戦後間もない頃だと思う
黄ばんだ白黒の写真があった
庭の片隅で白いブラウスを着て
手に空のバケツを下げている
笑顔の印象の薄い母なのだけれど
笑っていた
若くて綺麗だった

井汲　孝雄（いぐみ　たかお）
1951年、群馬県生まれ。詩集『一音一映』。群馬県伊勢崎市に暮らす。

死という全くわからない世界があるということ
線香の灰が落ちるとき煙が垂直に立ちのぼる

朝、戸外の掃除をしている
ひと通り終えて景色を眺める
白く通った一本の道
風が生暖かく柔かい
母のためなら死ねるかもしれない
私をこの世につくりだしてくれた生産者
猿の時代から途切れることなく続いてきた私の今
母なる大地
母はどんな景色をみていたのだろうか
ここに一枚の絵がある
白黒の海を背景にしてリンゴが一つ宙に浮いている
これも白と黒
水平線を境にして下の部分色が濃くなっている
私はこの絵を描いているとき
脳幹に無心に響く音のながれを聞いていた

ケンカもうやめようよ、もうやめた、やめた。

慣れるのが易しいことだ。慣れない経験はずうっと慣れない。

それでこそ　易しくしよう。これに時間を掛けよう。

おまえが悪い。オマエが悪い。のくりかえし。

どちらかが少し強引で、どちらかが少し気落ちしている。

同じ処を見ながらけんかをするのはまれなこと。

はじめがあったし、おわりもくる。心のおさまりを互いに少しずつ、分け合えないかな。

少しでいい。ルールにしよう。大きい犠牲を払った、多くの犠牲を出した。

でも何も得られなかった。疲労だけが残っている。誰も彼も疲れている。

重い疲れかそれとも心地よい疲れか、疲れの度合いがある。

疲れを分け合ったことは、事実として。勝ち負けは、どちらにもつかない。

そうなら、易しいやり方で、くじを引くといい、じゃんけんもいいかな、
おわらせること。平和のうちに、おわらせること。

今日の終わりの幕引きも、明日の朝の幕開けも、
自分じゃない誰かの手による。いつもそうだよ、これからもそう。いままでもそうでした。

松井　かずお（まつい　かずお）

1948年、大阪府生まれ。大阪府門真市に暮らす。

旗を一本／海を抱くかたち

旗を一本

岡田恵子

軍艦の匂う家なり春の雨
その先を見に行く女蛍の夜
戦争が薄目をあける油照り
武器色の缶ビール飲む無言館
報復の手を挙げしまま枯蟷螂
奇形児を生まねばならずアフガニスタン
集団的自衛権なり蛙鳴く
もの言える国の街角夏来る
反戦の旗を一本秋の空

岡田　恵子（おかだ　けいこ）
1954年、香川県生まれ。句集『オレンジの風』、『黄色い風景』。
俳句結社「山河」所属。神奈川県横須賀市に暮らす。
井上　雪子（いのうえ　ゆきこ）
1957年、神奈川県生まれ。『豆句集　みつまめ』。
俳句結社「山河」所属。神奈川県横浜市に暮らす。

海を抱くかたち

井上雪子

戦場を語らず父は月の歌
湾はみな海抱くかたち沖縄忌
蝉たちのすこぶる尖る敗戦日
かなかなの遠い静けさ遠いひと
野晒の国やいつしか船も背も
憲法の日のカーラジオから君の歌
深々と平時の青葉抱きしめる
澄む夜の母語あまたなる五大陸
砂嵐奪い尽くされ座りをり

原子の火

雪のこる泉に沈む朽葉分けあをきクレソンひとつかみ摘む

ささめ雪降りては溶くる寒椿蕾《つぼみ》にしるくくれなゐきざす

うすずみの魚網の色目に近きまで宮柊二集背表紙褪せぬ

「蛇籠編む歌一首選る寂しさ」と師の歌原子の火のともる日に

国も狭《せ》に原子の火種に頼りきて建屋を覆ふ白煙目守る

人界にセシウムなんぞ飛ばざりし震災前とあとの境界

おのも己も集合写真に小さくて目いっぱい笑ふ終戦子われら

震災の画面に映る浪江町かの地にてわが三人子産みき

汚染水貯蔵プールにせきれつつ果てしもあらぬ水棺の基地

伊藤　幸子（いとう　さちこ）

１９４６年、岩手県生まれ。歌集『桜桃花』コスモス短歌会、北宴文学会所属。
岩手県八幡平市在住。

いつにても逝かん覚悟と言ひさしてわれに柊二の本呉るるとぞ

花桃の花のくれなゐかがやきて津波逃れしきりぎしに咲く

あつもり草の幌《ほろ》の中にもセシウムはしのび入らむかむらさきの翳

震災後閉店告ぐる貼紙が春物ディスプレーの窓に吹かるる

黙禱の人らをやませの霧被ひ茫々とつなみの爪跡つづく

「野馬追は五月中《なか》の申《さる》」嚠喨《りうりやう》と馬上にうたふ壮の騎馬武者

福島のわらぢ祭よ野馬追よ稲藁ロール毒を浴みしか

被災地に端午の空の鯉のぼり手描きのうろこ銀にかがやく

高速道無料の被災地証明書確認の列ゲートに長し

相馬焼夫婦ゆのみの後家碗に朝茶そそぎてけふの始まり

ふくしまの真野の萱原遠けどもゆきてあひ見ん除染叶へば

つのさはふ磐城の浜のさくらみち癌寛解期の夫と歩みき

田の神のあそぶ水口きらめきて桜花びら小さき渦なす

熔岩《ラバ》原に白き羽毛を降らせつつ獲物さらひし大鷹翔る

縄玉の芯より縄のたぐられて石割桜雪吊りすすむ

すべりどめの鋲打つ靴に拝殿のきざはしのぼる音を慎しむ

ふり仰ぐ馬酔木の一樹こぞり咲く不来方《こずかた》城址朝ぐもりして

木々の質《たち》芽吹きの色に染めあげて七時雨山《ななしぐれやま》淡くふくらむ

ひいやりと首に象牙のネックレス子らに障らぬ恋を探さむ

新しく家の建つらしブルーシートの一角いつも人が寄りゐる

震災の傷みを裡にメーデーのシュプレヒコール風にのりくる

解体の近き五輪スタジアム　スポーツに疎く五十年過ぐ

着信のトルコマーチの楽こぼれ源氏講座のにはかに弾む

ほつほつと冥き蟬穴増え来たり屋敷の隅の水湧くかたへ

ひと口に余る苺をほほばりて血赤珊瑚の色に光《て》る爪

頭註の文字裸眼にて読み進む九紫火星の誕生日けふ

空中に鳥の巣のやうな家購ひし子に招ばれ来ぬ銀漢の窓

あをぎりのエンブレム白秋歌集五巻とほき旅路のはてわれに来ぬ

高齢者《エルダー》の男声合唱被災地に祈りの歌のリフレイン沁む

藤浪の豊かなる坂下りゆくけふ曲水の宴にはべらん

おほ寺のまろき柱の礎石のみ残るみそのをわが歩みゆく

戦後また震後歴史をぬりかへて千年の時の断層うごく

今や夢昔や夢とさしわかずあかとき夢の続きにねむる

反戦短歌三十一首

美しい国作りたいあの人は戦争できる国作りたい
つぎつぎと戦争できる方向に策略を練る無謀な男
苦しんで餓死した無数の日本兵
　もうこの悲劇許してならぬ
侵略の反省もせず隣国の神経逆なで靖国参拝
『イクサだけはしてはならぬ』とみな言うが
　あの人どうもイクサがしたい
『国の為君の為なら死ね』という皇民教育洗脳あった
人間の生命壊す恐ろしい武器を輸出し戦争に参加
月までも行ける技術を持つ人間
　クリーンな発電開発可能
国守る道に武力は不適切経済協力でうまく守れる
隣国に多大な危害与えても侘びの言葉の一言もなし
大変だ平和な日本の自衛隊今度は彼の指揮で動くか
イクサという愚かで怖い悪行に
　なぜ参加したいか首相に聞きたい
あの酷い二次大戦を忘れるな
　国が若者を無数に死なせた
野や山で餓死した日本の兵隊は
　国恨んでいる靖国の森で

郡山　直（こおりやま　なおし）

1926年、鹿児島県生まれ。詩集『輝く奄美の島唄』、『詩人の引力』。ポエムズ オブ ザ ワールド、短歌ジャーナル所属。神奈川県相模原市に暮らす。

ひつじ年羊のようにおとなしい男も怒る集自権行使
特攻で何千という若者を死地へ送った日本の国よ
八月の終戦記念日迎えたら与えた危害詫びるべきでは
戦中派俺は叫ぶぞ『戦争はしてはならぬ』と俺は叫ぶぞ
ンの字で始まる歌は作れぬがウンコかけたい政治状況
それぞれの運命頂きそれぞれの運命生きる人の定めよ
運命を決める大事な総選挙ぜひ止めたいぞ戦争への道
電力は核で起こすな太陽の無限の力で安全に起こせ
危険だよ平和憲法反古にして戦争できる国にする策
類のない自信と詭弁で進めてるこの方向は危険な方向
苦しかった戦争の時代知らないで
　国を戦争のほうへ引っ張る
人間が殺し殺されする戦争戦争だけはしてはならない
月眺めその美に感動覚えてもそれ見て死んだ兵士を思う
九段坂英霊すべて怒ってる無謀な戦争餓死と特攻
隣国に与えた危害忘れるな掠奪強姦刺殺虐殺
たまらない戦争の悲劇知らぬ人に
　戦争の中へ引っ張られたら
いつのまにこんな状況生まれたか日本の未来また戦争か

第十三章　今日は戦争をするのにいい日ではない

岐路の詩

私は一篇の詩を書き
人類の岐路にたつ杭に打ちつけたい
「賢明に道を選べ」とそれには書いてあるだろう

我々のいるこの道はあまりにも危険
うかつに自己満足していては罠にはまると
それには書いてあるだろう

人間の心臓を狙った銃を下しなさい
――戦争はもうたくさん、核兵器はもうたくさん
集団自決をやりそこなうことなどもうたくさんと
それには書いてあるだろう

死の賛美などもうたくさん――
生を選び世界の市民となろうとそれには書いてあるだろう
もっともっと親切であれとそれには書いてあるだろう

雨が降れば水は地球にしみこみ
草は太陽にむかって成長すると
それには書いてあるのは請け合いだ

デイヴィッド・クリーガー

1942年、アメリカ生まれ。詩集『平和詩集』『神の涙 —広島・長崎 国境を越えて』。アメリカ、カリフォルニア州サンタバーバラを本拠とする「核時代平和財団」会長。詩、講演等を通して平和を訴える。来日経験多数。

風が吹き木々の葉むらが蝶のように翻るとき
私たちに立ち止まって
自分の周りの美しさに見入ることを思い出させると
それには書いてあるだろう

それはエデンだ、しかし配慮が必要
あなたが道を選ぶ前に未来の人達のことを考えなさいと
それには書いてあるだろう

あなたが生きているどの瞬間をも大切にしなさいと
それには書いてあるだろう

平和の道を選びなさいとそれには書いてあるだろう

結城　文　訳

今日は戦争をするのにいい日ではない

今日は戦争をするのにいい日ではない
太陽が輝き
木の葉が微風にそよいでいるのだから　ノウ

今日は爆弾を投下するのにいい日ではない
水平線に雲が垂れ込め
海上に漂っているのだから　ノウ

今日は若者が命を落とすのにいい日ではない
彼等はたくさんの夢をもち
まだやりたいことが沢山あるのだから　ノウ

今日はミサイルを発射するのにいい日ではない
霧が渦巻き
雨が激しく降っているのだから　ノウ

今日は攻撃をしかけるのにいい日ではない
家族たちが集まって
互いに支えあっているのだから　ノウ

今日は戦闘地域外に損害を与えるのにいい日ではない
子供達はそわそわと
蛙や小川の夢を白昼みているのだから　ノウ

今日は戦争をするのにいい日ではない
鳥たちが飛翔し
空を恩寵で満たしているのだから　ノウ

彼等がいかにそうでないと言おうとも
愛国的な叫びがいかに勇ましくとも
今日は戦争をするのにいい日ではない

結城　文　訳

他人の火

椎葉　キミ子（しいば　きみこ）
1938年、宮崎県生まれ。詩集『メダカの夢』。詩誌「コールサック（石炭袋）」、宮崎県詩の会所属。宮崎県日向市に暮らす。

寒さが増してきたので
靴箱を片づけていたら
スエードのブーツが出てきた

聞いたばかりの島を争うニュースが甦り
手にした靴を抱いて
玄関の上がり框《かまち》に腰を下ろしてしまった

これは異国を歩いてきたのだ
観光バスから見るよりはずっとの親しみを
共にしたのだった

集合時間までの外出に
わけもなく懐かしい街並みや
珍らしい豆ばかり売っている店をひやかしたりした

お椀がくっつくほどの向かいに
きびきびとした青年が座った
ほどなく運ばれて来た椀には豊かに麺がのぞいている

わたしは思い切って
その麺を少しくださいと言ってみた
青年はわたし椀の中身を笑い、いいよと言う

本場の麺が食べたい！
しかも観光ルートから外れた
小ぢんまりした穴場をみつけて

わたしが注文したのは薬草ばかりの料理だったのだ
ほぼ満席の客たちはあたたかかった
みんな笑顔でゴマ団子を手にしたわたしを見送ってくれた

体が軽くなっていた
まだ時間がのこっている
ぎりぎりまでフルに使いたいもの

ホテルの敷地の入口に
寺の門のようなものがあって覗くと
狭い所にお参りの壇がしつらえてある

足が勝手に門をくぐった
施設にいて無事を待つ母さんのことも祈ろう
はて、この長い線香をどうしたらいいのかな

そうだ、ここは漢字の国
わたしはメモ用紙に「参拝順路」と書いて
ひとりで番をしている娘に合掌してみせた

あれから十五年
冬空の下で出会ったあの青年、あの娘
心おきなく再訪できるニュースよ早く早く！

靴はまだまだ旅に耐えうる

平和のために　と

館林　明子（たてばやし　あきこ）
1943年、神奈川県生まれ。詩集『群のかたち』、『近づく空に』。
詩誌「1／2」日本現代詩人会所属。東京都三鷹市に暮らす。

平和に「積極的」と「主義」とが付けられ
「積極的平和主義」で行くと首相がおっしゃるので
はびこる貧困と差別が解消されるのかと思っていたら
自衛隊が自衛のためばかりではなく
積極的に友軍を助けるために
世界のどこにでも派兵できることになるのだという

平和のために邪魔な敵は殲滅する
「敵は幾万ありとても・・・」
「八紘一宇のためならば・・・」
「欲しがりません　勝つまでは・・・」と
子供の頃　意味も解らず唱って　遊んだ
思い出の復活を願ってか
軍備拡張に心血を注ぐ
それが「積極的平和主義」ということのようなのだった

空母とは言わない護衛艦（空母）や
軍隊とは言わない自衛隊（軍隊）
潜水艦も行き交う海に
陸海空軍ましてや海兵隊は保持していない　とはいえ

自衛隊を軍隊とは言わないまでも
何でもありの立派な軍隊（もどきで）
難しすぎる日本語に
意図せず寡黙になる日々が重なる

脱出しますか？　今のうちに・・・
でもどこへ・・・？

信じますか？　地球の未来・・・
空襲の中を火炎に追われ逃げ惑った　母よ
今この時も戦闘が続く地で
途惑い　傷つき倒れてゆく人　人・・・

螺旋階段を上り詰め
世界が　また　寡黙のうちに
戦いの時を迎えている　この時

メリーゴーラウンド

呉屋　比呂志（ごや　ひろし）
1946年、福岡県生まれ。詩集『ゴヤ交叉点』、『ミルク給食の時間に』。詩人会議、関西詩人協会所属。京都府京都市に暮らす。

だれもが乗りたいメリーゴーラウンド
浮いたり沈んだり回転木馬
カップルのせて
くるりくるりまわるコーヒーカップ

ふりそそぐカスケードシャワー
家族　カップル
よろこびの声を夜空にはりあげ
ひかりを浴びてうたうよ　今宵の幸せを

同じ夜
風にゆれる星のまたたきも
ひかりも見えずただ闇の中
息をひそめてひたすらあすを待つ人々

よろこびに身を任せて興じる人々と
砂漠に身を横たえ
ミサイルと砲弾の恐怖におびえる人々
これが同じ地球の空の下

ひとたびミサイルと砲弾が
不気味な音を立ててふりそそげば
砂漠地帯に殺戮のページェント
人が人を喰い首狩りを止めない

白亜の建物は破壊され
血の色に染まり
血の河は流れて憎しみは果てしなく
地の彼方へと続いていく

世界中の夜という夜に
夜の空の下にメリーゴーラウンド
ひかりかがやいてくるりくるりとまわる
木馬やコーヒーカップ

ファミリーは
憩ってはしゃぎ
恋人たちはやさしく
手と手をかさねる

後藤さん

宇宿　一成（うすき　かずなり）
1961年、鹿児島県生まれ。詩集『賑やかな眠り』、『固い薔薇』。詩人会議、日本現代詩人会所属。鹿児島県指宿市に暮らす。

あなたが迎えられなかった時間を生きながらえ
あなたの死を考えることで
僕たちは少しだけあなたより前に進むのです

脅迫状のように死がとどけられたとき
決して許さないと
えらいひとが言った言葉は
むしろ僕たちに向かって語られているようで
ひどく空疎に響きました

ルワンダの民族闘争の虐殺の狂気や
かつて兵士だった子供の願い、
エイズに罹患した若い母親の泣く姿を
我が身の危険も顧みずに現地に分け入って
あなたたちが伝えてくれていたのだから

あなたやほかのあなたたちに
殺される危険があるからそこへ行くな
とも言えないような気がします
あなたがいなかったら

僕たちはそこで
何が行われているのかを知らなかったはずです

分かりやすい言葉で
多くのことを教えてくれた
後藤さんがいなくなった
後藤さんの見つめた世界の悲しみは
後藤さんのまなざしにあたためられていた
後藤さんの言葉には
極限状態を表現しながら
どこか惹きつけられる
澄んだ明るさがあった

あなたを僕は知りません
あなたが残してくれた本の言葉と
その死でもって教えてくれた
命のありようのほかに

自衛隊

秋野　かよ子（あきの　かよこ）
1946年、和歌山県生まれ。詩集『梟が鳴く―紀伊の八楽章』、『細胞のつぶやき』。詩人会議、日本現代詩人会所属。和歌山県和歌山市に暮らす。

自衛隊に　あこがれる若ものがいる

東日本の震災のことを思っていた
自衛隊のように役に立つ仕事をしたいと言った
世界で自分が役に立つ人間になりたいと言った
若ものは　イラクもシリアもアフガンも知らなかった

そこで　死ぬのはいやだ
家族に認められたい　と願っていた
家族は　うろたえたが
キチンとした大人になって欲しいと願った

元自衛隊にいた人は
キチンとした人間にならないと話した
仕事がなかったから入ったのだと話した
役に立つには　他で仕事をした方がいい
軍隊なのだから　思っていることと違うと話した

若ものは　考えていた
若ものは　世界に出ると将来　良い仕事に就けると言った

元自衛隊の人は　世界で役立たない
軍隊が　憲法違反を犯しているのだと　また言った

若ものは　考えていた
家族は　ドイツの軍隊を例に出して話した
日本は　昔の軍隊と変っていない
元自衛隊の人はキツく言った
そりゃ・・言うに言われんところだ　と言った

時間は　まだある
若ものに考える時間は　今だけ、まだある

いえるのはだれ

小田切　敬子（おだぎり　けいこ）
1939年、神奈川県生まれ。詩集『わたしと世界』、『小田切敬子詩選集一五二篇』。詩人会議所属。東京都町田市に暮らす。

あなたはクリスマスローズの白のスカーフ
スノーフレークの瞳
これから明けてゆく空の沈黙
ガウンがふっくらとふくらんでいるのは
胴に巻かれた時限爆弾のため
両親を目のまえで　敵にやられた

それは地中海のへりに生きる
女テロリストのはなし
とりあえず今日は　安売りデパートへ

あなたは喉がいがらっぽいと背をまるめて咳きこむ
熱にうるむ瞳
父と母とはひっそりとひたいをよせあう
「引越しがむりなら
転地療養だけでも　やってやれたら・・・」

それはこわれた炉の北の地にくらす
坊やの被曝
とりあえず今日は　猫の予約通院

コンクリート製の山が
しずしずと海水をおしのけて沈む
さんごしょうを押しくだく
虹色の魚や　じゅごんたちが
あてもなく去ってゆく
森では市民を基地に引きずり込み叫ぶ
「不法侵入」「逮捕」

それは南のずうっとはしの方で生きる
としよりや　わかものたちのはなし
とりあえず今日は　りょうり教室・ポトフの作りかた

とりあえずの日々のことを　いえるのはだれ
見えないふりをしたいさかいのことを　いえるのはだれ
子飼いの民でありつづける日々のことをいえるのはだれ

平和だった私の七十年
と

シルエット

きりきりと巻く
詩の爆弾帯
ふうわりと　はおる
ポンチョふうオーバー

ねらいを定めて立つ
今夜の会場は　アメリカ側担当　ニューサンノーホテル
外務省　北米局長をのせた車が
南麻生方面に向かう手はず

日米地位協定　日米合同委員会定例会
日本国憲法以上の憲法
空を　海を　陸を
いまなお占領しつづけ
いまなお　日本を手玉にとりつづけ

議題
米軍基地提供に関する事項
辺野古基地関連

信号は赤
減速する車　車

七十年めの今夜
あらためて日本を売りわたしにゆく
官僚のシルエットは
闇

信管をまさぐる
汗にしめる指先

（参考）『日本はなぜ「基地」と「原発」を止められないのか』矢部宏治　集英社インターナショナル

絶望忌

鯉だって
恋をする
狸だって
狸寝入りをする
熊だって
死んだ振りをするが
平和を守り
自然に生きる
猿まねもできない
現代《いま》の人間たち

ましてや……

悪部君のテリトリーでは
何にも、できない
蜜塚に立っても
可当の策はなし
福祉、払拭の悪役と道連れの
消費税、八パーセントだけが
光り、輝いている

宮内　憲夫（みやうち　のりお）
1940年、福井県（現、岐阜県）生まれ。詩集『惣中記』、『惑星までの道程』。日本文芸家協会、日本ペンクラブ所属。京都府城陽市に暮らす。

今や、悪部君の頼みは
他力の他党叛願《たとうほんがん》も必要なしで
孤立無援の白道《びゃくどう》にただ独り
取り残されて、影もなし
名無痾身惰物《なむあみだぶつ》！

マーク・ロスコの絵　7

今日されこうべと描きかけの絵が届いた
「いったい　どうして　そんなに
　私の絵に　こだわるのだ」
されこうべのてっぺんに書かれていた
私もいつか身ぐるみ剥がされて髪も肉体も
剥がされて骨だけになる時が来るとの警告か
描きかけの絵には幾百万人もの人びとの
耐え難い長い理不尽な時間を粉砕し
粉砂糖のように画布に降りかけてある
居るはずのない人影が黒くうごめいて
そこから出ようと押し合い揉み合っている

国家権力か何の権力かそもそも不明な権力が
わけのわからない屁理屈を美化し正当化し
戦争という合法的に見える大量虐殺を始めて
途絶える事の無い日常となった世界を
メディアは普通に語る　怒らず泣きもせず
爆破され吹き飛ぶ　車　家　人びと
画面いっぱいに飛び散っても
一瞬で画面は変わる

やまもと　れいこ
1949年、大阪府生まれ。詩誌「コールサック（石炭袋）」。
大阪府大阪市に暮らす。

一日も休む事なく放映されている事柄
人びとの記憶は影の棚へと置かれてしまう

悪と強欲から止む事の無い理不尽な死が
世界中に蔓延《はびこ》る事を知っていたロスコ
一生懸命画布の奥へ閉じ込めようとしたのに
世界中に画布を広げても世界中の絵具を
集めても足りなかった

されこうべの眼球から
過去の鎖を断ち切り見開いて放つ光
「ペンを置いて　翔べ」
ロスコの声が画布を破って静かな日常を撹乱する
記憶の戸棚から降ろされた時間と共に
私の部屋は平原のように広がり風が吹き荒れ
鉛色の空から滅びの世界が降ってくる
怪しい靴音を響かせながら

お早うのかわりに

池田　洋一（いけだ　よういち）
1949年、秋田県生まれ。神奈川県横浜市に暮らす。

そう言って僕を起こした
おい　ケネディ殺されたぞ
お早うのかわりに
あの日　父は

それは元々特別だった朝
世界中が練りに練り
僕は細心の注意を払い
けれど　僕は寝坊し
惨劇は起こった
準備はいつも覆される

それでも僕は
テレビの前にセットしておいた
録音機のスイッチを押した
やがて　ビートルズの新しい歌
All you need is love
あなたが必要なのはただ愛

それは
暗殺と愛の歌が
同時に宇宙から届けられた朝
録音テープはもうどこにもないが
僕の中ではエンドレスに再生可能だ

今　僕は父として思う
どんな朝も
息子を
お早う以外の言葉では
起こしたくない　と

（かつての朝
父親たちが
お早うのかわりに
おい　戦争始まったぞ
そう言って子供たちを起こしたようには）

と言いながら

望月　昭一（もちづき　しょういち）
1947年、長野県生まれ。詩集『雑草退治』、『長芋を掘る』。
詩誌「はいみち詩人」、詩人会議所属。長野県小諸市に暮らす。
誤りは多いが　謝らない
どころか　開き直るお方がいる
アイアムソーリ　と言いながら

戦後七十年の談話
歴代首相の謝罪を
踏襲する　と言いながら
平和を守るのは当たり前
侵略や植民地支配はしない
それも当り前
言わないのが当然と　胸を張る
真摯なお詫びなし
紳士面と得意満面の笑顔
誠意は全くなしで

米国訪問では　最高級のおもてなし
地球規模の　日米同盟　国会にもかけず
更なる負担と危険を　背負い込んでも
得意の英語での演説　最高級の笑顔で
得意の絶頂のとき　よく転ぶ　というが
虎に首をつかまれた狐が
虚勢を張っている　としか

積極的平和主義　と言いながら
戦争に一直線
憲法九条そっちのけで
昔から　戦争やるとは　言わずに
戦争の幕があく
平和の仮面を　かむった大根役者
気がついたときには　遅いのだ

コウモリ政党をてなづけ
歯止めどころか　アクセルにし
NHKをまず乗っ取り
目立つテレビを　呼びつけ
圧力ではない　と言いながら
公平・中立にと　脅すと
尾をふった　猫になり
いつのまにやら　大本営発表に

言葉

洲　史（しま　ふみひと）

1951年、新潟県生まれ。詩集『小鳥の羽ばたき』、『学校の事務室にはアリスがいる』。詩人会議、横浜詩人会議所属。神奈川県横浜市に暮らす。

料理人と客が　ぼくのわからない言葉で話し始める
客と客も　ぼくのわからない言葉で話し始める
ここは　東京　大塚駅北口の店のはずだが

カウンター七席ほどの店
まるで　異国にいるようで
いくらか心細く　ぼくは
焼き小籠包でビールを飲んでいる

錦の御旗を押し立てた　ご一新の政府は
かつて
アイヌの人の暮らしを絶望の淵まで追い込んで
アイヌの言葉を日常から追放した

万世一系の神の国は
かつて
朝鮮の人々から民族の言葉を奪い
名前まで奪おうとした

神風が吹くと言われた国の軍隊は
かつて
沖縄言葉でしゃべるな　と
同じ国の人々に銃口を向けた

ぼくの暮らす国では　今
英語しか話してはいけない会社があると言う
そんな会社に　まかり間違って　迷い込んで
鬼畜米英　敵性語をしゃべるスパイめ　と
叫んだら　どうなるだろうか

料理人は
東洋鬼　と　叫ぶことなく
しきりに　ビールのお代わりを日本語で薦める

「平和こそが」と

あたたかな食事をしながら
この星の地に流れる　血と涙に
胸をつまらせていた　昨日

当り前のように享受してきた　この国の平和
それが当り前ではなかったと
気づいた　今日

今を生きる一人の大人として
若いいのち
生まれてくるいのちのために

押し寄せてくる　力による支配から
この国の平和を守ろうと　心に決める
平和でこそ輝くいのちと　信じているので

しかし
力のない小さな市民に　一体何ができるのか
自問自答を　くりかえす

今野　鈴代（こんの　すずよ）
1943年、神奈川県生まれ。研究書『源氏物語』表現の基層』。
神奈川県横浜市に暮らす。

考え続けて　息苦しくなってくる
もう一度　息を吸い　また吐く
深く　もっと深く

明らかなことは　ただひとつ
振りかざす拳《こぶし》では　暴力を根こそぎ
絶やせはしまい　ということ

憎しみの銃を置いた　その手が
花と愛とを　つかむ明日を
この国で　念じよう　あきらめず

「へいわってすてきだね」とうたう
六歳の　まっすぐでやわらかな感性を
老いゆく心に　そそいで

そうだ　私もうたおう　つたなくとも
あきらめず　くりかえそう
「平和こそ　平和こそが　すてき」と

〝絶対〟という危うさ

みうら　ひろこ
1942年、中国山西省生まれ。詩集『豹』、『遠くの日常』。
詩誌「卓」、福島県現代詩人会所属。福島県相馬市に暮らす。

太平洋戦争中
世界に誇った戦艦武蔵が
フィリピン沖の海底で見つかった
絶対沈んだりしないと信じられていた
あの最強の船に乗務する事が出来た
その誇りと栄光を
元海軍兵であったという高齢の方が
回想されていた
戦艦武蔵は攻撃を受け
七十年ものあいだ海の底で眠っていたのだ

今度の原発事故にも
似たようなことが言えるのではないか
絶対大丈夫という安全神話
七メートルの津波対策に胡坐をかき
絶対安全だと言いつづけてきた会社
千年前、いや四百年前にも
とてつもない大津波があったことの警告を無視して
想定外の津波だったからと言い放った会社
15メートルを超えた津波に
原発建屋は呑みこまれ電源喪失
これが原因のメルトダウンそして水素爆発
おびただしい放射能から
全町、全地域あげての避難
一家離散　最悪の環境での避難生活

今でも四年前のあの時を思い出すとき
中国大陸から敗戦の日本へ引き揚げてきた
まだ若かった両親と幼なかった自分が
重ね合ってしまうのだ
私は一度ならず二度も
似たような体験をしてきた
未だ収束もしてない原発の危うさと隣り合い
もう三度目の体験なんかはごめんだ
しかし絶対という保証はない
他国からのテロ攻撃
いや　老朽化している
日本の原発のどこかが爆発
それとも第三次世界大戦が懸念される
憲法見直し案と九条が揺れはじめている

絶対そんなことはありませんと
おっしゃっている方へ
私達は絶対という言葉の危うさを知っている

原発再稼働反対
若者を再び戦場に送り出さないでほしい
ぜ　っ　た　い

ライオン

ぼくは百獣の王だ
ぼくは世界で一番強いんだ
いや違う
ぼくより強いやつがいる
人間だ
人間は武器を使ってぼくたちを殺す
ぼくは人間より速く走ることができるし、力も強い
なのに人間に負けてしまう
ずるいよ、人間は武器を使って
人間は知恵という最大の武器があるのに
お互いを殺し合っている
武器のない平和な世界がこないかなあ

藤　くみこ（ふじ　くみこ）
1960年、長崎県生まれ。福岡県福岡市に暮らす。

自由の女神

わたしはアメリカに住んでいます
わたしは一年中立っています
たまには座りたいです
もう脚がパンパンです
わたしは右手にトーチ、左手に銘板を持っています
右手もあげっぱなしでしびれそう
世界中からわたしに人々が会いにきてくれます
わたしを見た人はみな厳粛な気もちになるそうです
わたしはいつもここからみんなの幸せを願ってます
だからずっと立って頑張ります
世界に平和を！

Lion

I am the king of the beasts.
I am the strongest in the world.
NOT.
There is something that is stronger than me.
They are humans.
They kill us with weapons.
I can run faster than them.
I am stronger than them.
But I can't beat them.
That's not fair.
They use weapons.
They kill each other with weapons.
They have wisdom which is the best weapon.
I hope we will have a peaceful world without weapons.

The Statue of Liberty

I live in the United States.
I've been standing on my feet year around.
I sometimes want to sit down.
My knees are swollen.
I have a torch in my right hand.
I have a tablet in my left hand.
My right arm is going to be numb.
People from all over the world come to see me.
They say I would make people feel impressive.
I wish for the happiness of all
I will do my best to keep standing forever.
Peace for the world !

空白（イマジネーション・ウォー）

末松　努（すえまつ　つとむ）
1973年、福岡県生まれ。福岡県中間市に暮らす。

理由などわからないまま兵士にされ
意味さえわからないまま戦場を駆け巡り
目的すらわからないまま敵兵を殺めた

戦いは自分のためであって欲しかった

発端は些細なことでしかなく
戦争に向き合う気にはなれなかったが
状況は戦争に向かっていった

戦いは純粋なものではなく残忍なものだった

戦況はめまぐるしく変わっていった
それでも変わっていかないものがあった
人を思う気持ちだった

戦いは自分の中にあった

戦争を甘く見ていた
戦争で自分は死なないと思っていた

理由はなかった

戦いはいつでも死者なしに収まらない

同志が死んでいった
家族が死んでいった
ぼくが

ファイト

戦わないこと
争わないこと
そこに無責任がないこと

危ないから、と言われ
戦う準備に明け暮れるか
危ないから、と言われ
戦わない方法を探るのか

戦争はしたくないけど戦争をします
という矛盾を抱え
死にゆく人びとを作ることが
真に戦うということなのか

死なないこと
殺さないこと
生きていくこと

人間は
奇跡のもとに

生まれてきたのだから

いま　考えるとき

渡邊　勉（わたなべ　つとむ）
1945年、鹿児島県生まれ。鹿児島県鹿児島市に暮らす。

傷を引きずる70年の歳月
鬼となった過去を悔やみ　手を合わせるとき
猫を抱く陽だまりの縁側
照準に気づかない　楽しげな食卓
何気なく過している戦後といわれる時代
監視カメラが見守るテリトリーの中
彼の地は　飛び交う砲弾が止んだつかの間
言葉は同じ　思いは重ならない
それぞれの平和

双極化へ収斂する人々の営み
富と貧困　野望と無関心　寛容と排他
一握りの力が動かす世界
危ういバランスに潜むカオス
カオスは膨らむ　マグマのように
歴史は知っている　あのときを
正義のために戦う　己の正義のために
為政者は云う　命と財産を護るため武力を――
スパイラルは続く

あのとき　此処にいなければ
礎に刻まれるために　生まれたのではない
人の命の軽さ
刻まれない　生き物の命の空しさ
残されたものの悲しみ
歴史は語らない　栄枯盛衰の影
悲しみは黙してたたずみ
一縷の望みは朽ちるまま
移ろいに身をゆだねる

全ての正義は　地球に積み込めない
もっと分かち合わねば
志を　生き方を　富を　未来を
人とヒト　人と地球
地球の平和は多様な生態系を守ること
まだ見つかってない　人類の平和
歴史に尋ねよ　真実を
共存できるみんなの平和を
いま　考えるとき

戦争の足音

片桐　歩（かたぎり　あゆむ）
1947年、長野県生まれ。詩集『疑しい幻想』。日本現代詩人会所属。長野県松本市に暮らす。

戦争は国と国の総力を上げた戦いで　勝者は他国を植民地化する帝国主義の思想でもある　戦時中はあらゆる物資が統制下に置かれ　いくら働いても生活は楽にならない　それより惨めなことは　生きる望みを失うことである　戦後七十年間戦争に巻き込まれずにきた日本は　他国との友好を計り　不戦の誓いを貫き憲法を遵守することであった　民主国家でも党が権力を握れば　国の権益を行使するだろう　目障りな憲法第九条の改正に着手し

自衛権を盾に軍備の拡張を急ぎ　外堀を着々と埋め整備している　自衛隊を義勇軍に名を変え　いかにも正義らしい響きを放つ　自衛隊派遣法を成立させ　いつか安全装置を取り外す日を窺う　一党独裁のおぞましい全貌を顕にし　遠い戦場の情況は国民に知らせず　ニュースは良いことのみで　詳細は秘儀の中に隠される　かつて大東亜戦争のあり方を連想させ　宣戦布告となれば　国の存亡を叫び　国民の高揚を煽る　招集された若者は戦火の地獄で　異国の屍となる悲劇を繰り返してはならない　あやふやな派遣は他国から怨恨を買い　時代が移り変わろうと　敗者の傷は何時までも癒えず　根に持った恨みを忘れないが　勝者はすぐに忘れてしまい　いくら真の平和を唱えたとしても　歴史観の食い違いに聴く耳を持たない　疑いの眼差しは未来に暗い影を落とし　一世紀は引き摺り　民族間の溝は埋まらない　あとは世代の者たちが解決する以外に　もはや友好の道は見出せない　経済は密に噛み合い進むのだが　外交は停滞したまま動かない　国の思惑がちらつく　隣国の干渉が日本政府の政策に　いちいち口を挟み　悪の帝国と名指しされ

非難と中傷で攻め立て　他国の窓口は扉を閉ざした　日本は穏やかな楽天の国で　一部の分子は戦争をたくらむ者もいる　世界の陸地ではあっちこっちに　銃弾の火の手が上がり　愚かな革命の夢は　現存の形態を破壊し

殺戮の血で汚され　呪われた砂漠となった　人類の歴史は戦争に始まり　戦争で終わる　この状況を見下ろす神は人間に　いかなる裁きを下すのだろう

冬日

約束どおり陽が射してきて地面は乾いている
毎日が洗濯日和ではたはたと靡《なび》いて思惟も干し上がる
からっ風と底冷えにかちかちの土
体を耕すように朝から動きまわる
高い所からカラスが見張っている
変わったこともない日がタイル状に続いているが
屈することもなく　心は少し丈夫になったようだ
わからないくらいに陽が移動している
洗濯物を干していると　サザンカの茂みから
いつものヒヨドリがのぞいている
白いシーツをひろげても　これは白旗ではない
どんなに冷えても雪国の人のことを思えばとても恵まれ
　ている
霜柱の中に　福寿草が芽を出した

ヘリコプターが六機編隊で北へ向かって行った
中東では空爆が激しくなって
住居や家族を失くした人が逃れていく
神の名を旗印にして領土を奪ったり奪われたり
国と名のる武装集団を壊滅させるため
あとどのくらいの爆弾が要るのだろう
もう二度と戦争はごめんだ
けれど　じわりとわたしたちの未来も危うくなっている

青柳　晶子（あおやぎ　あきこ）

1944年、中国上海市生まれ。詩集『月に生える木』、『空のライオン』。
日本現代詩人会所属。栃木県宇都宮市に暮らす。

二足歩行

おとといは
二十七階建て社屋の大理石の玄関前で
新聞記者が転んだ

きのうは
七色の虹を噴き上げる公園の噴水前で
小説家が転んだ

きょうは
各駅停車のホームに入った黄色い車両の前で
評論家が転んだ

あしたは
千の学生の目差しが待ち受ける講堂の前で
大学教授が転ぶ

あさっては
曼珠沙華が咲き乱れる墓標の前で
詩人が転ぶ

松本　高直（まつもと　たかなお）
1953年、東京都生まれ。詩集『木の精』、『永遠の空腹』。
詩誌「舟（レアリテの会）」、日本現代詩人会所属。東京都小平市に暮らす。

転ぶ因果は
二足歩行
でも

時世の風に背中を押されたりして
流れに棹さそうとしたりして

魔法の杖はないけれど
どこを見ているんだ
転ばぬ先の杖が
僕らに問い掛けている

戦場に送るうた【平和】

秋月　夕香（あきづき　ゆうか）
1942年、奈良県生まれ。詩集『かえる宮殿』、『花めぐる道』。詩誌「このて」。大阪府枚方市に暮らす。

君たちは　勇敢かもしれない　しかし―

世界が平和だとおもわれていたのは　ついさきほどまで
今は恐怖にさらされている　この信じがたい事実
自分に危険が迫ってきたら誰でも思い考える
それは昔話ではない　そうしてもいけない
荒廃した家　土地
家とともに吹き飛ばされた人々
これらを見て　喜ぶ人がいれば　その人の心は壊れている
人間ならそんなはずはない
兵士は　故郷の荒れた地をどう思うのか
兵士の父母が　さまよい追われ　傷つけられ
あるいは亡くされ　そうしたことを
喜ぶべきと　おしえられたか
あるいは洗脳されたか
もし宗教の教えだとしたら　まちがっている

兵士や国は　そういう事を望むのか
われわれだけではない
兵士の命も奪う　体もむしばむ

毎日爆弾や　鉄砲をもって　走り回る
それは〝良心〟にはとどかないのか

誰かが傷つき　誰かが苦しみ
あるいは　存在さえも否定してしまうことの
良心の呵責さえ　のこされていないのか
君たちに問う
平和はかけがえのない　きみたちのオアシス
心のよりどころ
破滅はえらばないで！
建設をえらんでほしい！

親不孝《おやふこう》の手紙

全知全能《ゼンチゼンノウ》、唯一絶対《ユイツゼッタイ》の神様。お許し下さい！あなた様から見れば、いくら善良な人間も、いくら極悪な人類《ジンルイ》も、目クソ、鼻クソの〝違い〟しかないということは、重々《じゅうじゅう》承知しておりながら、それでも目クソの私たちは、〝あの鼻クソども〟だけはどうしても〝許す〟ことができません。何といっても〝あの鼻クソども〟は、こともあろうに、あなた様の尊《とうと》い〝お名前〟を〝違う発音〟で呼んでいるのです。こんな事が果たして許されて良いものでありましょうか？

否《いな》、〝絶対〟にそんな事は、許してはならないのです。神様におかれましては、こんな事実をご存《ぞん》じ無いのも無理《ムリ》はございません。何せ、目クソ、鼻クソ、同士《どうし》のいざこざでございますから…。しかし、どうぞご案《あん》じ召《め》されませぬ様《よう》に。あなた様のお怒《いか》りは、充分《じゅうぶん》に〝理解〟しております。だからこそ、あなた様の〝代《か》わり〟に私どもが命《いのち》を懸《か》けて闘《たたか》っているのです。

どうか、ご安心下さいませ。もうあと一歩のところまで、奴《やつ》らを追い詰めております。武力、経済力、政治力等のあらゆるデータを分析し、我々はその勝利を確信しております。くれぐれも我々のことは、ご心配なさらぬようにお願い申し上げます。目下《もっか》〝神様の御心《みこころ》〟に最も沿う時期と手段とによる天罰《てんばつ》を〝計算〟中でございます。

ただし、敵も切羽詰《せっぱつ》まっております。この先《さき》命懸けで何をしでかすか分かったものではありません。この上《うえ》は、どうか神様のご加護《かご》があらんことを、心の底よりお願い申し上げます。

親愛《しんあい》なる神様へ

迷える子羊《こひつじ》より

二〇〇九年「抒情文芸第一三一号」
電子ブック『芦澤祐次投稿史』（十年の歩み）後編より

芦澤　祐次（あしざわ　ゆうじ）
１９６５年、兵庫県生まれ。『芦澤祐次投稿史』前編、後編。詩人会議所属。
兵庫県尼崎市に暮らす。

カラクリ

環　創（たまき　そう）
1945年、東京都生まれ。埼玉県さいたま市に暮らす。

久遠の狭間で脳が生まれた
学びの脳が生まれた
脳はエネルギー獲得への宿命を宿し
獲得へのカラクリ作りを始めた
すべてはそこから始まる
果てしなき獲得への旅路が始まる

自然はゆっくりと熟成させて果実を実らせ
営みのなかに循環を潜ませ無駄がない

自然の営みに不調和な旋律は
時間をエネルギーで加速させ
便利さと多くの禍《わざわい》を生み出した

解決への導きは目先の利に走る欲で曇り
肥大化した欲は足元の危うさに鈍感で
フィードバック無きカラクリを動かし
僅かに残るエネルギーの開拓地を求めて
ブレーキ無きアクセルの投資投機で突っ走る
経済戦争に未来の希望を託して

いつからだろう
争いが始まったのは
獲物を公平に分けた狩猟時代
家族皆平和で穏やかだった
農耕時代に収穫の蓄積が始まり
分配の不平等が生まれ
争いが始まった
富への渇望は機械文明と資本主義のカラクリを生み
貧富の格差は益々拡大した
経済モデルは沸騰し
持続可能な社会への疑問符は膨らみ続ける

手段を選ばぬ金儲け
それが罷り通る世の中で
資本の膨らみは賃金所得を遥かに凌駕し
所得格差は益々拡大していると
ミリオンセラーのピケティは言う
1％の金持ちが全世界の富の半分を占めるのも間近く
残り数パーセントの富を世界の半数の人々が奪い合う

阿修羅と施餓鬼の世界
薄皮で仕切られ
時間貧困や低賃金の酷使で取り残される人々
歪《いびつ》な労賃勾配で成り立つ世界のカラクリ
皆このおかしさに気付きながら
自己の生活圏に埋没し
隣人を見ようともせず
分配の理想を追求しようともしない
すべては因果律のつながり
原因と過程に思いを馳せて
貧困因果のつながり解きほぐせ
それが豊穣の大地への一里塚

エネルギーを求め
蹴落としだけの競争原理
生活に追われ家族の絆も不確かに
皆生き残りに必死
これが平和を賛歌する世窓の光景
平和の表裏に寂しき無縁死社会の現実
権力は保身やパワーにすがり
修羅の結果に背を向ける
エネルギー分配の偏重は
鬱積した不満の竜巻を
戦の名で引き起こし
平和は益々遠ざかる
エネルギー獲得が宿命ならば
欲を抑えて想像力の翼を広げよう
見えないものが見えてくる
生かされぬ人の姿が見えてくる
ほんの少しエネルギーを与えるだけで
大いなるエネルギーが注がれる
人はそれを愛と言う

幸せを求める道標はいまだ霧の中
カラクリに循環が宿り
ほどほどのライフスタイルに
喜びを見出す日々を渇望し
残された時の狭間に希望を託す……

足音

築山　多門（つきやま　たもん）
1945年、岡山県生まれ。詩集『流星群』、『かいぞく天使』。
詩誌「漪」、「いのちの籠」。神奈川県横浜市に暮らす。
耳鳴りがはじまって久しい
ジィーとあぶら蝉が鳴いている

おだやかな月日が流れ
老夫婦の時が刻まれる
おそらく妻は
この十三夜の月を見ることもなく
安らかな寝息をたてていることだろう
永い時を共に積み重ねてきた
時の流沙
たえまなく同じ速度で流れ落ちている

耳鳴りは次第に増してくる
傷ついた獣が洞穴の奥で唸っている

明日は息子が孫を連れて
久しぶりに帰省するという
居間には孫のはずむ声があふれ
妻の柔和な微笑みが
皺の中に埋もれるだろう
活気に満ちた翳りのない非日常

耳鳴りは鳴り続ける
危険を知らせる絶え間ないシグナル

わたしは知っている
このおだやかな日々も
或る日　突然
断ち切られてしまうことを
近づいてくる足音に

かつて　いく人の人々が
時代の足音に気づいていたのだろうか
時の流沙はすべてを風化させてしまう

地雷を作っているお父さん

地雷を作っているお父さん
楽しい夕餉《ゆうげ》のひとときに
息子や娘たちの将来の夢に耳を傾ける

同じ晩・・・
地雷で息子の足を奪われたお父さん
楽しい夕餉も
坊やの足といっしょに吹っとんでしまった

地雷を作っているお父さん
息子や娘たちのためにあしたも仕事に励む
自分の子供たちだけのために・・・

和田　実恵子（わだ　みえこ）
1950年、大阪府生まれ。訳書『アレクサンダー・テクニークにできること』、詩集『舫《もや》う』。奈良県奈良市に暮らす。

望まぬこと

一人の青年が
タービン建屋の地下で
遺体で見つかったのは
二十日後のこと*

私たちが望まぬことは
あなたも望まなかった
きっとそうにちがいない

地震直後に青森むつ市の母親に電話
「発電所は大丈夫。動いている電源もあるし。」
そのあと津波に襲われて閉じ込められた
二十一年の生涯

母親が記者に語った
「親孝行でした。
社会人、技術者として育てていただいた東電さんに感
謝の気持ちです。」

どこか遠い日の言葉が
皮膚を逆なでするように蘇る

オクニノタメニオヤクニタテテ…

死を前にしたあなたの言葉で私は知る
地震の揺れだけで動かなくなった電源があったことを

原発の煮えたぎり崩れた大釜からは
半年後の今もなお
放射能が吹き上がる

私たちが望まなかった
この現実を
あなただって望まなかった
きっとそうにちがいない

*二〇一一年三月三十日福島第一原発4号機地下で発見。東日本大震災による二万人近い死者不明者の一人として。朝日新聞同年四月五日記事より。

青山 晴江（あおやま はるえ）
1952年、東京都生まれ。詩集『ひとときの風景』。詩誌「P」、「いのちの籠」。東京都葛飾区に暮らす。

まもなく五年、フクシマの狂気と

くぼ　えいき
1941年、旧満州奉天市生まれ。福島県須賀川市に暮らす。

――東京電力は二号機原子炉建屋の屋上にたまっていた高濃度の放射能汚染水が、K排水路を通じて少なくとも十か月間、外洋に流出していたことを明らかにした。（二〇一五年二月二十四日公表も流出を止める対策もしていない。）

いまフクシマは
なにもなかったような
日常が流れている
が
依然として避難者は十一万人余。
オリンピック作業の方が手当がいい。
原発現場の作業員は一日六千人。
除染作業の若者たちは黙々と働らいている。
東大合格をめざす学力リーダーを特訓中（県教委主催）
『全国の原発を再稼働しないよう求める意見書』が否決された（三月福島県議会）

放射線量が下がってきたが。
原発事故の建屋からロボットが
帰ってこない　回収もしない。
海に流れ出る汚染水も
知らぬ間に　知らぬ間に。
五年経てば
なんとか――。
オリンピックまで
なんとかウソついても。

忘れさられる前に。
安全な原発を売り歩く前に。
地球規模の話
核ゴミの処理の話
しながら謝罪の行脚を
狂ったように
東電と国はいますぐにも。

人肉だけは食うな

井上　摩耶（いのうえ　まや）
１９７６年、神奈川県生まれ。詩集『闇の炎』、『レイルーナ』。神奈川県横浜市に暮らす。

かつてタカのように大空を飛び
小さな獲物を捕らえていた
かつて白いハトのように
平和を愛し神を信じていた
そう、まぎれもない先進国の第一線にのし上がり
今では肥満大国になり
それでも食べるものがないと騒ぎ
各国で銃をはなち
人肉を食う
腹は膨れあがり
動けなくなれば
他の者にやらせ
どうしても血の気を見たがる

かつて私が生活し
愛したあの空や海
かつて私が思い悩み
励まされた土地
今ではどこの果てに……

これ以上
人肉を食うな！
これ以上
ヒーロー気取りの戦争などするな！
もはや未来を背負うのは
あなた方ではないと知って
まだ間に合うからと
暖かい真剣な笑顔を見せておくれよ

そして何も言えず
友人国としておとなしくしている
私たちをバカにするのも
終わりにしてくれ

日本よ
もう二度と人肉だけは食わずにいてくれ
最後の最後まで……

弁天池から

細島　裕次（ほそしま　ゆうじ）
1952年、栃木県生まれ。詩誌「雲」、「結城文學」。栃木県真岡市に暮らす。

小暗い古刹《こさつ》の参道の奥まった
白い風の絶えたあたり
からからの弁天池へ
紅《くれない》のぽってりした花弁が散る
と　たちまち枯葉となって降り積もる
戦後七〇年のこの孤独
蒼穹《そうきゅう》を引き摺り下ろして高く重畳《ちょうじょう》する樹木
スギの木
カシの木
スタジイの木
ヒサカキの木……
むらがる枝の葉かげにぞくぞく繁茂する
シダ　ヒカリゴケの類が
まつろわぬ人等の怨嗟の
エーテルを放っている
兄弟殺しの神の末裔《まつえい》の
村人が曲がった腰を
伸ばしのばし池の
掃除をしている
ここと反対側の山腹が
S鉱山会社の採掘で深く抉られ
すっかり水が涸れてしまったと嘆く
翁媼《おきなおうな》たちが　カサコソ枯葉をさらう
黒く腐った底に
どんよりとした虚無を纏って
破れた軍靴が奈落の口を開けている
（人間という生き物は　風に吹かれて
　うろうろする虚舟《うろぶね》だ）
鬱蒼《うっそう》とした樹木をかすめて
白い雲が流れる
辛酸を舐めた震災の空を
恩寵のように垂れてくる
静かな空を　白雲が漂う
ゴォッと唸る御神木の枝と枝　葉と葉
善と悪　生と死がよりあわされた〆縄
を　無常迅速の雲が行く
天平の五重の塔の護符のごとく

佐三という男

――現在、憲法論議のはざまで

昭和二十八年四月十日　佐三*所有の唯一のタンカー日章丸がイランの最奥部アバダンに到着した。イラン石油の輸入のためだ。

　航行は隠密裏になされたが、ルーカチャネルの入り口でUPI電の取材網に捉えられ、続いてテヘラン発のAFP電がそれは日本の日章丸であると断定。AP電、ロイター電が入り次第に情報が確実になると、佐三は外務省に行き日章丸の到着を報告する。そして要請に応えて記者会見に臨んだが、ある記者の質問はこうだった。

「現代の紀伊国屋文左衛門のご感想を聞きたい」と。

佐三はそのことばに引っかかる。佐三は答えた。

「断じて違います。諸君はイラン石油の輸入を、突飛な離れ業のように思っておられるらしいが、そうではない。それは私が常日頃主張する人間尊重主義のドラマの、一幕に過ぎません」と。

　昭和二十八年五月九日正午、横浜港外に日章丸が到着、午後二時の高潮に乗って川崎港に入って来た。

一万八千トンの巨大タンカー

　神戸―アバダン―川崎、アバダン碇泊日数四日十七時間、航海日数四十一日二十三時間十七分、全行程一万三九八〇海里、平均時速十三・八九ノットと新田船

松本　一哉（まつもと　かずや）
1923年、大阪府生まれ。詩集『サーカスの女王』、詩論集『中原中也論』。日本現代詩人会、関西詩人協会所属。大阪府大阪市に暮らす。

長の航海日誌に記されている。

　桟橋には佐三の重役たち、乗組員の家族たち、イラン政府の代表団、報道記者たちが所狭しと詰めかけていた。

　船長がゆっくりタラップを降りて来た。

　新田をいちばん待っていたのは、アバダンの船上で、「日本で会おう」と約束したイラン国営石油会社の営業部長アボス・バーヒデーだった。

　日章丸がアバダンからの帰途本土に近づいて来ると、AI（アングロイラニアン）社は六日、東京地裁に対し日章丸の積荷の「処分禁止の仮処分の申請」を出した。

　佐三と英国は真正面から対立したのだ。

　裁判は九日昼過ぎから東京地裁民事九部の法廷で開かれた。裁判官は北村良一。

　この裁判でAI側の主張は、一九三三年同社がイラン政府と結んだ利権協定はなお有効であるとし、一国が国有化（イランは産出石油を国有化した）する行為は国際法上不法行為を構成する。従って国営石油会社が取得した一切の権利は無効であり、そうであれば日章丸の積載する石油製品の所有権はAI社にある、とするものである。

　これに対し佐三側は対抗し、イランの石油国有化は国

際法に照らしても合法であると主張した。

イランは独立国家である。独立国家の国内法による石油国有化法は利権協定の拘束を受けるものではない。従って国営石油会社が石油国有化法によって得た諸権益は合法的かつ有効である、と。

裁判は三週間で終わった。北村裁判長は主文を読み上げる、「本件仮処分申請を却下する。訴訟費用は申請人の負担とする」と。

佐三の全面的勝利であった。

イラン石油事件から十年後、昭和三十八年十一月。佐三はまたも世間をアッと驚かせる行動に出た。

監督官庁の通産省（現経済産業省）と真っ向対立し、業界団体の石油連盟から脱退したのだ。

石油輸入自由化とともに国内の「過当競争」をおそれた政府は設備投資から生産費、時に価格まで統制する「石油業法」を制定したが、佐三は業界でただ一人、これに反対した。

佐三は無類のナショナリストでありながら、国家官僚を徹底して嫌った。第二次大戦前は反米機運の高まるなかで平気で米系企業や銀行と手を組んだし、戦後は米国の存在を尻目にソ連の石油を真っ先に輸入した。

昭和三十四年新春のことだ。通産大臣池田勇人の「国家的見地に立ってお願いできないか」のことばに佐三は打たれたのだ。

三月、佐三の東京本社にソ連のグーロフ石油公団総裁とアレキセンコン通商代表が来日、契約が成立した。

それは向こう六年間、ソ連のバクー石油を六百万トン～八百万トン輸入するという契約であった。その石油は中東原油に比し半値である上、低硫黄であり、さらにFOB建（運賃、保険などを含めない価格）のメリットもあるものだった。

昭和三十五年、ミコヤンソ連副首相が来日し、「あなたは米英の石油資本と戦っている」と佐三を持ち上げたが、佐三は答えた。

「米英の石油資本は今日の石油市場を作った功労者です。ソ連石油に市場をかき回されるのが困ると彼らは言いますが、生産量の大きいソ連石油を締め出すと、ソ連はますます西側を敵視するようになり、平和共存に逆行することになるでしょう。そう私は彼らに言っているのです」と。

＊佐三＝出光佐三（いでみつ・さぞう）
一八八五年、福岡県赤間町（現宗像市）に生まれる。神戸高商（現神戸商業大学）卒。酒井商店に入店。一九一一年満25歳で独立。門司市に出光商会を創業。一九四〇年出光興産株式会社に改組、社長に就任。のち会長を経て、一九七二年店主に就任。一九八一年、95歳で逝去。
「わたしの会社にはタイムレコーダーはない。机も同じ方向を向いてはいない。私は社員に全幅の信頼を置いている。四十五年の創業時代から出勤簿すらない。首もない。定年制もない。労働組合もない。」出光の社風だった。

ビジネスの仕組み

アメリカでは国家予算の多くが戦費だ*
国債は十六兆七千億ドルを超える
若い男も女も貧しくて多い高校中退者や
大学の学費を得たい者が志願して
派遣社員としての兵士となり
イラクやアフガンへ征き、戦死者つぎつぎ
化学兵器や放射性物質での死亡は現地火葬の念書
地雷を踏んで体がバラバラになったものは
寄せ集められ棺に入れられて帰還
バラバラ遺体を集めた者は精神が変になり
片足・片手を失って帰還する者も多く
手足がそろって帰還しても見えない傷を心に負って
普通の生活に戻れずホームレスになるもの五十万人
自殺者もおびただしい
ライフルぶっぱなし殺人事件を犯す者も出る

ふりかえって
日本では国債一千兆円
ブラック企業が目白押し
労働者に正当な賃金を払わず長期間酷使して

伊藤　眞司（いとう　しんじ）
1940年、中国北京市生まれ。詩集『切断荷重』、『ボルト』。
三重詩人、日本現代詩人会所属。三重県松坂市に暮らす。

派遣労働者はいつでも首にしてしまえる
自殺したってなんら意に介さない
そういう法律を政府がつくり企業ばかりを保護する
大学出て就職なく自衛隊員　泥濘《でいねい》を這う野戦訓練
有名女子大学卒業生も泥まみれで這いずる

原発メルトダウンの福島の人々は放りっぱなし
二〇二〇年に決まった東京オリンピックに
浮き足だち復興は順調にはいくまい
アメリカも日本も
弱い人間が大量に買われ消費される

*参考文献
『戦争熱症候群』薄井雅子著・新日本出版社
『フライドポテトと戦闘機』円道まさみ著　新日本出版社
『勝てないアメリカ』大治朋子著・岩波書店

戦争はどこへ行った？

風に舞う砂の音　月夜の砂丘は冷たく静か
　男は毀れている
二十歳を前に出征した　六十人の歩兵を引き連れ
ひとり馬上で行軍した
砂漠の民の小屋を焼かせた　人を焼かせた
部下を死なせた
そして長い敗走のあと辿り着いた祖国では
かつての敵国のために働き大金稼いだ
　男はいま毀れている
祖国に帰って取り戻した青春　社交ダンスに興じた
世界中に旅した　うまいもの食べた
あの戦争が終わって七十年　男の肩には頸木　足鎖
律儀な生活の果て　信じようとした幸せは手に入れた
しかし　ちゃんとお前の足首につかまっているよ　と
　毀れた男にあれは微笑む
パンゲア大陸から離れて移動し　ユーラシア大陸に
ぶつかりヒマラヤ山脈を隆起させた　インド亜大陸は
未だに北上を続ける　・・・　が
男には何も聞こえない
そうして　地下を充たし蠢《うごめ》く岩漿は真っ赤な怒りに身を
焼いて　おどろおどろしく南の島に吹き出す
人の心も怒りに満たされ　その捌《は》け口を求め続ける
二千万人（第一次大戦）、八千万人（第二次大戦）、
毎年一万人のテロの犠牲者　ヘイトクライム
かわいいもんだね　と　それは嘲《あざけ》る
異常繁殖したお前らに喰いつくされ
もうすぐ息絶えるこの身にしてみれば
お前らの殺し合いは一時の救いでしかない　と　呪う
お前らを生んでやった　愛おしみ育んだ
その見返りにお前らがしたことは
目先の強欲に取り付かれ
この身を貪ることばかり　せめてお前らの足首を
逃れ得ぬ足鎖で捉えてやっている　と　それは言う
　毀れた男よ　毀れた男よ
冷たい砂に埋もれ行く男よ
志田　道子（しだ　みちこ）
1947年、東京都生まれ。詩集『わたしは軽くなった』、『あの鳥篭に餌をやるのを忘れてはいないか』。詩誌「阿由多」、日本現代詩人会所属。東京都杉並区に暮らす。

草の葉のうた

日高　のぼる（ひだか　のぼる）
1950年、北海道生まれ。詩集『どめひこ』、『光のなかへ』。
詩誌「二人詩誌風（ふう）」、「いのちの籠」。埼玉県上尾市に暮らす。

ソウルの金浦空港から
全羅南道光州市
米軍と共用の光州空港へ降り立つ
米空母の艦載機
F4ファントムスカイホークは
わがもの顔でタッチアンドゴーをくりかえし
光州の街をごう音に包み込んでいた

＊

一九八〇年五月十八日　穀倉地帯の光州の街
水田は幼い草の葉のあわい緑に覆われていた

暴君が暗殺され
労働者は最低賃上げと暮らしを
学生は民主化を要求し
静かに立ち上がっていた
この地の民主主義をたいまつの炎のようにひろげよう
そのよびかけのなかに軍隊は
銃口をむけた

人間性をかなぐり捨てた殴打と発砲
死体があふれた血まみれの街
何人殺されたのか
だれが発砲を命令したのかいまもわからない
ただ国民に銃をむけた韓国軍に
移動の許可を与えたのは在韓米軍だった

＊

遺体はビニールにくるまれ
ゴミ収集車で運ばれ　埋められた
十八年後　墓の改修のため掘り起こす
　息子は骨しか残っていないのにビニールはそのままだ
父は母は号泣した

婚約していたふたりも殺され
いまは国営墓地のおなじ墓に眠る
雨がふりしきる光州の街
ふたりは手をとりあいながら
この空を見あげているのだろうか

＊

ぬれたほほをぬぐう

軍隊に無残に打ち壊されていく　いのち
市民も手当たりしだいに犠牲になっていった

街路のそばでぼうぜんと立ちつくしていた女性
兵士がかけより叫んだ
　その袋のなかにはいっているものはなんだ
こたえるすべもない女性に
銃剣は振り下ろされていた

民主化の願いを孕《はら》み臨月だった街
しっとりとぬれている舗道のかたわらに
赤いカンナの花が咲いていた

＊

二〇〇三年九月十八日
草の葉は朝露にぬれ
実りの季節をむかえた刈り取り目前の稲穂は
一粒ひとつぶ重そうに
頭を垂れていた

星の王女さま。『続・絵のない絵本』

高畑　耕治（たかばたけ　こうじ）
1963年、大阪府生まれ。詩集『愛のうたの絵ほん』、『死と生の交わり』。詩誌「たぶの木」、日本詩人クラブ所属。東京都多摩市に暮らす。

アンデルセンの『絵のない絵本』、知っていますか？
わたしの宝物です。
大切に想うこころ届いて、ある夜こんなわたしにも、
月は話してくれました。
ある小さな星のこと。

その星には国がありませんでした。
ですから国境はなく、すべすべ真珠のよう、
美しい輝き、つぶらな瞳なのです。
だから国民なんていません。
だれもが瞳を愛する、星の民です。

その星には軍隊はありませんでした。
戦闘機も戦車も銃も、遠い昔に捨てたのです。
過ちを、きちんと反省したのです。
核兵器？
あんなもの、愚かな時代を忘れないための、
記録文書にしかありません。
原発？
星の民は星を愛しています、
星のいのちを慈しみます、
星を穢した過ち直ちに深く恥じて、
きっぱり全部捨てました。

その星には政治家はいません。
ひとりひとりが自分の生き方の、
指導者、選択者なのです。
互いの話に耳を傾け、心を開き歩み寄ります。
独善的な命令、押しつけは蔑まれます。

その星には子どもの笑顔と、お年寄りの微笑みが、
あふれています。
みんなに見守られ、敬われ、しあわせです、
愛されているのですから。

その星には戦争はもちろんありません。
悲しく苦しく虐げられた、従軍慰安婦はもう、
ひとりもいません。
恥ずかしい歴史の過ちは償われ、語り継がれているから
です。

女性は生まれながらに、美しい、
星の王女さま。
王女さまを、男性は敬い、愛し、守ります。

だからその星に王家はありません。
とてもとてもおおぜいの、
王女さまと王子さまの星なのです。
だって星の民のだれもが…、
（人間だけ？　とんでもない！
草もお花も木も虫も小鳥も犬も猫も牛も馬も、
パンダもコアラもキツネもタヌキもクマも、
プランクトンもラッコもウーパールーパーも、
お魚もイルカもクジラもペンギンも、
あんまり多くてもう言えません！）
星の生きもの、だれもが、
ひとりひとりのいのちの主人公、
星の王女さま、
星の王子さま、
なのです。

その星の名前？
青い海の、美しい星。ほら、
あなたが、いま、生きている星、
地球の、
未来の姿です。

でもこのお話、ナイショにしてくださいね。
安心すると人は怠けがちですから。
どうして未来を、ですって？
わたくし月の、王女さま、
かぐや姫さまの、未来旅行の、
おみやげ話なのです。

王女さま、それまで、
仲良しのうさぎさんといつも、
愛する地球を見つめ、心痛め、
泣いてばかりいました。

ですから、未来旅行から帰ってきた、
星の王女さまの笑顔。
どんなに美しかったこと！
わたくし月も、どんなに嬉しかったこと！

＊参照：サン＝テグジュペリ『星の王子さま』。
アンデルセン『絵のない絵本』。

国のため

勝嶋　啓太（かつしま　けいた）
1971年、東京都生まれ。詩集『カツシマの《シマ》はやまへんにとりの《嶋》です』、『来々軒はどこですか?』。詩誌「潮流詩派」、「コールサック」。東京都杉並区に暮らす。

先日　両親が　テレビのミステリードラマを見ていて
ぼくも何となく一緒に見ていたのだが
ある殺人事件の裏に警察による不祥事の隠蔽があった
という物語で
これが結構　手に汗握る展開で
思わず引き込まれて　最後まで見てしまったのだが
正義感が強いエリート警察官僚という設定の主人公が
何かにつけて　大仰に
国のため　国のため
と言うので　話は面白かったんだけど
ちょっと嫌な感じがしてしまった

別の日に　両親が見ていた　ミステリードラマは
終戦直後　外国人による殺人事件が
外交問題に発展することを恐れた政府の圧力で
刑事たちの奮闘も虚しく　結局　未解決に終わるという
なかなか　社会派な作品で
これも　大変に面白く
ぼくも　思わず見入ってしまったのだが
最後に　ゲスト出演の大物スターが演じる偉い人が
国はもっと強くなければならない
と言っていて
話は面白かったんだけど
やっぱり　そこでちょっと嫌な感じがしてしまった

最近　零戦を設計した人を
空に憧れを抱いた純粋な人
として描いたアニメ映画や
特攻隊の青年たちを　人気俳優たちが
悲劇のヒーロー
みたいに演じた大作映画が　公開されていて
作品としては　感動的な　いい映画なのかもしれないが
国に　だまされ　利用され　殺された人たちを
いかにも　国を想い　国を守るために
命を捧げて頑張った　英雄
のように　言いくるめて
挙げ句のはてに
ぼくたちにも
その人たちを見習って
国のために　命を捧げて頑張れ

と強いるための布石のようで
正直ちょっと怖い

だって
七十年ぐらい前も
こうやってちょっとずつ
庶民の楽しみの中に
富国強兵のメッセージを忍び込ませて
最後は
皆をだまして
日の丸　背負わせて
国のため　国のため　と
若者たちを
殺戮場に送り込んで
殺し合いさせて
何百万人も
虫けらのように　殺したんでしょ
そんでもって　今は
神社に祀って
形だけ　神様扱い
しかも殺し合いさせた奴らも
ちゃっかり混じってんじゃん
こんな神社に
選挙の票集めのためかなんか知らんが

ソーリ大臣はじめセージ家たちが
わざとらしく参拝する
ふざけたパフォーマンスに
いずれ
近い将来
また
何百万人も殺されることになるんじゃねえだろうな　と
最近
すっごく
不安

空母

原　詩夏至（はら　しげし）

1964年、東京都生まれ。詩集『波平』、歌集『レトロポリス』。日本詩人クラブ、風狂の会所属。東京都中野区に暮らす。

昔――まだ「ガンプラ」や「フィギュア」が
そんなに出回ってなかった頃
プラモデル界の主役は　何といっても「ミリタリー系」
で　俺も　御多分に漏れず　安くて　船の種類の多い
「七百分の一ウォーターラインシリーズ」を
せっせと作っては　机に並べ　うっとり眺めていた
戦艦　巡洋艦　駆逐艦　潜水艦　何でもあったけど
俺が　一番好きだったのは　何といっても空母
あの　所謂「艦船」のイメージからすれば
かなり奇妙な　ぺたーんとした　パンみたいな
しかも　ブリッジが　異常に小さくて　右か　左か
変なところにちょこんとくっついている　その体形
その上に　小さな戦闘機　攻撃機　爆撃機を　沢山
一々　丁寧に色づけして　並べて　それはもう
軍艦のプラモを作っているっていうより　何だか
ケーキのトッピングをしているような楽しさで
なるほど　こいつらは　その名の通り
「母」なんだな　「お母さん」なんだな…と
何だか　他の船を作る時とは違った
ヘンな　安らかな時間が流れていた
しかも　戦史を読むと　こいつら　こんな体形なのに
実は　一番強くて　新式で　もう時代遅れの　戦艦が
偉そうに　でっかい大砲を　振り回しながら
力づくで　どっかんどっかん襲ってくるのを
「さあ　おまえたち　やっておしまい！」と
一つ一つは弱いけれども　力を合わせると　凄く強い
いわば　無数の「子供たち」とも言うべき　自慢の
戦闘機　攻撃機　爆撃機を飛び立たせ　あべこべに
こってんぱんに　袋叩きにしてしまうという
その戦法にも　何だか　明るい未来が感じられて
時々　その　ケーキのトッピングみたいな
実物の七百分の一の　機体を　つまみ上げては
ウィーン　ウィーン…と　自由自在に　部屋の中を
飛び回らせたものだ…そう　あの頃は
あれから　ずいぶんの　時間が流れた
善いことも　ずいぶん　いろいろ　経験した
嫌なことも　ずいぶん　いろいろ　経験した
そうして　だんだん　オトナになったことが
しあわせだったのか　そうではなかったのか

それは知らない　誰にもわからない
それでも　一つ　はっきりわかったこと
はっきりわかったから　はっきり言えること…それは
たとえ　お母さんみたいな　空母を発進した
勇敢な　子供たちみたいな　艦載機が
横暴な　お父さんみたいな　戦艦を
どんなにやっつけても　そんなの
新しい　明るい未来なんかとは
さしあたり　ちっとも　関係なんかないこと
どんなに　ケーキみたいでも　お母さんみたいでも
空母は　やっぱり　軍艦で
どんなに　トッピングみたいでも　子供みたいでも
艦載機は　やっぱり　軍用機で
どんなに　横暴な　悪いお父さんを　痛快に
懲らしめてるみたいでも　戦争は　やっぱり戦争で
そういうことが　わからなくなるのが
結局　もしかしたら　いちばん怖いことで
そういうことを　わからなくするのが
結局　もしかしたら　いちばん悪いことで
そういうことが　だんだん　わかってくることが
しあわせなことか　ふしあわせなことか
それは知らない　誰にもわからないけど
それでも　それがわかってこなければ
たぶん　世界は　ずーっと　このまんまで

それは　何だか　やっぱり　つらいことで
だから　しあわせでも　ふしあわせでも
やっぱり　こういうことは　きちんと
分かっておくべきことだろうと　思うんだ

第十四章　戦争をしないと誓った

人間の理性の根
――今次大戦の業火地獄から、共存共生の根としての祈りへ。

人間の存在というものは、どうしようもない業《カルマ》というか、欲望と権力からうずく花びらをひきずり、利益追求の性を背負って走り出す。自我《エゴ》と民族主義《ナショナリズム》の色彩をつよく放ちながら……。それも国家の利益の名の元に、覇権主義の魔性の根を這わせほほえみの満足。そうした吹き溜まりの力《パワー》で爆発するとき、民族や文化の対立、主義《イズム》の主張となり戦争やテロリズムの殺し合いの地獄をうむ。人類の業の哀しい花びらとなって。われら人間という存在は、古来から戦争という業火の歴史をくり返してきた。人間幸せへの根を無視した、野蛮な悲劇の行為をなしてだ。資源へのエゴを掘り、不条理の世界をつくる人間の闇へのさけび、その歩みへの実践。

こうした暗い世というか、戦争地獄への不吉の歩みではなく、共存共生の風景をつくり、大切な自然生命の息吹きを放散しているのが、自然の根といえる樹木や草や花、山河の風光なのであろう。自然の掟というべき共存共生の宿る根をもち、互いの天と大地の恵みをサイクルする、悠然自立の共生の根。人間はその根のありようを、自由・平等・博愛、あるいは寛容・慈悲・互助の思惟《しゆい》や感性を大事としなければならない。自然のもつ位置のはからいの根として。人間も、そうした天地のはからいの根として、殺し合う戦争という業苦よりも、人間として助け合う慈しみの根を張らねばならないであろう。

人間よ知ろう。考えることや学ぶことで知ろう。根というものは、生きるために存在し、共生するための生命の根であり魂であることを。やすらぎを与えてくれる木や草や花、そして山河や湖や海も共存共生に必要なフィールドなのだ。そうしたやすらぎの地形風土を破壊する戦争は地獄の業そのものだ。われら人類も民族宣伝や宗教を越え、平和へ継続する共存の根をうまねばならない。平和という風景風土のためにだ。人びとを操《あやつ》る殺し合いは、自然を法楽の美と仰ぐ人類にとっての不幸である。それには人間としての平和を希求する理性の根が大切だ。今日の世界の平和には、各国の憲法による平和の声が必要であろう。血を汚す自我突出の戦いよりも、話し合う外交の道で、戦争を断て。人類の智恵を活かして。そこに鋭い人間としての根を張れ。永遠の理性の根を。

石村　柳三（いしむら　りゅうぞう）
1944年、青森県生まれ。詩集『夢幻空華』、詩論集『雨新者の詩想』。詩誌「コールサック（石炭袋）」、「いのちの籠」。千葉県千葉市に暮らす。

日本国憲法・九条

白河　左江子（しらかわ　さえこ）

１９３５年、岡山県生まれ。詩集『もういいかーい　まあだだよ』、『地球に』。詩誌「黄《キ》薔薇《バラ》」。岡山県岡山市に暮らす。

犬は従順
猫は勝手
そんなことはない
今では　犬も猫もご家族様
保険がなくても医者にかけるし
最後を見とりお墓も作る
人間は
犬や猫といっしょに暮らす
かしこく有能な動物
が　どこでどう曲ったのか
教育が悪かったのか
それとも　それこそが
本来　人間にそなわった性質なのか
自分のものを増やしたい
　土地をお金を家族を
自分が上から眺めたい
　人々の多国の地球の上から
競争心　闘争心……

日本国憲法・九条・戦争をしない
が　どれほど輝かしいことなのか
今　止めなければ
間に合わない
原子力発電所がゼロの生活の
どこがどう不自由なのか
電力不足は国民全員で節約すればいい
〇＋〇＝〇
一＋一＝二
二＋二＝四　を忘れたのか

かけたはずの車のかぎが
何かに当たったのかかすかな音がして開いた
無意識で触れた原子爆弾発射の
ボタンが押された
遅れまじと各国のボタンが押された
戦争でない戦争が地球を汚染する
見えない放射能に
おおわれる地球

お月さまを見て感じたこと

北村　愛子（きたむら　あいこ）
1936年、東京都生まれ。詩集『証言―横浜大空襲』、『神様高齢者をあまりいじめないで下さいまし』。詩誌「いのちの篭」、「風《ふう》」。埼玉県川越市に暮らす。

虫たちが集《すだ》いている
窓をあければまんまるいお月さま
今日は満月だという
すすきもないがおだんごもないが
お月さまは
貧しい者も
富める者も
公平に照らして下さる

にっこり笑っておられるような
やさしいお顔
こうしてお月さまをゆっくりみられるのは
平和なくらし

平和なくらしを続けてこられたのは
憲法九条があったからこそと思う

　黒いカーテンをひいて
　電灯に黒い袋をかぶせ
　光がもれないように
声をひそめてくらした69年前
B29の空襲でわたしの家は柱一本残さず全焼した
横浜じゅうの家が燃えてなくなった
同級生のユミ子ちゃん（8才）は
まっくろい炭になって死んだ

逃げて逃げて逃げることばかりに追われ
夜になってもお月さまを見るどころではなかった
まっかに燃える横浜の街が
空に噴煙をふきあげていた
空はまっくろで
お月さまは隠れてしまった

お月さまはまんまるく
やさしく地球を照らしてくれるように
未来の子供たちが十五夜のお月さまを
うたってくらせるように
戦争はNOと言おう
憲法九条の解釈を変えることを
断じて許してはならぬ

つくしの合唱

してはならないことがある
わすれてはならないことがある
一九四一年十二月八日
一九四五年八月十五日

いのちの尊厳　物と化し　奪われた
古傷　後の世まで
心を塞ぐ

不信という烙印
古希に背を向け
いま　直　生生し

新しいいのちに　罪とが無いが
歴史は重々しく　その身にも　のしかかる
不断に続く　負い目
せおってる

一九四七年五月三日
新しい日本の誕生

志甫　正夫（しほ　まさお）
1934年、東京都生まれ。富山県富山市に暮らす。

メッセージ
「遂に　その日がきた
新憲法に忠誠を誓い
憲法の精神を　中外に及ぼし
憲法の　成果を　子孫に伝えたい
それが
われわれに
残された
唯一の　生きる　道である
確信する」　芦田　均

してはならないことがある
わすれてはならないことがある
まもらなければならないことがある
誇らしく

＊芦田均・衆議院　憲法改正特別委員長
一九四七年五月三日　政府主催　憲法施行記念式典
あいさつ　要旨略「　」内

道

山口　賢（やまぐち　けん）
1932年、山口県生まれ。詩集『道』、『未来人』。
詩人会議、佐賀県詩人会議所属。佐賀県唐津市に暮らす。

東日本大震災・福島第一原発事故の
被災者たちは嘆く
「帰る道がない」

「原発ゼロの道を！」
その声はいまや
全国に津波のように広がっている

もともと道は
暮していくために
往来するものだった

道傍に季節の花が咲き
昆虫たちが跳びたわむれ
木々が繁り
そこには労働と食と楽しみの
営みのリズムが
〝結い〟と〝絆〟になっていた

いつからか
曲がる道の美しさや
ゆったりの豊かさは度外視され
直線とスピードの
利潤の効率だけが求められ…
人間の幸せへの道は
ずたずたに切り刻まれた

繰り返された戦争の悲惨を捨て
先人たちが命がけで切り開いた
憲法9条、13条、25条こそは
未来につながる道なのだ

地球の平和を！

日高　滋（ひだか　しげる）

１９３４年、大阪府生まれ。詩集『日高滋詩集』、ペーパーマン―定本『紙人』。日本現代詩人会、現代京都詩話会所属。京都府京都市在住。

人が人として
ここに生まれ
人が人として
ここに生きる
人が人を殺さないよう
人が人に殺されないように
ともに信じ合う平和をこそ

人が人として
今日も生きる
おいしいものが食べられるよう
みんなのために働けるよう
みんなが笑って暮らせるように
みんな元気に平和求め

水と緑の星
我が地球
自然の豊かさ保つために
一人一人が声を出して
世界中が声を合わせ

一つの地球
平和にしよう

人が人として
ここに生きる
神や仏を信じる人も
神や仏を拝まぬ人も
仲良く踊る輪になって
手と手をつなぐ平和をこそ

＊この作品は、当初「みんなでうたおう」と題し、大塚楯征氏作曲で、常磐野９条の会の歌として、街頭宣伝や平和集会で歌われている。

忘れない

平和のために　武器を持つと言う
争いの解決に　武力で鎮めようと言う
どこで、歯車くるったか
忘れたのか
三百万もの罪なき人を
殺《あや》め奪った、この国のついきのうまでの
たどった道を
犠牲とひきかえにようやくつかんだ
戦争をしない時代、平和な世の中
まだ七〇年だ
平和のために戦うと、どうして手を
あげられよう
世界中にこう言おう
日本には九条が、
戦争をしないと誓った憲法九条が
あるんだと。
夢も希望も絶たれたはてに
生命終えた人たちが
さずけてくれた勇気ある知恵
未来につなぐ約束

大矢　美登里（おおや　みどり）
1952年、神奈川県生まれ。神奈川県愛甲郡に暮らす。

戦争をした国の子だからできる
唯一の方策

忘れるな　忘れるな
この平和の根っこには
多くの人が　眠っている

筍と蕗を

筍と蕗を炊き合わせて食卓にのせる
今年も繰り返す五月の食卓

土の中育った命が約束通り顔を出して
初夏を告げる

もうずっと
歴史などひも解かなくとも
五月は約束を反故になどしなかった

筍と蕗を炊き合わせて
五月の食卓にのせる

約束通り
季節は正しくリズムを刻み
命つなぐことを教えてくれる

たかだか七十年前に交わした約束を
反故にするという

今年も筍と蕗を並べた平穏な五月の食卓
竹林の中
恵みの再生
今年も若竹が顔を出す
遥かむかしから、条文など交わさなくとも
たがえずに守られた約束

たかだか七十年で
とっておきの約束を反故にするという乱暴と不作法

約束など交わさずとも野山はそこにある
戦に踏みにじられても
ただそこにある
もうずっと

申し訳がないのです
いただいた命に
散らしてしまった命に

今年もまた筍と蕗を炊き合わせて食卓に並べました
油谷　京子（ゆたに　きょうこ）
1952年、大阪府生まれ。アンソロジー詩集『SNSの詩の風41』。関西詩人協会所属。京都府相楽郡に暮らす。

学び

月は慈しみを　星は優しさを気づかせ
風は憎しみを運び去る

弱いから戦わないのではない
強いから戦わないのだ

九条があるから戦えないのではない
その心を知るから戦わないのだ

売られた喧嘩を買わないのは
自分を律することができるから

他国は日本にあこがれる
安心安全な日常に

格差の少ない人々の暮らしや
礼儀正しく穏やかな人柄に

世界は日本を讃える
七十年間守り抜いている平和を

真田　かずこ（さなだ　かずこ）
1952年、島根県生まれ。詩集『新しい海』、『奥琵琶湖の細波』。詩誌「山陰詩人」、「トンビ」所属。滋賀県高島市に暮らす。

心琴窟

戦争経験のない我らにも、
時を超えて心に刻むべきものがある。
それは、世界遺産となった原爆ドームだ。

大義名分で麻痺していった肌感覚。
自由にものが言えずに閉塞していった反対論。
戦争体験を知れば知る程、
戦争放棄を唱える憲法九条の言葉が
じわりと肌に沁みてくる。
第九条は日本の未来のためだ。
永世中立理念が自国の未来のためであるように。

戦争体験のない我らにも、
もう一つ心に刻むべきものがある。
それは、自然が持つ緩やかな回帰性だ。

一人一人の肌感覚を育む自然は、
発信する大切さ―勇気も教えてくれる。
「九条の会」を呼びかけた一人であられた
故加藤周一氏の言葉が

津野　泰子（つの　やすこ）
1953年、大阪府生まれ。元、「The Poetry Society of Japan」所属。
大阪府堺市に暮らす。

ひやりと肌に響いてくる。
国際社会に於ける日本の個性は、
第九条にかかっている。

戦争放棄を唱える第九条の言葉には、
地下から聞こえてくる
水琴窟のしじまを震わせる響きがある。
解釈で揺らぐ九条への回帰を促す
水琴窟の音色がある。
その響きや音色が
ひんやりと心に染みてくる。
原爆ドームが恒久平和の礎である故に。

戦争放棄をして

木村　孝夫（きむら　たかお）
1946年、福島県生まれ。詩集『ふくしまという名の舟にのって』。
詩誌「PO」、「コールサック（石炭袋）」。福島県いわき市に暮らす。

憲法で
戦争を放棄してから
何年になりますか？

大事さは分かっています
日本の戦後の
骨格であることも

歴史の長さの中で
小さな点にもならない
まだ　ひ弱な
句読点の出来損ないです

戦争を放棄したことを
教科書で習いましたが
その本当の意味が
分からないままきました

それを　もう
変えようとするのですか
数えきれないほどの
理由をぶら下げて

戦争を放棄したと
政府は　日本国内を
憲法九条を抱えて
何回まわったのでしょう

憲法九条を知らない
若者が増えています
私も　憲法九条を
まだ暗記できていません

教科書の検定も
次々と厳しくなっていったから
戦争を放棄した国だと
知る人は少ないのです

でも憲法九条の

その一方で

国を守る為にと
軍事用兵器が増強されてきました
あっと驚く
兵器もあるのです

秘密の秘密
そんな秘密が沢山あって
兵器類はほとんどが秘密です
オスプレーも
そっと購入しました

アメリカとの絆は
夫婦の絆よりも強いと言っていた
政府の高官

本当にそうでしょうか
いざというとき
アメリカは守ってくれますか
兵器の仲だと
いった方が正しいでしょう

戦争放棄は
できないのでしょうか
戦争放棄で
国は守れないのでしょうか

この時代
戦争放棄は恥ずかしいですか

何故急ぐのでしょう
憲法九条で日本は守れる筈です
アメリカの核の
傘がなくても

外交こそが平和の礎
まだ戦争を放棄して
七十年にもならないのです

あの悲惨な戦争を
仕掛けた国は
どこの国だったのでしょう

二〇一四年　八月十五日

咲き終わったのうぜんかつらが
　又、咲きました
だいだい色がポツンと二輪ほど
　風にゆれています
今日は、八月十五日
　終戦記念日
　　良く晴れています

孫達はそれぞれ
上の子はレインボープール
下の子は陸上競技の部活へ
娘夫婦はデパートへ買い物
カミサンはカーブス、トレーニングジムへ
家の中はシーンと静まり返っています

　六十九年間
平和を護り続けたこの国
　これからもずうーとそうありたい
この国の美しい憲法を
大切に護りながら

　黙祷

鎮魂の鐘、心に響かせながら

舟山　雅通（ふなやま　まさみち）
1940年、東京都生まれ。詩誌「旅人」、あきる野詩の会所属。
東京都あきる野市に暮らす。

FOREVER AND EVER

一九四五年四月七日、沖縄沖にて
黒鉄の城、不沈戦艦大和は海のもくずと消えた
米軍機の波状攻撃により、なす術も無く撃沈されたのだ
　軍国政府による一億総特攻命令のもと
全く勝利のあての無い出撃によりもたらされた結果だ
　不沈戦艦、不沈神話、強い国、神国日本

　何処か似て来ていませんか

高さ五〜七メートルを超える津波は来ない
　などと言っていた、原発の安全神話
国民の安全と平和を護り
美しい強い国を目指すとの掛け声の下
　集団的自衛権の容認、武器輸出三原則の緩和
軍拡競争への参加、いたずらなナショナリズムの高揚
「戦争を知らないと言われたって経験出来なかったのだから仕方ないでしょ」と言わないで下さい

今、世界のあちこちに戦場が在ります
ウクライナ、中東ガザ、イラン、イラク、シリア
　援助ばら撒きの外交訪問だけでなく
その現場に行って自分の身体で体験して来て下さい
　戦争の狂気、残虐さ、その異常さを実感して来て下さい

この国を、今よりそんなに強い国にしなくても
　良いのでは有りませんか
何処の国とも仲良く、強がらず、でしゃばらず
美しい我が国の平和憲法を護りながら
絶対に戦争はしない、させない
　真の平和主義を永遠に貫く
　これで良いでは有りませんか

「日本国憲法　第九条」
第一項　日本国民は、正義と秩序を基調とする国際平和を誠実に希求し、国権の発動たる戦争と、武力による威嚇又は武力の行使は、国際紛争を解決する手段としては、永久にこれを放棄する。
第二項　前項の目的を達するため、陸海空軍その他の戦力は、これを保持しない。国の交戦権は、これを認めない。

平和を築くために

戦火の絶えない地域では
家族がそろって　満月を
のんびり　ながめられないだろうな
そんな　思いが脳裏をかすめた

私は　この地
まだ　静謐な世で暮らし
いま　朝餉が始まろうとするとき
孫娘との語らいを思い出す
が
湯飲み茶わんを脇に置いて
孫娘の「おはよう」の声にほほえみ
ニュースのボリュームをあげる

おじいちゃん　おつきさんに
うさぎさんがいるって　ほんとう？
おひめさまもいるって　ねえ　ほんとう？
——ほんとうだよ　いるよ
おじいちゃん　おつきさんが
ついてくるね

こまつ　かん
1952年、長野県生まれ。詩集『見上げない人々』、『龍』。
詩誌「乾季」、「詩人会議」。山梨県南アルプス市に暮らす。

いつも　ついてくるね　どうして？
——うん　ついてくるね　うれしいな
　みんなを　まもっているんだよ

連日　世界中を
悲惨なニュース映像が駆け巡り
迫る叫びを浴びる
と
萎える下肢
圧迫される胸部
遠い孫娘の声……
私は意識を失うのか？　失ってはいけない！
まなこを開き　まっすぐ前をみるのだ

強靭な精神を！

In this life we cannot do great things.
We can only do small things with great love. ＊

日本は

一九四五年八月十五日から戦争をしていない
国民は
一九四六年公布の日本国憲法を堅持している
憲法第九条を大切にし
子孫に残そうとしている
このことを誇りにしていい
これから胸をはり
この国の
平和憲法を世界中にアピールして
地球全体の恒久平和を築いていく

誰も未来社会の姿を知ることはできないが
やさしい葉音につつまれた
平和な未来の実現のために考えて行動する
これは　今からでもできる

そこかしこで
いのちの波音がしている

私は強靭な意志をもちたい！

＊生涯の大半をインドで送った修道女マザー・テレサは、人間の持つ〝大事業を成し遂げる〟という野心に対して、愛を込めた名言を遺しています。「この人生で私たちは大きな事は出来ません。小さな事を大きな愛で行うだけです」～ＮＨＫ「ラジオ英会話」（遠山顕）二〇一五年二月号～

人間のつくったもの

人間は数限りなく
ものを発明してつくってきた
それらは生活にたくさんの恩恵を与えてきた
そしてひとたび戦争が始まると
それらのほとんどが見事に使いこなされた
ライト兄弟は空を飛ぶという魅惑的な経験がしたくて
飛行機をつくった
決して他の国に爆弾を落とすためではない
自動車は遠くの場所に手早く移動するためにつくられた
武器や兵士の輸送のためではない
通信機器は人と離れても触れ合いたいからつくられた
攻撃命令をくだすためではない
船は波に乗って陸地にたどり着きたいからつくられた
魚雷を発射するためではない
人間の胎内から生まれ出た人間そのものも
戦争の道具として使いこなされた
強制的に召集されて
縁もゆかりもない外国に連れていかれて
死を迎えた無数の人間たち
彼らは本当は他のものをつくりだすはずだった

星野　博（ほしの　ひろし）
1963年、福島県生まれ。アンソロジー詩集『SNSの詩の風41』、エッセイ集『それぞれの道～33のドラマ～』。東京都立川市に暮らす。

道具や機械をつくったり
畑で作物をつくったり
もてなしの料理をつくったり
恋文をしたためたり
音楽を奏でたり
握手をして友情を生み出したり
やがてはわが子や孫をその腕に抱くはずだった
彼らは引き金をひくために生まれてきたのではない
やがて戦争が終わって
もう二度と繰り返さないとの決意をもってつくられた
平和を維持するためのきまり　憲法
それも年数が過ぎゆくうちに
新しい解釈や意味合いを付け加えられて
別物にされてしまうのか
人間としてなにをつくりだすのか
ひとりひとりに委ねられている　いま

解説

詩の心で受けとめるかなしみは切実な願いのかたち

佐相　憲一

一

収録作品個々の分析などは鈴木比佐雄氏にお任せして、ここではこの本が刊行された現在の時代状況と詩との関連などについて、根本的なことを述べたいと思う。

「戦争はいけない、平和がいい、と誰もが願っている」というのは残念ながら幻想だ。人間社会の倫理は、究極のところ、経済的利害関係の影響を強く受けている。

現在、国会で「集団的自衛権」「安保関連法案」が論議され、日本が武力攻撃を受けていない場合でも、アメリカやその他「同盟国」との関係によって、海外で武力行使ができるようにされようとしている。世論調査では、国民・市民の多数はこれを支持していないが、どうしてこのような物騒なものをゴリ押ししようとするのか、この背後には大きな経済的利害関係があるだろう。

もはや世界の覇者として通用しなくなった超大国アメリカにとって、国家財政上これ以上の軍事費増大は無理となっており、「同盟国」日本にアメリカ的世界支配のための軍事負担を肩代わりさせたいという事情がある。沖縄の怒りを買ってでも日米軍事同盟が新基地などすめるのもその一環である。では、亡国のような追随外交をする日本の政治家はどんな利害関係をもつのか。彼らは財界要人としょっちゅう会っている。財界こそが彼らの資金と活動の支持基盤であり、吸わせてもらう汁は相当うまい。リッチな政治家生活を続けるために、彼らは大企業トップの世界戦略の代弁者となっている。戦後断ち切れたはずの財閥的なものは形を変えて残り、公然の秘密だったことがおおっぴらな実施に変わったような感じの武器製造・輸出などがある。核に関連して原発技術輸出なども首相の応援で巨額の儲けを生んでいる。日常生活の製品や技術においては、多国籍企業となって久しい日本の大手企業が、台頭した中国や韓国などの企業との国際競争に勝とうと必死であり、日本国内での税金払いを極力避けて、人件費などコストの安い海外拠点での展開へどんどんシフトしてきた。こうなると、財界の欲求として、政府には日米軍事同盟の傘の下でアメリカの仲間のふりをしながら自衛隊なども使った「安全保障」で、どんどん新たな世界へ産業展開できる基盤を広げてほしいだろうし、日本国民には競争相手の中国・韓国への嫌悪感をもってもらい、北朝鮮の怪しい動きなども大いに利用しながら、日本は危険にさらされている、日本民族は素晴らしいが周辺アジアはけしからん、といった傾向を植えつけたいだろう。本来なら、そうした政財界の危険な動きはマスコミが鋭くチェックして告発追及すべきだが、大手新聞社もテレビ局も大事なスポンサーである大企業の機嫌を損ねることを怖れてなかなか歯切れが悪い。巷では、教育現場で過去の日本の植民地支配や侵略戦争の事実をごまかし美化する教科書が採択されたり、マスコミや出版社が嫌韓・嫌中を広め、巷ではヘイト・スピーチの悪夢が吹き荒れている。こうした暴力の風潮はこどもたちに伝染し、いじめ問題などが深刻化している。

保守化というより右翼化と言っていいこの異常な風潮は、バブル崩壊後、そしてリーマンショック後、ますます進行する格差社会の経済的ストレスに端を発している。それをある種の政治勢力が利用し、一部の経済界も利用しているのだ。日本は素晴らしい、ということをこどものうちから植えつけて、世界友好より冷徹な企業戦士や思想戦士を、あるいは本当の戦士を養成すべく、教育制度も着々と「改革」されてきた。あげくの果ては、国公立大学から人文系をなくそうなどという動きまで出てきている。実益上、何の足しにもならない文学や、国家権力や行政権力を監視して自ら思考し、いちいち抵抗するやっかいな人材をつくりかねない学問はやめさせて、直接実益になるノウハウのみ徹底的に教え込む、というのだろうか。戦争の反省に根をもつ、国歌・国旗のあり方への国民の多様な考えを断罪するように、あっと言う間に現在では、学校現場で「君が代」斉唱と起立が義務づけられて、従わないと処分までされる世の中になってしまった。教師たちも大変である。

しかし、ここまで露骨な傾向を示す政治経済の世の中となると、その中から矛盾と抵抗が出てくるものだ。歴史認識問題では村山談話に関わった外交関係者自らが現政権のアジア外交の言動に違和感を示し、戦争に関する法案問題では判断を依頼された憲法学者が違憲であると発言し、TPP問題では農業関係者たちが長らくの支持政党や政治家に別れを告げて日本の農業つぶしの政策に反対している。このままでは自衛隊が海外で戦闘行為をすることになると自衛隊員自身及びその家族が動揺している。アジア蔑視の本ばかりではだめだとアジア友好を見つめる書店が出てきたり、異常なマスコミ統制に逆らうように一部のテレビでも好戦的な風潮を警告して平和の尊さを強調する実証的な番組が放映されている。ほかの問題では意見の違う五つの野党が結束して、政府の安保関連法案強行採決阻止の共闘を組んでいる。これらの動きの深部にも経済的利害関係があって、国民多数の生活基盤を崩す増税や社会保障切り捨てと同時の軍事増大の矛盾、日々生活する国民の命ごと奪いかねない改変への危機感、沖縄基地問題も沖縄だけの問題ではないと県民に共感する国民層の増大、日中が友好関係でないと日々困る在中国の日本人企業家の存在、同様に在韓国の日本人企業家の存在、アジア友好でこそ客も増えると実感する観光関係者の不安、原発にしがみつく利権勢力に愛想を尽かした国民・市民の脱原発運動のひろがり、などがある。

今の韓国や北朝鮮や中国の政治が好きかどうかという極めて観念的・感情的な問題は、本当の日本の安全と繁栄とは全く別の事柄であろう。資源の乏しい島国の日本は、さまざまな技術力と合わせて、世界友好的な平和を愛する傾向の国民性を戦後育んできただろう。そして、かつて侵略してしまった国々には反省を示し、平和な尊重関係を築いてきただろう。だからこそ、戦後の日本は比較的に、世界中の人びとから親しみをもたれてもきたのではなかったか。それが、湾岸戦争やイラク戦争などに加担する過程で自衛隊が海外展開するようになってから、アメリカの子分のような見られ方をして、テロリストの標的にもされ始めているのだ。一体これのどこが国益だろうか。そういう矛盾への抵抗現象として、今、日本の中に再び平和の方向を求める動きが活発化していることを記しておきたい。結成十年を超えた「九条の会」は国民・市民各層、各地域に隈なく展開し、世論形成にかなりの力を発揮している。著名人も勇気をもって平和に関する危機感を表明する人が増えている。詩の世界でも、「九条の会詩人の輪」の賛同者がこの七月には一一一九名にまでなり、詩の世界で信頼されている幅広い詩人たちがアピール行動に連なっている。

二

このような緊迫した状況の下で迎えた戦後七十年、お届けするこの本は詩集である。思うに、ひとりひとりの命を見つめる詩文学は、その根本からして、いかなる権力の強制も受けない、繊細で多様な営みであろう。当然、戦争的なものによって統制されるのを嫌うだろう。そもそも、詩を書く主体や読む主体の命あってこその世界である。人生を見つめることに心を集中できない世の中は不幸であり、一見何の役にも立たないように見える詩文学には、実は人の心の深いところで交信し合う大きな力があるのだ。

平和という言葉は乱用されてきたので、つい素通りしてしまう向きも少なくないだろうが、本当の平和とは、国家間の関係にとどまらず、人間存在の深いところの相互尊重、共感と交流の思想・哲学を含むものだと言えよう。気に入らないから暴力的に切り捨てるというものとは正反対の考え方だ。であるならば、詩文学というのは、その切実性における他者同士の交感において、最も深いところの平和と結びついているのではあるまいか。

ここに収録された305人の平和はそれぞれに切実だ。詩作品に託しての平和の思いは、ひとりひとりの個別性が強い。言わんとする方向は共通していても、微妙なニュアンスなど内面の動きは違っている。文学ならではの試みと言えよう。論理上、戦争はいけないと唱えても、それはそれで大切ではあるが、生身の人間の心を強く動かすまでには至らないかもしれない。先に述べたように、戦争的なものへ向かう先導役の背後には利害関係があり、その人にいくら「ダメです、いけません」と叫んでも、言うことを聞かないだろう。だが、世の中のひとりひとりの心がそれぞれ本当に平和を希求し、声にするなら、その世論の盛り上がりは政治家も経済界も無視できなくなるだろう。詩はそのために書くわけではなく、あくまで個々の内側から発する芸術行為ではあるが、結果として、読んでくれた人びとと平和に関する心の深い対話が作品を通して実現するなら、素晴らしいことだろう。

平和という大きなテーマのつながりはあっても、個々の詩の書き方はさまざまである。

戦争など社会状況の実態を克明な具体描写で記す手法。これは、事実の力とそれをまとめる作者の思想の力があらわれるだろう。いわゆるリアリズムの手法で、あいまいさをそぎ落としたドキュメンタリーの特長を帯びながら、作者独自のリズムが加味される。いっさいの主観を排した厳しいタッチのものと、適度に感慨の交じるものがあり、いずれにしても事実の切り取り方の鋭さや新鮮さが鍵となっている。叙事詩は今も生み出されるべきだろう。

個別の描写ではなく、抽象化された本質の提示が光る手法。何のことか、いつの誰のことを書いているのか、直接は定かでない場合も多く、読み手にさまざまな類推と連想を呼び起こす。これは風刺詩などによく見られる手法で、ニヤリとさせたり、ドキリとさせたり、グサリとさせたりする。戦前の検閲の世の中でも攻撃をかわして生き延びた権力風刺の詩もあったが、現在はまだ一応ものを言う自由があるので、複雑な迂回路を計算しなくても大いに風刺詩が書けるだろう。

現代的に抑制された形の抒情味を出しながら、淡々と、あるいは切々と内省の声をつづる手法。人生の内奥から出た言葉であれば、この書き方は読み手に共感を呼びやすく、「わかるなあ、この気持ち」という素朴な共鳴は読書体験において大切なことであろう。対話形式のものだけでなく、独白もまた人の胸を打つ。手記のような趣のものもあれば、連などのリズムを重視した本格的抒情詩もあろう。

繊細な心理描写を丁寧に展開する手法。詩が根源的に内面を反映するものであることから、この手法はある意味、最も詩らしいものと言えよう。巧みな飛躍やすぐれた比喩表現、暗示の力などが見られる時、複雑な現代社会に生きる読者に伝わるものは豊かであろう。

語りかける口調の手法。ざっくばらんな語りは読みやすく親しまれるが、そのリズムの中に、どこかほろりとさせるものがあったり、静かに熱く押し寄せるものが読み手にも伝わったりすると、いい詩として胸に刻まれるだろう。

ＳＦやファンタジー、夢の世界など大胆な想像力の世界を展開し、物語を進行させる手法。未来警鐘や理想郷のほか、過去の歴史の想像物語もあろう。観念的に走らずに冴えた発想で成功すると、文学的な楽しみを存分に味わいながら読めるものとなる。

政治的アジテーションを隠さない檄文的な手法。これは詩ではないと断ずる向きもあるが、私はこれも詩のひとつの魅力的な形と考える。論理をそのまま吐き出すだけの観念的なものにならず、そこに作者独自の視点や表現が光ることが望まれる。アジテーションまでは行かない、繊細なよびかけ調のものも多様に書かれてほしいものだ。

童話や童謡の雰囲気をもった手法。ほとんどが大人のためのものであるが、一見単純化された素朴な詩句に、深くて豊かなものが感じられることがある。行間のニュアンスも含めて、優しい語りの詩の魅力をもっている。

歌の要素を感じさせる手法。言葉のもつリズムを生かしたもので、言葉遊びも使える。曲付きでなく、あくまで文字だけで読ませないといけないので、歌詞とは違う難しさがある。いい意味で大衆性や風刺性などを出しやすい形式なので、あとは作者の腕前次第である。

俳句的な発想の、極度に凝縮された言葉と無言の行間を効果的に使う手法。これには視聴覚など五感の想像力に訴えるものや、禅問答のような思念の含みを考えさせるものなどがあるだろう。もともと詩は言葉を凝縮するものだが、和歌以来の短詩を伝統に持つ日本文学の場合、削りたがる傾向が著しい。それが詩の世界の独善的な教義にまでなると害が大きいが、個々の作品において大いにその魅力を発揮したものは光る。

以上、いくつかの手法を思いつくままに並べてみたが、これらは相互に浸透し、その入り組んだ要素の混合物として、現代詩があるだろう。一概にこの作品はこのタイプと決めつけるわけではない。また、これ以外にもたくさんの手法があるだろう。それを大前提に、詩の傾向を分類してみた。

何やら詩論のようになったが、詩を読む楽しみの一助になれば幸いである。

いずれにしても、内容の切実さの重要性を強調しておきたい。切実さにもいろいろな要素があろうが、書かずにはいられない、どうしても書いて伝えたい、あるいはどうしても記しておきたい、そういう作品は誰かしら読み手の心に何かを響かせるだろう。そういう作品の場合、作者にある程度の詩の技術があれば、それに適した手法も選ばれるだろう。そこまでいかない荒削りのものであっても、むしろそのことが切実な初心を浮き彫りにしてくれることもあろう。

そのような切実性のことを考える時、ほかにいくらでも書くテーマがある中で、あえて平和に関する作品を書き残すことは、作者のこのことへの強い切実性を物語っていると言えるのではないだろうか。いまどき平和の詩なんて、などと寝ぼけたことを言っているうちに、状況は戦前のような方向に向かってしまい、いつしか平和の平の字も書けない世の中になる恐れも否定できない。

戦後七十年の今、こうして305人の平和に関する多様な詩をアンソロジーに編むことの意義と切実性を実感している。

さまざまなアンソロジーに関わってきたが、今回の特徴の一つに、いわゆる詩界で活躍している詩人たちのほかに、そうではない、日頃詩界のアンテナが届かないような、独自に書いている無所属などの書き手の作品が多く収録されていることが挙げられる。目次や裏表紙の作者名を見渡せば、その新鮮さが明らかだろう。それだけこの本は、詩の世界だけのものではない、ひろいものをもっていると言える。ベテラン詩人を含めてよく知られた各地在住の詩人たちも、こうした新しい可能性の中に並べられて共演することで、新鮮な刺激を得られるだろう。レトリックのあり方に関してずいぶんと違う様相の詩群が、平和という一点で一堂に会して掲載されていること、それは詩というものについてもさまざまに考えさせてくれるだろう。もちろん、大変すぐれた技術を駆使して感銘を与えてくれる詩人たちの作品に私は深く共感するものである。しかし、同時に、あらわな形でストレートに平和の思いを書いた切実な作品群にも私は親しみを覚えて共感するのである。詩とは志だ、という言葉は昔からあるが、それを実感させてくれる。だから、そうしたさまざまな出所の詩が一堂に会したこの平和アンソロジーは、詩文学の中においても、巷の大衆社会の中においても、生きた光を放つのではないかと期待している。

三

冒頭の今日的社会状況の話に戻るが、今年の八月六日にプロ野球の広島東洋カープは、選手全員が86の背番号を付け、帽子には白い鳩の模様を付けてプレーするそうである。ヒロシマ被爆と戦争の悲劇、平和の尊さを忘れないために、ということだ。平和への道のりは、このような願いの行動によって、私たちひとりひとりが選択してつかみとっていくものだろう。あまりにひどい好戦的風潮と、平和思想への敵対風潮、しかしそれはよく見ると、ごく一部の為政者たちと一部の言論界の暴走であって、国民・市民の多数は今も平和をこそ願っているのである。平和的解決を言うのが「偏向」ではなく、戦争法制定と九条改憲を急ぐ今の政治家の言動こそ偏向であろう。予断を許さない緊迫した情勢ではあるが、中長期的な眼で見て、平和への人類の絶え間ない努力と強い願いの力は、決して屈しないだろう。その平和志向の先頭を日本が行こうという考えこそが、新たな時代を見据えた建設的なものであろうし、日本の真の国益にもつながるであろう。保守や革新、さまざまな思想信条の違いなどを超えて、多様なやり方で、平和への声を挙げ続けたいものだ。そして、それを拒むものに対しては毅然と抵抗する連帯の力を発揮したいものだ。人として、殺人や環境破壊、地球破壊の最たる戦争に、いつまでしがみついていられるのかが問われている。

そのような今、ほかでもない、詩の心で、平和という問題を根元から見つめたい。テーマ上、この詩集には、かなしみがいっぱい詰まっている。そのかなしみをごまかさないで見つめることから出発したい。かなしみを感じなくなった時、人は何かが壊れていくのだろう。ひとりひとりの命の声を聞くのが詩の心なら、詩は平和な世界への希望の砦になりうるだろう。個人を大事にすることなしに国家の繁栄などはあり得ない。権力の暴走著しい昨今、個人個人の繊細な声を聞く文学の役割はますます大きいだろう。

この本がひろく読まれ、一篇一篇の詩が、人びとの心に響くことを願っている。

夏蟬のように「平和とは何か」を問い続ける

鈴木比佐雄

1

私の敬愛しているシベリアに抑留された下級兵士の鳴海英吉は、二〇〇〇年に亡くなったが、晩年にはよく「今はすでに戦前だ、今度の戦争で日本の若者たちはきっとアメリカ軍に加担して命を落とすことになるだろう」と語っていた。酷寒の地に見捨てられた兵士の予言的な言葉は、今も決して忘れることなく胸を抉ってくる。二〇一五年の夏、集団的自衛権を容認する「安保関連法案」は国会を通過しようとし、不戦の誓いである憲法九条の精神は、風前の灯《ともしび》だ。しかしたとえ風前の灯であったとしても、その灯の炎にエネルギーを送りつける詩人たちは存在する。戦争に抗う詩人たちは戦争の実相を踏まえて平和を願う詩を書いてきたし、今も書き続けている。

本書について昨年の十二月一日に刊行された「コールサック（石炭袋）」八十号の公募趣意書で次のように書き記した。

〈近頃、父の世代で二〇〇〇年代に亡くなった敬愛する鳴海英吉さん、浜田知章さん、木島始さん、宗左近さんたちをよく想起する。私の暮らす柏市で宮沢賢治研究者の小倉豊文さんを偲ぶ会をした後に浜田さん、鳴海さんと私の三人は居酒屋で酒を飲んだことがあった。酔いが回ってくると浜田さんと鳴海さんは、上官からのリンチまがいの体罰、憲兵からの拷問などの話をして軍隊内や治安維持法のもとで当時の若者がどのような恐怖を感じていたかを伝えてくれた。また木島始さんが広島の被爆者たちの悲惨な姿を目撃しその介護をしたことや、宗左近さんが身体を壊し狂人になっても徴兵を逃れようとしたことなども想起されてくるのだ。私は父の世代の四人の詩人たちの戦争を憎み平和を尊ぶ精神を未来に語り継いでいきたいと強く願うのだ。／すでに二〇〇七年に『原爆詩一八一人集』、二〇〇九年に『大空襲三一〇人詩集』、二〇一〇年に『鎮魂詩四〇四人集』、二〇一一年に『命が危ない！311人詩集』、二〇一二年に『脱原発・自然エネルギー218人詩集』など戦争と平和や命や環境を歴史的に根源的に振り返り掘り下げる詩選集を刊行してきた。今回は来年が戦後七十周年を迎えることもあり、戦後の日本が最も根幹にしてきた「恒久平和」の思想を未来に向けて創り出していくという思いを込めて『平和をとわに心に刻む三〇〇人詩集―十五年戦争終結から戦後七十年』という詩選集を公募し、来年の初夏には刊行したいと考えている。「恒久平和」思想は、十八世紀にドイツの哲学者カントが『人倫の形而上学』などで戦争状態の国々の利害を調整するような国際法を起草し、ナショナリズムを越えて「常設国際会議」を構想し、戦争のない世界を創り出すための理念（形而上学）であり、それがいまの国連の精神の基礎になり、日本の憲法九条にもその理念は貫かれている。また「心に刻む」は、哲学者ヤスパースの『責罪論』の戦争責任論から影響を受けて、戦後四十周年にドイツのヴァイツゼッガー大統領が講演した「荒れ野の40年」で戦争責任を「心に刻む」という考えかたを示した重要なキーワードだ。日本の七十年前のアジア諸国などへの戦争責任を忘れることなく、様々な観点から詩人の固有の感受性を駆使して「平和をとわに心に刻み」、過去を未来に反復するような詩篇で応募して頂きたい。〉

このカントの恒久平和とドイツのヴァイツゼッガー元大統領の戦争責任を「心に刻む」の考え方に共感し、詩を書くという趣意書に賛同してくれた三〇五人の詩人たちの三四五篇によって、本書は序詩一篇と一四章から成り立っている。

新川和江の序詩「この足のうら」は、朝ごとに階下へ降りていく際に、足うらの下の地球の裏側の「ひとびとの飢餓　苦痛　悲しみ　憤り／それらをこの足のうらが感受できなくなった時／おまえは病んでいると思え、と」、今も続く戦争の被害者を思いやる想像力の在り方を端的に示している。この他国民であっても同じ人間であり、国境を越えて戦争があってはならないという平和思想こそが、武器使用を思い留まらせる最後の砦だろう。この詩は一人ひとりの人間の内面にいつも平和思想は試されていることを告げているのだと語っている。十四章の多くの詩篇に共通することは、過去・現在・未来の戦時下を直視して、様々なリアリズムの手法と想像力で詩を書こうとしていることだ。多くの詩人たちは自己を超えて数多の戦死し傷ついた人びとに成り代わって、詩的言語を書かせられていることだ。戦死者や傷ついた人びとの存在から「おまえは病んでいると思え」という詩的言語が立ち上がってくる。

2

一章「心に刻む十五年戦争」の二十五人の詩篇は、十五年戦争の実相を切り取りながらもその本質を伝えようとしている。アジアを侵略した二十世紀の前半の日本の歩みは、他国民も自国民も人間の尊厳を破壊しても恥じない国家主義だった。そのような中でも若き詩人たちは遺言のように詩を書き、生還した後も戦友のために詩作を続けたのだ。

冒頭の下級兵士であった浜田知章「学徒出陣壮行会・

運命的《シックザール》ということ」は、私の父母の世代が負わされた悲劇的な宿命を書き記している。国家が戦争を遂行し死にゆくことを宿命として強いた「学徒出陣壮行会」の現場や貧しい農婦から夫を奪ってしまう徴兵制の理不尽さなどを目の前に突き付ける。その次の少年兵だった森徳治は「戦場」で「敵砲弾が頭上で爆発する／戦友は一片の肉塊を残して消えた」という戦争状態に引き込んでいき、戦場の修羅場をリアルに提示する。そして「死んだ人間は肛門と尿道が開き／糞尿を垂れる／戦死した死骸を集めれば／糞尿の川だ」と戦場の実相を記す。

斎藤庸一の「北京空港にて」は、「東京大空襲、屍体運搬に従事」し、「人間のなんという愚かさであったことか」と書き残す。岡崎純の「蝉」は、「十五歳のあの八月に／口惜しさを哭いた蝉が／今もなお　不眠を強いている」と「時代のおろかさを」決して忘れない。栗和実の「見えない平和な星へ」は、中国人の尊厳を破壊した蛮行に「はるか見えない／平和な星に行ってしまいたくなった」と日本兵士の戦争責任を問うている。赤木三郎の「たったの一日を」と「あ」は、「とんでもない遠くからの声　雑音のまじる大きすぎるラジオの音楽」でもあった敗戦の日を想起させてくれる。朝倉宏哉の「九段坂」は、靖国神社に合祀されているA級戦犯と戦死した二百四十六万六千余人の「御霊とは液体状か気体状のものなのか」と考えて困惑する。こたきこなみの「調香師よ」は、「平和は香料のように花々草々を集め調合し／叡智を調略して続くもの」と語る。小峯秀夫の「八月は」は、〈女郎屋の女将が／学校帰りのわれに抱きつき／「戦争負けた」と安堵の絶叫〉と敗戦の日を記す。前田新の「死者たちの言葉」は、「二度と、戦争をしてはならない」、「戦争ほど愚かなことはない」という二人の父の言葉を残す。児玉浩憲の「戦時・平時と父の死と」は、「父の体力すり切れて　ああ闘病の日を閉じる」と戦時下の父の病死を悔やみ続ける。ゆきなかすみおの「出陣」は、「戦争はとしよりが始めて若者が死ぬことだ」と記す。岩渕琢身の「私は忘れない」は、「為政者は／現人神のためにと／苦しみを　悲しみを　死を／美化し」た時代を決して忘れない。松沢清人の「呪文（1）（2）（3）」は、「御名御璽《ぎょめいぎょじ》」のような四字熟語と七五調の「呪文を　ナメたらいかん／脳味噌が麻痺するぞ」と警告する。海野武人の「小さな祈り」は、「平和が死語になろうとしている」と危機を直観する。皆木信昭の「いまこそ」は、「平和は人類が求めてやまぬ久遠の真理」をこれからも堅持すべきだという。曽我部昭美の「鯉のぼりのように」は、「武装を解いた爆撃機」が「鯉のぼりのようだった」と回想する。金知栄の「十字架を背負うべき者は」は、「性奴隷として戦場に連れて行かれた」朝鮮の娘たちへの謝罪の言葉を探している。楊原泰子の「兄弟の笛の音《ね》」は、獄死した詩人尹東柱を偲ぶ弟の尹一柱のことを記した。正岡洋夫の「残党」は、不戦や平和憲法を守ってきた人びとを少数派にしてきたことを恥じている。玉川侑香の「十二歳の八月に」は、「小さい潜水艦に乗り込んで」海に来ていく特攻兵士を見送った深い沈黙を物語る。江口節の「八月」は、敗戦の八月に生まれた伴侶と「ともに歩くことを決め」、「燃えさかる八月の陽」を感じ続けている。日野笙子の「螢燭―相沢良の碑に」は、戦前の女性平和活動家相沢良の獄中での拷問の痕を語り続ける。高橋留理子の「たまどめ」は、「千人針をぬう」母たちの「かなしみにふるえずにはいないのです」という。リア・ステンソンの「シャバス　ゴイ」は、ナチスに撃墜されて捕虜収容所にいた父の気骨ある生き方を伝える。

第二章「シベリア・樺太・満州・中国」一二名の詩篇は、日本が侵略した中国戦線や酷寒の地シベリアなど北の地で繰り広げられた想像を絶する悲劇を踏まえて、平和とは何かを考えさせてくれる詩篇群だ。

鳴海英吉の「歌」はノモンハン事変で孫を亡くしたロシアの老婆が煙草を日本兵に配りノモンハン事変で孫を亡くしたことを告げるのだ。また「雪〈3〉」は「祖国がシベリヤに棄てたおれたちは」シベリアの雪の下に今も埋まっているのだ。財部鳥子の「仲秋の月が」は、満州の地に葬った「野犬に喰われる故・父さん」を今も見続けている。佐々木朝子の「地の記憶」は、ノモンハン事変の地で「四千四百名余の日満の兵士の屍」が焼かれていったことを透視している。堀江雄三郎の「悲壮〝さようなら〟」はサハリンの真岡郵便局・電話交換室で「自ら殉じた九人の乙女」を記した。田澤ちよこの「ロシア向日葵の咲いている家」は、満州の地で「父が戦場に征く前日に」撮った家族写真の背後に咲く花から記憶を再現していく。渡辺健二の「戦は人を獣にする」は、「正義の戦は有り得ない　戦は人を獣にする」と戦争の本質を語る。市川つたの「寡黙」は、「北支出兵と聞いた」寡黙で黙々と働く父との無言の対話をしている。山本衞の「岩が哭いている」は、郷土の英雄であった軍人一家が岩に刻んだ「忠君愛国」のいわれを物語る。安田羅南の「メモリーの交差」は、ソ連参戦後に北朝鮮の咸興で多くの死体を見た情景を回想し〈今朝も早く起きて「南無法界万霊」と唱える〉という。森三紗の「グミの実に」は、満州の平原で「人の命を次々に奪ってしまった」悔みを抱いて死んだ叔父の死顔に涙を見ている。菅原みえ子の「アムールへ」は、「ハバロフスクのラーゲリにいた」日本人捕虜を偲ぶためにシベリアを訪ねる。貝塚津音魚の「ナヴォイ劇場の魂花」は、タシケント・ナヴォイ劇場を建設した日本人捕虜たちが、ウズベキスタン国民から今も敬愛されていることを記している。

3

第三章「アジア・南太平洋」十六人は、アジア大陸や南太平洋の戦場に自らが関わった三谷晃一を初めとして、家族・友人・知人がそれらの戦場に派遣されて帰還しない悲しい思いを記し、平和とは悲劇によって生み出されたものであることを告げている。中国からベトナムまで従軍した三谷晃一の「戦場」は「このおそろしくしずかなところ／これが戦場だ」といい、「ここで夥《おびただ》しい数の／日本人が死んだ。／アメリカ人もグルカ人も死んだ。」と「おれたち死者」がその事実だけを告げる。グルカ人はネパールの主要民族のことだ。また「蕎麦の秋」では、「中央アジヤからシベリヤにかけて」咲く蕎麦の花を思い起こし、会津の地で蕎麦を打ち蕎麦を啜りながら「平和への祈りをこめ」るのだ。

その他、壺井繁治の「友情」ではニューギニヤの友人の帰還を願う。石川逸子の「たった二人でも」では、日本兵に殺された中国人老女や慰安婦の朝鮮人少女などの「かなしみと怨みを」心に刻む。佐藤一志の「記憶の一歩」では、中国で生体解剖をした軍医の告白を記す。安部一美の「墓碑銘」では、フィリピン・ルソン島で戦死した父の最後を思いやる。くにさだきみの「ペリリュー島のタコノキ」では、「餓死した兵士」たちの無念の思いを記す。工藤恵美子の「テニアン島」では、三隻の引揚船で唯一日本に着いた体験を記す。池下和彦の「とっくに」では、フィリピン・中国を転戦した父と戦友の友情を描く。堀田京子の「わだつみの唱」では、ペリリュー島で玉砕した叔父の人生を返せと言う。秋山泰則の「高雄の空」では、台湾の空で死んだおじさんを偲び「平和は戦争をさせない人間の心にある」と語る。青島洋子の「紫紺野牡丹」では、「ビルマで死んだ兄」の戦友からの牡丹の花に語りかける。曽我貢誠の〈「戦死」できなかった兵士たち〉では、多くが餓死をしたニューギニアのジャングルから生還した父を偲ぶ。近藤明理の「中村輝夫さん」では、インドネシアで三十年間、日本兵として戦い続けた李光輝の生涯を辿る。北爪江美子の「何を見つめているのだろう」では、ニューギニアで戦死した父の言葉から平和の精神を汲み取っていく。鈴木昌子の「いろり端」では、マーシャル群島で戦死した兄を悲しみ続ける母を描く。畑中暁来雄の「母の長兄は戦病死」では、中国で戦死した伯父を通して平和の尊さを噛みしめる。

第四章「特攻兵士」九人の詩篇は、特攻兵士がどのような精神であったかを残された遺品や言葉や遺跡から感受し、平和の礎を築いた若者たちを偲んでいる。

杉谷昭人の「空港」では、「特攻の掩体壕《えんたいごう》がまだ口をあけている」場所で「同じ滑走路から飛び立っていった若者たち」が戻ってくるのを幻視している。星野元一の「ホタル・知覧」では、「ホタルになって帰ってくる」という言葉を残した特攻兵を待つ母たちの思いを記す。以倉紘平の「乏しき時代に」では、「進歩ノナイ者ハ決シテ勝ナイ、負ケルコトガ最上ノ道ダ」と語っていた戦艦大和の乗組員臼淵磐大尉が妹へ書き残した美意識を伝えている。その他、田中作子の「予科練平和記念館へ行く」、立原エツ子の「予科練／赤米を炊く」、和田攻の「知覧にて」、矢城道子の「サラバ　ソコク　サヨナラ　オカアサン」、まる草の「崇高な死」、神月ＲＯＩの「堕ちる太陽」などでも年若い特攻兵士がどんな胸中で生を燃焼させたかを様々な観点から思い描いている。

　第五章「沖縄諸島」十一人の詩篇は沖縄戦の二十万人以上が亡くなった悲劇の実相を沖縄の戦場に降り立ったような思いで書き記そうとしている。その中でも大崎二郎の「荒崎海岸」は日本軍が潰滅し逃げ惑う沖縄の学徒や教師が集団自決してしまう瞬間を再現している。「先生、手榴弾を！　栓を！／待てッ！　落ちつけ」というような情況をいたるところに作り出した沖縄戦の酷さを伝え、「悠久の大義とは？　ナニか…」と問うている。

　その他、八重洋一郎の「洞窟掘人《ガマフヤー》」、斎藤紘二の「モモタマナ」、岸本嘉名男の「平和の丘で」、山野なつみの「奄美　夏の日」、佐々木淑子の「そして　誰も消えてはいない」、金野清人の「風を汲む少女／未完の悲劇」、田島廣子の「沖縄に基地はノウ」、うえじょう晶の「オバアのゲルニカ」、萩尾滋の「恋を語りあえる日まで／おとなになる日を返して」、知念捷の「みるく世がやゆら」の詩篇も沖縄の風土と犠牲を強いられた沖縄人の平和への思いを汲みあげている。

　第六章「広島・長崎・核兵器廃絶」の二十五人の詩篇は原爆を投下された広島・長崎の実相をどうしたら後世に伝えることができるか、リアリズムを基盤にしながら様々な試みで被爆者たちに肉薄しようとする。峠三吉、山田かん、橋爪文は被爆者であり、御庄博実と上田由美子は入市被曝者である。

　峠三吉の「八月六日」は原爆詩の最高傑作とも言える詩だ。その中の「兵器廠《へいきしょう》の床の糞尿《ふんにょう》のうえに／のがれ横たわった女学生らの／太鼓腹の、片眼つぶれの、半身あかむけの、丸坊主の／誰がたれとも分らぬ一群の上に朝日がさせば／すでに動くものもなく／異臭《いしゅう》のよどんだなかで／金ダライにとぶ蝿の羽音だけ」のようなリアリズムの描写を芸術至上主義的な詩人や評論家の中には、原爆や戦争のことテーマにしただけで「これは詩ではない」と先入観を抱いて排除してしまう人たちが少なからずいる。そのような人たちは自らの美意識や常識を一度括弧に入れて読んでほしい。なぜ峠三吉のような詩が生まれ今も世界で読まれているかを真摯に受け止めて欲しい。峠三吉や原民喜などの詩を英訳で読んだ海外の心ある読者達は、原爆や戦争の悲劇や人間の尊厳をこれほどリアルに伝えてるものは少ないと高く評価してくれる。もちろんリアリズムや叙事詩だけが詩の手法でないことは当たり前で、しかしそれがあるからこそシュールリアリズムや抒情詩や形而上詩などの様々な手法と合わせて豊かな詩的世界が築かれて来たに違いない。リアルなものをいかに写し再現するかは文学の最も重要な原点であるだろう。

その他、木島始の「その的は?」、山田かんの「立ったまま眠る」、御庄博実の「桜花の下で　追憶VI」、長津功三良の「吊り下げられた死」、橋爪文の「原爆忌」、増岡敏和の「薔薇の降る町で」、柴田三吉の「ちょうせんじんが、さんまんにん」、上田由美子の「薄紅色のレクイエム」、喜多文代の「幼ない記憶」、佐藤勝太の「忘れられない岸辺／平和の祈り」、矢口以文の「松本卓夫さん」、鈴木文子の「へいわをつくろう」、小長谷源治の「血の鶴／被爆展を見て」、正田吉男の「生は詩（死）で成り立っている」、山田みどりの「少年」、清水一郎の「あの夏の朝」、志田静枝の「鐘の音」、上野都「立つ」、永山絹枝の「今も残る　頭蓋骨陥没」、森空山の「ひろしまにゆく娘へ」、ヒロの「終ったのだろうか」、植田文隆の「正しさ」、伊谷たかやの「八月六日と八月九日（一九四五）／あの景色／「　」／楽園の扉」、木島章の「鬼火」などは、広島や長崎の経験を自らの内面に引き寄せて被爆・被曝者たちの思いに寄り添おうとしている。

第七章「空襲・空爆」の三十人の詩篇は、原爆以外の空襲・空爆下の一人ひとりの民衆の姿を書き記し、その経験やその経験を身近な人びとから託された願いを詩に込めたものだ。菊田守の「地獄から帰還した男とコウモリ傘」では東京大空襲の被爆死した人だけでなく生き残ったケロイド状の顔をした友人を書き記し、友人の顔を直視し平和の尊さを痛感するのだ。

その他、青木みつおの「ぼくが知らなかったこと」、安水稔和の「歌ひとつ」、大原勝人の「火の路地」、佐々木久春の「あの日」、鳥巣郁美の「戦火をくぐるということ」、秋田高敏の「声を腰を上げねば」、児玉正子の「冬の日溜まりで」、中桐美和子の「抱いたまま」、大西光子の「空襲の夜」、安永圭子の「忘れてはいけない」、川内久栄の「風船灯籠を作る夜」、細野豊の「灯と火の物語」、藤原菜穂子の「銀杏が散っていた」、阿形蓉子の「機銃掃射」、秋山美代子の「最後の爆撃」、山崎夏代の「遠花火」、徳沢愛子の「待つ」、佐々木道子の「私は五歳だった」、安森ソノ子の「B‐29」、悠木一政の「真夜中の夕焼け」、谷口典子「まんなか／そんなことが」、吉村伊紅美の「人参の花」、うおずみ千尋の「碧い海」、酒井一吉の「父の記憶」、浅見洋子の「平和へのこころ」、石川啓の「機銃掃射を受けた母」、山田透「念仏と涙」、佐藤銀猫の「罰則」、アントニー・オーエン「太った男／日本国旗の作り方」などを読めば、米軍が地方都市であっても八月一四日の夜まで執拗に空爆して民間人を殺戮したかが分かる。そのことを語り継ぐのは詩人たちの大きな役目なのだろう。

4

第八章「戻らぬ人びと」二十三名の詩人の詩篇は、父などの親族や友人が戦場から戻らずに亡くなり、七十年間も死者との無言の対話をし続けている。

比留間一成の「蝉と少年」では「大嵐の戦友よ　自分の身を犠牲に／平和を希求した戦友《とも》らよ」と呼びかけて、あなたたちのおかげで「この国の平和は　まだ続いている」と語っている。

その他、河邨文一郎の「無名戦士の墓」、中野鈴子の「弟たち」、日下新介の「従兄の写真」、たにともこの「声なき声」、結城文の「護国神社の蛇」、柏木勇一の「わたしは幸せな男だ」、飯高日出夫の「私には父の記憶がない」、山本亮の「秋空の詩」、森清の「命令だ」、児玉智江の「極限の人びと」、瀬野としの「稜線」、桜井道子の「戦後のまま」、前田一恵の「父からの古い手紙」、小駒正人の「アル」、熊谷喜世の「平和の今　涙する」、岡田忠昭の「叔父の肖像」、宮川達二の「戦時のルネサンス」、淺山泰美の「宙で」、鈴木悦子の「水の星に住む奇跡の命たちなのだから」、大友光司の「布切の行方」、手塚央子の「私はいつも蓋をした」、林裕二の「祭りの夜の哀しみ」などは、特に戦場に行って戻らぬ父との無言の対話は生涯続く喪失感であり、深い悲しみであることが伝わってくる。

第九章「戦争と子供たち」の二十一人の詩篇は、学童疎開など戦時中に子供時代を送った人たちの詩篇だ。

南邦和の「12歳の戦死者たち」では、北朝鮮で12歳の時に敗戦を迎え朝鮮半島から奇跡的に帰国できた経験を想起し「12歳の不幸は／その年齢につながる／すべての世代の不幸だった」と記す。

その他、埋田昇二の「空洞」、杉本一男の「戦火を逃れて」、菊池柚二の「二〇一四　夏の蝶」、斎藤明の「子供／中学生だったぼく／つなぐ／地獄と極楽」、三塚良彦の「オアシスに春がきても」、富田孝子の「真っ赤なトマト」、黒田えみの「傘寿の証言」、冨田祐一の「神風ぁ吹がねぇがった」、細田傳造の「水たまり」、安井義典の「風景」、染矢美智子の「古希を迎えた終戦生まれ」、森勝敬の「ある国民学校生徒の体験」、當麻啓介の「化石の時間／薪運び」、松尾静明の「くつのない子／十一歳で」、和眞好希の「父の死」、神原良の「嘆き」、藪本泰子の「黒の記憶」、若宮明彦の「小さな足跡」、古城いつもの「学校　―わたしの場合」、中島省吾の「たんぽぽのお花畑」などは、親から引き離された集団学童疎開の子どもたちの一人ひとりの孤独感や飢餓感が伝わってくる。

第十章「鎮魂・祈り・いのち」二十二人の詩篇は、戦争で亡くなった人びとへの鎮魂や祈りや亡くなった人の命を感じようとする試みだ。

宗左近の「敵ニ殺サレタ若者ノ祈リ」では「キミヲ殺シタ敵ヲ祈ラナケレバナラナイ」といい、人間の内面にある敵を憎むことを超えていこうと、真の平和を問うている。

その他、中正敏の「いのちの籠」、亀谷健樹の「水琴窟」、大井康暢の「放流のとき」、硲杏子の「水の声」、下村和子の「弱さという特性」、島田利夫の「八月抒情」、大島博光の「鳩の歌」、岡山晴彦の「曼珠沙華」、相馬大の「生き残ったものの散歩道」、五十嵐順子の「祈り」、柳生じゅん子の「草の行方」、渡辺恵美子の「しあわせ」、北畑光男の「草の女」、崔龍源の「母物語」、竹内萌「寒い朝の憂い」、武西良和の「祈り」、榊次郎の「悲願／桜と櫻」、森川めぐみの「今私たちが祈るとすれば」、横川卓史の「二人の神様とたくさんの神様たち」、星乃真呂夢の「母なる地球」、中村純の「はだかんぼ」などは、鎮魂や祈りを通して、生きるもの命を感じ取り、平和の精神を取り戻そうと試みる。

第十一章「平和をとわに」二十一人の詩篇は、戦乱の世界のただ中で、恒久平和を心に育てていくために、どのような願いを抱いて、多くの人びとと平和の精神を創造していったらいいのかを静かに問うている。

清水茂の「不在になった私の／いつ果てるとも知れぬ」では、「もう村は焼かれないように／子どもは連れさられないようにと／ひとりの母が歎きをうたう」と「母の歎き」こそが平和の原点であると告げている。

その他、苗村吉昭の「建国」、川奈静の「戦争を知らない／小さな機影」、村田辰夫の「少年兵デイブ・ネビソン君へ」、名古きよえの「片隅の平和」、竹村陽子の「わたし／バリアフリー」、中原かな「天窓」、羽島貝の「今日もまた、ドアを開ける。」、松棠らの「残骸」、堀明子の「毛糸のけんか」、宮本智子の「地理の授業」、本田道子の「この世に、平和は来るだろうか」、たけうちようこの「語りたい」、稲木信夫の「メール、その意思に」、黒木アン／絹更ミハル／天野行雄の「ガイア懐胎詩書」、武藤ゆかりの「たとえば心の中に／口に出すこと」、越路美代子の「包み」、山越敏生の「平和の声をあげる」、照井良平の「忘れるな　Nよ」、村山砂由美の「此処にいる限り」、奥山侑司の「故郷」などは、愚かな戦争をし続けてきた人類の負の歴史を見つめながらも、「平和をとわに」を様々な観点から探っている詩篇群だ。

第十二章「ぜったいにいけん、戦争は！」三十五人の詩篇は、戦争がどんなに人間をみじめに不幸にしてきたかをリアルに記し、戦争に加担してしまう無関心さを装う精神の問題点を見つめていく。

新川和江の「骨も帰ってこんかった」の最終行である「ぜったいにいけん、戦争は！」という肉声こそが、戦後の平和の根幹であったと思われる。

その他に、小熊秀雄の「窓硝子」、更科源蔵の「足跡」、福中都生子の「殺生の教育」、若松丈太郎の「軍備はいらない」、いだ・むつつぎの「夏の手紙」、原子修の「誰だ」、根本昌幸の「平和な国へと」、百瀬隆の「ひと」、金光久子の「刺青」、門田照子の「正しい日本語で」、有馬敲の「Sの死」、外村文象の「戦争を知る一人として」、鈴木比佐雄の「人の命を奪わない権利」、梅津弘子の「教え子を戦場に送らないで」、佐相憲一の「夏の匂い」、松田研之の「デスネ」、小沼さよ子の「祈り」、森田和美の「アンネの夢」、片山ふく子の「温かいごはんと平和」、酒井力の「海原からの声」、富永たか子の「知らせ鳥」、高沢三歩の「切なる望み」、吉田ゆりの「命」、糸川草一郎の「戦争はいやだ。」、中井由実の「ゆくな」、鈴木悠斎の「また戦争したいですか」、酒木裕次郎の「戦争をしない勇気」、中村花木の「伝書鳩のように」、ひおきとしこの「戦争のあった日に」、井汲孝雄の「母の風景」、松井かずおの「ケンカもうやめようよ、もうやめた、やめた。」、岡田恵子／井上雪子の「旗を一本／海を抱くかたち」、伊藤幸子の「原子の火」、郡山直の「反戦短歌三十一首」などは、いかに徴兵や戦争を回避すべきかなど、戦争につながる根に敏感になり、様々な視点から平和を見つめている。

第十三章の「今日は戦争をするのにいい日ではない」三十六人の詩篇は、時代がどんなに戦争に向かっていても、戦争を肯定しないためにはどんな平和の精神性が必要かを示唆してくれる詩篇だ。

デイヴィッド・クリーガーの「岐路の詩／今日は戦争をするのにいい日ではない」は、未来を戦争にしないためには、今日という日を戦争にしないで、明日もまたそのようにしていくことしかないと楽天的に平和な一日を継続することを粘り強く考える。

その他、椎葉キミ子の「他人の火」、館林明子の「平和のために と」、呉屋比呂志の「メリーゴーラウンド」、宇宿一成の「後藤さん」、秋野かよ子の「自衛隊」、小田切敬子の「いえるのはだれ／シルエット」、宮内憲夫の「絶望忌」、やまもとれいこの「マーク・ロスコの絵7」、池田洋一の「お早うのかわりに」、望月昭一の「と言いながら」、洲史「言葉」、今野鈴代「『平和こそが』と」、みうらひろこ「〝絶対〟という危うさ」、藤くみこの「ライオン／自由の女神」、末松努「空白（イマジネーション・ウォー）／ファイト」、渡邊勉の「いま考えるとき」、片桐歩の「戦争の足音」、青柳晶子の「冬日」、松本高直の「二足歩行」、秋月夕香の「戦場に送るうた【平和】」、芦澤祐次の「親不孝の手紙」、環創の「カラクリ」、築山多門の「足音」、和田実恵子の「地雷を作っているお父さん」、青山晴江の「望まぬこと」、くぼえいきの「まもなく五年、フクシマの狂気と」、井上摩耶の「人肉だけは食うな」、細島裕次の「弁天池から」、松本一哉の「佐三という男」、伊藤眞司の「ビジネスの仕組み」、志田道子の「戦争はどこへ行った?」、日高のぼるの「草の葉のうた」、高畑耕治の「星の王女さま。『続・絵のない絵本』」、勝嶋啓太の「国のため」、原詩夏至の「空母」などは、戦争のない世界を作るためにはそれに相応しい物語を作るべきではないかと思い想像力を駆使して詩作しようと試みているようだ。

第十四章「戦争をしないと誓った」十四人の詩篇では、戦後の日本において日本国憲法の平和の理念は大きな働きを果たしてきた。その根幹が現在、揺らぎ始めている。その根幹を石村柳三の「人間の理性の根」では「殺し合う戦争という業苦よりも、人間として助け合う慈しみの根を張らねばならない」といい、「人間の理性の根」である憲法によって平和の精神を育むべきだと考える。

その他、白河左江子の「日本国憲法・九条」、北村愛子の「お月さまを見て感じたこと」、志甫正夫の「つくしの合唱」、山口賢の「道」、日高滋の「地球の平和を!」、大矢美登里の「忘れない」、油谷京子の「筍と蕗を」、真田かずこの「学び」、津野泰子の「心琴窟」、木村孝夫の「戦争放棄をして」、舟山雅通の、「二〇一四年 八月十五日/FOREVER AND EVER」、こまつかんの「平和を築くために」、星野博の「人間のつくったもの」などは、自らの生きる場所から憲法の尊さを語り、それを未来に生かそうと詩作している。

内面の奥底に「平和とは何か」を問いかける三〇五人の詩篇を読み通してみると、詩作する者たちが現実を直視しながら、いかに平和の精神を深め共有化しようと試みているかが分かる。そして二度と他国の人びとを戦争で殺すべきではないという、不戦の思いである三〇五人の平和思想の波紋が広がってくる。

戦後七十年を迎えた夏、「平和をとわに心に刻む」詩篇が、読む人びとの心の奥深くに、十五年戦争で亡くなった人びとや傷ついた人びとを想起させながら、夏蝉のように平和の精神となって沁み通っていくことを願っている。

編注

1、『平和をとわに心に刻む三〇五人詩集―十五年戦争終結から戦後七十年』を公募した趣意書の趣旨の要点は左記のようだった。

〈すでに二〇〇七年に『原爆詩一八一人集』、二〇〇九年に『大空襲三一〇人詩集』、二〇一〇年に『鎮魂詩四〇四人集』、二〇一一年に『命が危ない！３１１人詩集』、二〇一二年に『脱原発・自然エネルギー２１８人詩集』など戦争と平和や命や環境を歴史的に根源的に振り返り掘り下げる詩選集を刊行してきた。今回は来年が戦後七十周年を迎えることもあり、戦後の日本が最も根幹にしてきた「恒久平和」の思想を未来に向けて創り出していくという思いを込めて『平和をとわに心に刻む三〇〇人詩集―十五年戦争終結から戦後七十年』という詩選集を公募し、来年の初夏には刊行したいと考えている。「恒久平和」思想は、十八世紀にドイツの哲学者カントが『人倫の形而上学』などで戦争状態の国々の利害を調整するような国際法を起草し、ナショナリズムを越えて「常設国際会議」を構想し、戦争のない世界を創り出すための理念（形而上学）であり、それがいまの国連の精神の基礎になり、日本の憲法九条にもその理念は貫かれている。また「心に刻む」は、哲学者ヤスパースの『責罪論』の戦争責任論から影響を受けて、戦後四十周年にドイツのヴァイツゼッガー大統領が講演した「荒れ野の40年」で戦争責任を「心に刻む」という考えかたを示した重要なキーワードだ。日本の七十年前のアジア諸国などへの戦争責任を忘れることなく、様々な観点から詩人の固有の感受性を駆使して「平和をとわに心に刻み」、過去を未来に反復するような詩篇で応募して頂きたい。〉

当初三〇〇人を公募したが、最終的に三〇五人となった。

2、編者は、鈴木比佐雄、佐相憲一である。

3、詩集は詩誌「コールサック」八十号・八十一号での公募に応えて出された詩篇と、編者たちから推薦された詩篇（現役の詩人及び物故詩人）で構成されている。

4、全詩集・詩選集・詩集・詩誌・オリジナル原稿の詩作品を底本として、現役の詩人には本人校正を行なった上に、さらにコールサック社の鈴木光影の最終校正・校閲を経て収録させて頂いた。

5、参加人数は三〇五人で、三四五篇の詩篇が収められている。

6、パソコン入力時に多く見られる略字は、基本的に正字に修正・統一した。

7、旧字、歴史的仮名遣いなどは、明らかな誤植以外は、発表した時のものを尊重し、そのままとした。

8、収録詩篇に関しては全国の詩人たちから貴重な情報提供やご協力を頂き、謝してお礼を申し上げる。

9、装幀は、シベリアに抑留された故・香月泰男画伯の絵「父と子」を使わせていただき、コールサック社の杉山静香が担当した。未亡人の香月婦美子氏には厚く感謝御礼申し上げる。

10、本詩選集の詩篇に共感してくださった方々によって、集会などで朗読されることは大変有難いことだと考えている。但し、詩の朗読会や演劇のシナリオ等で活用されたい方は、入場料の有料・無料を問わず、二ケ月前にはその詩篇の著者名とタイトルをご連絡頂きたい。著者や著作権継承者の許諾をコールサック社が出来るだけ速やかに確認させて頂く。また、ひと月前には、著者の氏名や詩篇名入りの当日のパンフレット案やポスター案と著者分の入場チケットかそれに代わる書類をお送り頂きたい。それらをコールサック社から著者や継承者たちに送らせて頂く。書籍への再録及び朗読会や演劇の規模が大きい場合で、著者への印税が発生するケースやコールサック社の編集権に関わる場合も、遅くとも二ケ月前にコールサック社にご相談頂きたい。

11、本書が戦後七十年を迎えた情況のただ中で「平和をとわに心に刻む」ことを問うている人びとの力や糧となることを願っている。

鈴木比佐雄・佐相憲一

石炭袋

平和をとわに心に刻む三〇五人詩集

2015年8月15日初版発行
編　者　鈴木比佐雄・佐相憲一
発行者　鈴木比佐雄
発行所　株式会社 コールサック社
〒173-0004 東京都板橋区板橋 2-63-4-209
電話 03-5944-3258　FAX 03-5944-3238
suzuki@coal-sack.com　http://www.coal-sack.com
郵便振替 00180-4-741802
印刷管理 （株）コールサック社 製作部

＊装画　香月泰男　　＊装幀　杉山静香

ISBN978-4-86435-214-7　C1092　￥2000E